本书由2020年度大连外国语大学学术出版经费资助

外教社
博学文库

玛丽琳·罗宾逊小说的伦理研究

An Ethical Study of Marilynne Robinson's Fiction

唐 莹 著

上海外语教育出版社
外教社 SHANGHAI FOREIGN LANGUAGE EDUCATION PRESS

图书在版编目(CIP)数据

玛丽琳·罗宾逊小说的伦理研究/唐莹著. —上海：上海外语教育出版社，2021
(外教社博学文库)
ISBN 978-7-5446-6698-5

Ⅰ. ①玛… Ⅱ. ①唐… Ⅲ. ①玛丽琳·罗宾逊—小说研究 Ⅳ. ①I712.074

中国版本图书馆CIP数据核字(2021)第027563号

出版发行：**上海外语教育出版社**
（上海外国语大学内）　邮编：200083
电　　话：021-65425300（总机）
电子邮箱：bookinfo@sflep.com.cn
网　　址：http://www.sflep.com
责任编辑：杨　洋

印　　刷：上海宝山译文印刷厂有限公司
开　　本：890×1240　1/32　印张 6　字数 173千字
版　　次：2021年8月第1版　2021年8月第1次印刷

书　　号：ISBN 978-7-5446-6698-5
定　　价：30.00 元

本版图书如有印装质量问题，可向本社调换
质量服务热线：4008-213-263　电子邮箱：editorial@sflep.com

博学文库编委会成员

（按姓氏笔画为序）

姓　名	学　校
王守仁	南京大学
王腊宝	苏州大学
王　蔷	北京师范大学
文秋芳	北京外国语大学
石　坚	四川大学
冯庆华	上海外国语大学
吕　俊	南京师范大学
庄智象	上海外国语大学
刘世生	清华大学
杨惠中	上海交通大学
何刚强	复旦大学
何兆熊	上海外国语大学
何莲珍	浙江大学
张绍杰	东北师范大学
陈建平	广东外语外贸大学
胡文仲	北京外国语大学
秦秀白	华南理工大学
贾玉新	哈尔滨工业大学
黄国文	中山大学
黄源深	上海对外贸易学院
程朝翔	北京大学
虞建华	上海外国语大学
潘文国	华东师范大学
戴炜栋	上海外国语大学

出版说明

上海外语教育出版社始终坚持"服务外语教育、传播先进文化、推广学术成果、促进人才培养"的经营理念,凭借自身的专业优势和创新精神,多年来已推出各类学术图书600余种,为中国的外语教学和研究做出了积极的贡献。

为展示学术研究的最新动态和成果,并为广大优秀的博士人才提供广阔的学术交流的平台,上海外语教育出版社隆重推出"外教社博学文库"。该文库遴选国内的优秀博士论文,遵循严格的"专家推荐、匿名评审、好中选优"的筛选流程,内容涵盖语言学、文学、翻译和教学法研究等各个领域。该文库为开放系列,理论创新性强、材料科学翔实、论述周密严谨、文字简洁流畅,其问世必将为国内外广大读者在相关的外语学习和研究领域提供又一宝贵的学术资源。

前言

随着20世纪末文学研究的"伦理转向"和国内学界本世纪以来的"文学伦理学热",对经典作家作品的伦理解读成为一种风潮。究竟何为"伦理批评"?是将现代的、评论者自身的道德标准凌驾于作品与人物之上,还是通过文本细读将文学内设的人类道德困境(dilemma)揭示得淋漓尽致?对文学作品的伦理研究又会为我们带来什么启示?是对当下生活的具体道德指引,还是更鲜明地映射出文学乃至人类存在的复杂本质?

玛丽琳·罗宾逊是一位带有鲜明身份标签的作家,她不仅在写作中渗透自己的新教信仰,在其活跃的公共生活中也以"开明加尔文派"自居。评论界对其作品的评价大多从宗教叙事的角度切入,褒扬作家在纷繁的后现代生活中宣扬纯粹的信念,引导读者关注心灵体验的用意。本书认为,罗宾逊在小说创作实践中对传统新教思想进行现代化改造,以其填充社会道德空缺,构建出迎合21世纪多元理念的伦理体系。

罗宾逊坚持通过文学创作向读者阐释最"正统"的加尔文主义。她认为新教改革先驱加尔文的思想对于当代美国社会来说非但没有过时,反而恰恰以其突破时间的恒久性和宽广视野弥补了后现代道德的缺乏。尽管罗宾逊时时引经据典,回溯圣贤教诲,她所主张的加尔文主义实际上是一种经过改良的思想体系。作家剔除了其中刻板、教条的部分,突出其超验性、普适性和人文主义特征,与许多为当代道德危机而忧心的哲学家们的思路不谋而合。

道德哲学家大多认为理性中心的启蒙思想并不适用于当代思维，努斯鲍姆提出以"智性的情感"为特征的伦理体系，其主要内容为：一、有价物的不可通约性；二、具体优先性；三、情感的伦理价值。罗宾逊的小说伦理同样强调了情感作为伦理关系轴心的重要意义。将努斯鲍姆的情感智性说应用于罗宾逊的虚构作品，我们可以将后者的伦理结构同样分解为三个层次：一、不可通约的女性伦理；二、指向凝聚的家庭伦理；三、呼唤同情的种族伦理。

女性伦理普遍被看成女作家独擅胜场的领域。罗宾逊通过《管家》中的女性叙事和"基列三部曲"中令人印象深刻的女性人物表达出对于女性的社会地位和家庭角色的多重思考。家庭空间既是女性作为社会角色的主要操演场所，在罗宾逊的小说中也集中展现了人物之间的互动与伦理关系。在自我身份成为普遍追求的当代社会，"家园"就如磁石一样，个人几乎无法自控地向其靠近，却又对其束缚力量心怀恐惧。在21世纪，种族伦理意味着一套不言自明的思想及行为规范，文化研究使"平等""他者""沟通"等概念深入人心。罗宾逊的种族观念不可避免地深受其宗教立场影响，作者采用了迂回的方式描写由奴隶制和种族隔离制度所引发的人伦悲剧，歌颂了白人公而忘私的废奴精神，却没有能够成功克服无论是宗教还是种族内置于作者思想中的欧洲中心的偏见。

罗宾逊强烈主张加尔文主义人性的一面，而努斯鲍姆主导的道德哲学同样强调人文情感在形成伦理判断上的重要作用。以"情感"为关键词观照罗宾逊的小说伦理，作者在性别、家庭和种族等三个层面糅合宗教与多元主义的用心得以显明。自启蒙以来，智性生活的要义即在于宗教信仰与实践不可避免的衰落，以及现代社会愈加强烈的世俗化转型趋势。然而这一预测并未成为现实，宗教在当代社会公共生活中仍然发挥着一定作用，宗教与世俗的共生正引导着后"9·11"时期的美国进入后世俗时期。罗宾逊用人文主义的情感主题在新教伦理与多元主义之间取得平衡，在小说中创造出神性、人性、感性充沛的世界，体现了宗教的自我调适与自我更新。

学术写作好似一场明知艰辛却又义无反顾的旅行，虽然对于自己的论证能否为人接受而惴惴不安,但又出于对作家作品的热爱而愿意去承担这样的风险。在这段旅途告一段落的时候,回顾来时路,我心中充满对师长、学友与家人的感激。

  首先,我要感谢导师杨金才教授对我的学术研究乃至工作生活给予的指导和关心。在来到南京大学之前,我已经对老师在外国文学研究领域的学术声望感佩不已。而在我幸运地被收入门下之后,更为老师谦和的为人和扎实的治学态度所深深感动。对照老师的垂范,我意识到自己在理论基础上的欠缺和学习干劲的不足。在老师的指点启发下,我对文学研究才摸到了门道。师母陈爱华老师对我的学业和生活也十分关心。我因为家乡距离南京路途遥远,来往不便,厚着脸皮向陈老师拜托了很多杂事,她每次都以温和的态度和无尽的耐心回答我的问题,无私地提供帮助。我还要感谢南京大学英语系的刘海平教授、王守仁教授、朱刚教授、程爱民教授、何宁教授。作为中国外国文学研究界的中流砥柱,他们为学生做出了治学和为人的表率。老师们开设的博士生课程以及在论文研讨课上的方法论指导为我的学术写作奠定了良好的理论和实践基础。能够在南京大学英语系学习是我学术道路上的里程碑,而这要归功于但汉松教授。他的帮助和鼓励使我抓住了这个机会,我更要感谢他向我推荐了罗宾逊这位作家。

  此外,我还要感谢为我提供了无私帮助的学友们。罗媛学姐、姜玲娣、解友广和白雪花在美国留学期间从繁忙的学习中挤出时间为我查找资料。在来到南京大学外国语学院就读之前,我一直对外国文学研究存有偏见。我以为在国内的外国文学研究领域,学者各据一方,互相之间缺少沟通与讨论,遑论彼此切磋和共同进步。即使是研究同一作家作品的学者之间,也是各自为政,只经营自己的研究方向。但是在博士论文写作过程中,我的看法经历了非常大的改变。我十分感谢国内的罗宾逊研究同行们,他们将自己的研究成果及时出版公开,使我不断看到新的相关成果面世,坚定自己的研究选择并品尝到学术沟通交流的快乐。我最终完成的作品不仅代表着罗宾逊的伦理思想与当代其他思想潮流的交汇,也意味着我的学术主张与同侪的积极对话。我希望自己的研究能够成为同行未来研究的参考,为整体的罗宾逊研究添砖加瓦,加快其作品在中国国内的接受步伐并为其认知度的提高做出贡献。

最后的最后,我要向为我的学习、科研和工作付出理解、支持的家人表示无上的谢意。感恩有你们与我一路奋斗,我能取得的一点成绩都与你们共享。

唐 莹

2021 年春于大连

目 录

前言	I
导论	1
第一章 "自由的深渊"：不可通约的女性伦理	36
第一节 基督教女性主义的差异伦理	38
第二节 人的内在孤独本质与唯我追求	49
第三节 亚马逊的覆灭与女性赋权	65
第二章 "亲密的日常"：指向凝聚的家庭伦理	77
第一节 家庭的神学内涵	78
第二节 亲情、宽恕与个性	86
第三节 个人、环境、社群	103
第三章 "挪亚的诅咒"：呼唤同情的种族伦理	117
第一节 基督教会的种族立场	120

第二节　同情策略的效用限度 ································ 127
  第三节　家族记忆中的种族问题：非洲主义批判 ············· 142

结论 ··· 154

引用文献 ··· 163

导　论

　　美国当代作家玛丽琳·罗宾逊（Marilynne Robinson 1943—　）是在世界文坛上独树一帜的基督教作家。无论在其非虚构作品还是虚构作品中，罗宾逊均着意推行新教思想，坚持以言说宗教和拷问灵魂为导向的创作道路，针对世俗时代所遭遇的精神危机，罗宾逊倚重信仰为这个意义缺失的世界所提供的价值重建和自我认同的功能。在一定程度上，其著述可以视为新教思想对当代多元文化的回应。

　　罗宾逊的创作分为散文与小说两大类。其散文创作意旨鲜明，论辩性极强。① 她长年在《纽约时报书评》（*New York Times Book Review*）、《哈泼斯》（*Harper's Magazine*）、《大杂烩》（*Salmagundi*）等各类杂志上发表书评以及新教主题的杂文。罗宾逊将自己的自然生态调查、散文创作以及高校演讲②结集，先后出版了《母国：不列颠、福利国家、核污染》（*Mother Country: Britain, the Welfare State, and Nuclear Pollution*）（1989），《亚当之死：现代思想文集》（*The Death of Adam: Essays on Modern Thought*）（1998），《思想的缺场：现代自我神话对内在的排斥》（*Absence of Mind: The Dispelling of Inwardness from the Modern Myth of the Self*）（2010），《年少爱读书》（*When I Was a Child I Read Books*）（2012），《万事皆天定：随笔集》（*The Givenness of Things: Essays*）（2015），以及《此世何为？随笔集》（*What Are We Doing Here? Essays*）（2018）。这6部非虚构类作品获得了读者和评论界的肯定，③夯实了罗宾

---

　　① 有评论家指出罗宾逊的散文体现出桑塔格（Susan Sontag）所提倡的"开门见山、坚定自信"的特色，与其小说缓慢静谧的风格有明显区别。（Chodat, 2016：331-32）
　　② 罗宾逊将自己于2009年在耶鲁大学所作的一系列特里讲座（Terry Lectures）结集出版为《思想的缺场》。
　　③ 《母国》入选1989年美国国家图书奖（National Book Award）非虚构类作品最终评选名单；《亚当之死》获得1999年美国笔会散文艺术奖（PEN/Diamonstein-Spielvogel Award （转下页）

逊作为严肃作家的地位。此外，罗宾逊从1991年起在享有盛誉的艾奥瓦大学"作家班"①教授小说创作，直至2016年以"F.文德尔·米勒(F. Wendell Miller)教授"一职从大学荣休，②对李翊云、哈丁③等作家有很大影响。

尽管罗宾逊的散文创作成就颇丰，真正使她声名鹊起的是其小说作品。在写作博士论文期间，罗宾逊积攒了大量片段性的暗喻，在将这些素材整合后，她于1980年发表了处女作《管家》④(*Housekeeping*)。该小说采用了女性视角，以诗性的语言表达出罗宾逊对女性主体身份问题的思考。这部作品已获得多项荣誉，荣登美国现代文学经典之列：1982年海明威基金会/美国笔会(Hemingway Foundation/PEN Award)最佳处女作奖、入选多门大学文学课程并跻身多张最佳小说榜单。⑤

在《管家》出版之后时隔24年，罗宾逊才推出了她的第二部小说《基列家书》⑥(*Gilead*)。该作品好评如潮，一举斩获2004年美国国家书评人协会奖(National Book Critics Circle Award)、2005年普利策最佳小说奖、2005年大使最佳图书奖(Ambassador Book Award)等。《基列家书》保留了作者自《管家》开始的优美精致的语言特色，但因其采用了"忏悔录"(Confession)的形式，文风遂由《管家》中的如泣如诉转为内省平

（接上页）for the Art of the Essay）。

① 艾奥瓦大学作家班(The University of Iowa Writers' Workshop)创立于1936年，是全美最早具有硕士学位授予资格的创意写作专业(MFA program in Creative Writing)，曾吸引了包括卡弗(Raymond Carver)、欧文(John Irving)、任碧莲(Gish Jen)、李翊云(Yiyun Li)、奥康纳(Flannery O'Connor)、斯迈利(Jane Smiley)、哈丁(Paul Harding)等日后的美国作家前来学习。校友中已有多人获得知名文学奖项，包括17项普利策最佳小说奖(数据来自官网，截至2020年)。华伦(Robert Penn Warren)、奇弗(John Cheever)、罗斯(Philip Roth)等作家曾在此任教。作家班的现任主任为华人作家张岚(Lan Samantha Chang)。知名华人作家聂华苓与作家班的前任主任安格尔(Paul Engle)夫妇致力于国际写作计划，曾邀请多位著名中国作家赴美研修访学，为中国文学在美国及国际的传播推广作出了贡献。

② 罗宾逊于2016年春季学期结束时退休，但保留了荣誉教授头衔，会继续文学写作与各地巡回演讲的工作。

③ 哈丁凭借《修补匠》(*Tinkers*)获得2010年普利策最佳小说奖。

④ 这部小说目前唯一的中译本是2011年由台北麦田出版社发行的，该译本采用了《管家》这一译名。金莉等在《20世纪美国女性小说研究》等著作中将这部小说译为《持家》。

⑤ 耶鲁大学、哥伦比亚大学、布朗大学等都曾将这部小说列入课程安排。英国《卫报》、美国《时代周刊》等报纸杂志曾把《管家》选入最佳书单。

⑥ 《基列家书》为人民文学出版社2009年推出的译本所采用的书名，天培出版社2006年译本将这部小说译为《遗爱基列》。

和。这部关涉百年家国传奇的小说成为后"9·11"时代众声喧嚣的美国文坛中难得的静心之作。

罗宾逊 2008 年出版的第三部小说《家园》(*Home*)入围次年美国国家书评人协会奖最终评选名单,摘得 2008 年《洛杉矶时报》最佳图书奖和 2009 年英国橘子奖(Orange Prize)。《家园》沿袭了《基列家书》的部分故事情节,但是作者减轻了纵向历史叙述的比重,更多地着墨于家庭成员之间的羁绊。在之前的《管家》和《基列家书》中,大篇幅的主人公内心独白比比皆是。相比之下,《家园》在叙事模式上采用了更加外化的第三人称有限视角,但是罗宾逊特有的节制却摇曳人心的语言风格仍然独擅胜场。

罗宾逊的最新虚构作品①是 2014 年 10 月出版的小说《莱拉》(*Lila*),这是作者"基列系列"作品的第三部,入围美国国家图书奖最终评选名单,并为罗宾逊二度捧得美国国家书评人协会最佳小说奖。②《莱拉》的叙事焦点转移到了《基列家书》和《家园》中的次要人物、牧师埃姆斯的第二任妻子莱拉身上,小说体现出作家在《管家》之后对于女性身份、家庭关系与宗教体悟的进一步思考。

从整体上看,罗宾逊的虚构作品初读波澜不惊,细品却暗流涌动,平缓的故事情节发展之下蕴藏着丰富的思想内涵。其伦理③书写既与人类

---

① 本书撰写时罗宾逊的第五部小说《杰克》(*Jack*. New York: Farrar, Straus and Giroux, 2020)尚未出版,故本书的研究只涉及罗宾逊的前四部小说。
② 除了因小说作品而获得的奖项外,罗宾逊的散文集《亚当之死》为她赢得了 1999 年美国笔会散文艺术奖。罗宾逊的文学成就也使她获得 2012 年"国家人文奖章"(National Humanities Medal)和 2016 年"国家图书馆美国小说奖"(Library of Congress Prize for American Fiction)。
③ "伦理"与"道德"两个概念之间存在着千丝万缕的联系。"伦理"(ethics)一词源于希腊语"ethikos",意为"风尚""习俗""德性"等,由亚里士多德创造并系统论述。《哲学大辞典》将"伦理"解释为"道德关系及其相应的道德规范"(冯契,2001: 892)。"道德"(morality)一词的词源出自拉丁语的"*moralis*",西塞罗(Cicero)在《论命运》一书中发明了这个拉丁语新词来翻译希腊语的"*ethikos*"。(麦金太尔,2011: 49)"道德"一词本来只有"风俗""习惯"的意思,后来又逐渐演变出"特点""品质"等含义。"伦理"和"道德"经常可以互换使用。如果要做出区分,"伦理"可狭义指代特定传统、群体、个人的道德原则或理论;而"道德"指人们之间的具体道德关系和道德行为。但是两个概念的差异也会在具体的语用情境中发生改变。在本书中,"伦理"与"道德"都是规范性(normative)的名词。"伦理"强调个体以外的社群共识和互相之间的体认,而"道德"偏重不受具体条件限制的形而上的行为准则,即"是非对错"。换言之,"伦理"处理的是具有特殊性的个人生活的背景、个人的价值选择和生活目标的设定。而"道德"要求我们与自我中心的视角决裂,考虑公共交往的普遍法则,它因而更强调交互主体性和反思性。(张容南,2015: 89—90)

普遍经验产生共鸣,又映射出作者特有的自由派①新教世界观。罗宾逊在小说中营造的浓郁而真挚的宗教氛围尤其令人瞩目,作者一面描摹人生苦厄,一面仰望上苍,其作品表达出对于尘世众生的无限悲悯与救世情怀。

罗宾逊作品的新教主题虽然与她的宗教背景密切相关,但是其写作具有强烈的现实意义和普遍性。作家出身长老会信众家庭,成年后改奉公理会。②她并非只知埋首故纸堆、皓首穷经的学者,而是将写作,特别是小说创作视为一种传达宗教理念和相应价值观的手段。此外,罗宾逊以社会文化名人的身份在当地教会客座布道,出席各地的宗教学术研讨会,发表巡回演讲,针对当代美国存在的弊病与问题大声疾呼,以强烈的社会责任感向民众宣扬精神与信仰的现世意义。

尽管如此,罗宾逊从未自我限定为"传教士"风格的基督教作家。在2014年《宗教新闻社》(*Religion News Service*)对罗宾逊的专访中,她如此阐释宗教与写作的关系,"我发现我的祈祷转变为思考,⋯⋯无论信仰为何,目前最有价值的事就是使人们意识到宗教的美丽与博大。"③值得注意的是,罗宾逊从不强调信仰或宗教排他的"唯一真理性",而是诉诸美丽、博大等普遍性抽象特质。诚如《家园》译者应雁所言,"她的宗教信仰并没有束缚她的思考,而是体现了人文关怀和理性精神的高度结合"(应雁,2010:2)。作家自己曾经明确表示,"我的小说创作实践就是要检验这一信仰"(Robinson,2008:27),"写作的感觉一直犹如祈祷"(鲁宾逊,2007:18),罗宾逊将宗教当作一种文化身份,将信仰视为一种文化现象,通过伦理化、审美化等手段向身处不同立场的普通读者传达一种易于消化吸收的精神讯息。

---

① 哈特(Kevin Hart)在为《万事皆天定:随笔集》写的书评中指出,罗宾逊虽然对于自己的宗教立场表现出十分高调的态度,她绝非右翼,而是19世纪意义上的自由派。(Hart,2015)舒尔森(Michael Schulson)称她为"政治上的绝对左派,世界观上的高调有神论者"(Schulson,2016)。

② 长老会(Presbyterian Church)与公理会(Congregational Church)同属新教改革宗,从根源上看属于严谨的加尔文教派,共享大体类似的神学信条。

③ Robinson, Marilynne. "Marilynne Robinson on the Language of Faith in Writing." *Religion News Service*. By Sarah Pulliam Bailey. 2014. https://religionnews.com/2014/10/08/interview-marilynne-robinson-language-faith-writing.

罗宾逊前四部小说的发表时间横跨从1980年到2014年的三十多年,但是主要故事场景均设置在20世纪50年代的美国小镇。与其他反映这一时期美国生活的小说相比,①罗宾逊的作品凸显普通人生活中蕴含的严肃与神圣,注重揭示人物精神世界、绘制道德版图。她在写作中渗透宗教经验和自身领悟,将书写信仰作为小说创作的初衷,呼应了美国50年代的宗教热潮。随着作品的逐部发表,信仰从罗宾逊小说的背景走到了前景,在形而上的维度勾勒出美国生活的伦理图画。

宗教元素存在于美国社会生活的方方面面,正如卡萨诺瓦(Jose Casanova)所指出的那样,"在美国历史上,宗教处于所有重要政治冲突和社会改革运动的中心"(Casanova,2006:21)。值得注意的是,在公共话语范畴,"上帝"已经成为一个广义的概念;美国人所执着的"信仰"超越了美国的立国之本——新教的内涵,而延伸至广义的宗教实践上。"信并非信上帝,而是信信仰;我们崇拜的是自己的敬神行为。"(转引自Hungerford,2010:1)这种对崇拜行为自身的高调肯定贯穿了宗教热潮迭起的50年代,并进而奠定了20世纪后半叶乃至21世纪美国宗教发展的基调:比起教义的具体内容,信仰行为本身承载着更多意义。② 美国人多为移民后代,继承祖先的宗教信仰,维持代代相传的崇拜仪式,成为他们确立自身身份的重

---

① 据《经济学人》杂志与舆观(YouGov)联合进行的一项调查显示(2003),美国人最渴望回到20世纪50年代。50年代的美国经历了战后经济的快速复苏,消费主义、保守主义、冷战思维统领社会整体局势,人民生活相对安稳富足。但是描写这一年代美国生活的小说大都反映出当时美国人精神上遭受的严重危机。塞林格(J. D. Salinger)的《麦田守望者》(Catcher in the Rye)突出寻找主题,表现出失去纯真的少年人的焦虑;凯鲁亚克(Jack Kerouac)的《在路上》(On the Road)直指年轻人在现实中的迷失和对自由的渴望,预告了即将到来的反文化运动(The Countercultural Movement);厄普代克(John Updike)的作品,比如《兔子跑了》(Rabbit Run),充斥着露骨的性描写,反映出中产阶级的迷茫情绪。

② 在《单纯理性限度内的宗教》中,康德(Immanuel Kant)从理性主义角度出发,对宗教做出了"教会信仰"(作为偶像崇拜的宗教)和"宗教信仰"(作为道德行动的宗教)的区分,并且认为后者更接近宗教的真实旨归。(康德,2003:106)本书认为后世俗条件下理性与宗教之间互动频仍,呈现出相辅相成的状态,因此本文中所采用的"宗教"这一概念的内涵更接近属于伦理范畴的康德的第二种定义。1967年贝格尔(Peter Berger)在《神圣的帷幕》中将"方法论的无神论"(Methodological Atheism)这个术语引入宗教研究中,以表明一种研究立场,即宗教研究者在研究宗教时,只须把宗教作为一种人类的创造物,而无须公开申明自己的宗教信仰,无须断定个人的宗教信仰为真。(贝格尔,1991:207)本书的宗教立场即受上述观点启发,试图从客观、学术的角度探究罗宾逊小说中投射出的当代基督教伦理发展脉络的一个分支。

要一步。① 在新千年伊始发生的"9·11"恐怖袭击使美国人惊觉自身的脆弱,许多人因此用信仰自我武装,意图凭借超验的精神对抗现实中的不安定因素。② 这之后的十几年来,宗教在社会文化舞台上逐步前景化,并与其他因素碰撞交织,对当代社会塑形产生越来越大的影响。

与上述社会环境相呼应,罗宾逊虚构作品的主题意义虽然始于宗教,但更多地着眼于宗教对于世俗生活的积极作用。③ 正如她笔下的人物埃姆斯牧师所表达的那样,"基督教的信仰是生活,而不是教义"(鲁宾逊,2007:193)。耶鲁大学的亨格福德(Amy Hungerford)认为,罗宾逊的小说"将信

---

① 当然这并不意味着所有移民的宗教信仰都会受到同等重视。有学者用"三大熔炉"的概念说明大部分美国移民会被归化到基督教、犹太教、伊斯兰教这三大宗教中。(Herberg, Will. *Protestant, Catholic, Jew: An Essay in American Religious Sociology*, Chicago: University of Chicago Press, 1955.)因此,参与集体宗教仪式也被看作美国人增进社区成员之间的交流,进行精神上归化的一种路径。(江宁康,2010:236—37)

② 宗教政治研究专家詹泰尔(Emilio Gentile)指出,美国民众的宗教观在"9·11"恐怖袭击之后经历了一系列的变化:部分信众在目睹了创伤性的场面之后,无法用信仰解释自身经历,感觉被上帝抛弃,从而与宗教疏离;保守的宗教人士则认定正是因为生活的堕落、精神的腐败,美国人才受到天谴;有的宗教领袖号召民众反思恐怖事件的成因以及美国自身在事件中的责任,敦促他们放弃优越感,担负起"昭昭天命"(Manifest Destiny)。在另一方面,"许多美国人希望通过信仰和祈祷获得慰藉,减轻自己的悲伤和恐惧。在恐怖袭击当天以及接下来的数日,去教堂、清真寺、庙宇的美国人数达到五十多年来的最高值"(Gentile,2008:35)。"根据(2001年)9月19日进行的一项调查显示,几乎70%的美国人表示他们比过去做更多的祈祷。2001年11月,78%的受访者认为宗教对美国生活的影响正在增强,而8个月前,只有38%的受访者这样认为。在之前的40年中,最高只有45%的受访者持上述观点。"(转引自Gentile,2008:36)"9·11"过去十几年后,美国的宗教热潮有所减退。2015年5月12日,皮尤调查中心(Pew Research Center)公布了2014年9月所做的"美国宗教景观"(America's Changing Religious Landscape)的调查报告。其结果显示,美国基督徒占成年人口比例从2007年的78.4%下降到2014年的70.6%,无特定宗教归属者(包括无神论者、不可知论者等)从16.1%上升到22.8%。虽然如此,美国的宗教保守派日益强硬,在国内外政坛和舆论导向上也在发挥着越来越大的影响力。当然,从另一角度来看,"9·11"恐怖事件激化了20世纪70年代[国际上由强硬伊斯兰教国家引起的中东问题以及美国国内在"争取道德多数"(Moral Majority)运动为代表的基督教正统复兴运动等宗教事件深刻影响了70年代美国的社会政治版图]以来宗教与政治间的矛盾。有激进学者甚至认为宗教是"9·11"事件的罪魁祸首,以道金斯(Richard Dawkins)和希钦斯(Christopher Hitchens)等作家为代表的"新无神论者"(New Atheists)以理性话语批评宗教。总之,不论个人站在哪个立场,在全球语境下,宗教都开启了若干文化政治争论,业已成为21世纪社会文化领域的关键词之一。

③ 罗宾逊在2012年《大西洋月刊》的采访中表示,她"十分欣赏世俗主义"(Robinson, Marilynne. "Marilynne Robinson on Democracy, Reading, and Religion in America." *The Atlantic*. Interview by Joe Fassler. 2012. http://www.theatlantic.com/entertainment/archive/2012/05/marilynne-robinson-on-democracy-reading-and-religion-in-america/257211/.)。世俗与宗教之间不存在明显界限,不论是哪派作家,其思考中都存在宗教的维度。

仰想象得无比广阔,意图为我们展现宗教生活内部的行为,这既可疗愈家庭,更能襄助国家"(Hungerford,2010:121)。与作家同属联合基督教会(United Church of Christ)①的美国前总统奥巴马将罗宾逊的《基列家书》列为自己最喜爱的书籍之一,与圣经、《白鲸》(Moby Dick)等作品相提并论。②《纽约时报》的角谷美智子(Michiko Kakutani)认为上述作品赋予奥巴马"悲悯的历史情怀和对人类生存的讳莫如深"(Kakutani,2009)。罗宾逊的宗教书写强调精神性(spirituality),描摹人物的自我检视、自我分析和自我纠正,将重点放在信仰的创造性和灵活度上,与"'压制性的神学'绝不可同日而语"(McClure,2007:14)。宗教主题并未禁锢,反而丰富了罗宾逊小说的思想表达。"幅员广阔"的宗教书写突破了传教、劝诫等功能局限,作为文学形式和主题关键词在罗宾逊的小说中发挥着重要作用。

美国学术界的罗宾逊研究曲线始自20世纪80年代,进入21世纪以来,对其散文与小说作品的研究并驾齐驱,总体呈上升趋势。目前有5部罗宾逊作品研究论著出版,其中2部以单本小说为文本细读对象。③ 2013年纽约市立大学出现了一篇以她的小说作品为唯一研究对象的博士论文。④ 除此之外,涉及罗宾逊小说作品的期刊论文近年来层出不穷,数量众多,角度多样,拼盘式的博硕士论文以及文学研究著作也拓宽了罗宾逊小说批评研究的版图。

《此生此世——玛丽琳·罗宾逊的〈管家〉、〈基列家书〉与〈家园〉的研

---

① 美国新教联合教派之一,以公理会信徒为主,在社会问题上多持自由立场。
② 罗宾逊在2013年7月10日凭借"优雅智慧的作品"获得2012年度的美国国家人文奖章。(whitehouse.gov)在白宫举行的颁奖仪式上,奥巴马对罗宾逊说,"玛丽琳,我相信。"这一举动表明奥巴马对罗宾逊作品的喜爱和对其思想的认同。
③ 由于两部专著《此生此世——玛丽琳·罗宾逊的〈管家〉、〈基列家书〉与〈家园〉的研究新作》(*This Life, This World: New Essays on Marilynne Robinson's* Housekeeping, Gilead *and* Home)、《玛丽琳·罗宾逊的政治导读》(*A Political Companion to Marilynne Robinson*)的出版时间分别为2015年和2016年,罗宾逊的第四部小说《莱拉》出版于2014年10月,晚于两部专著的筹划时间,所以这两部专著的研究范围仅限于罗宾逊的前三部小说。此外,2003年南伊西州立大学出版的西部作家系列(Western Writers Series)推出了由麦奎尔(James H. Maguire)执笔的《阅读玛丽琳·罗宾逊的〈管家〉》(*Reading Marilynne Robinson's* Housekeeping)。2013年南伊利诺伊大学的经济学教授考恩(Robert E. Kohn)出版了《玛丽琳·罗宾逊的〈基列家书〉中的光辉与秘密》(*Radiance and Secrecy in Marilynne Robinson's Gilead*),对《基列家书》进行了独创性的解读。
④ 论文作者英格布莱卿(Alexander John Engebretson)于2013年取得纽约市立大学的博士学位,现任得克萨斯州贝勒大学的讲师。

究新作》(2015)名为"新作",却是第一本罗宾逊小说研究专辑。其中收录的研究论文以跨学科的姿态解读其小说,从浪漫主义、生态批评、种族批评到宗教、神学、美国研究直至性别研究。这一专题研究指明了罗宾逊小说阐释的新方向,又反映出当前文学研究的跨学科趋势。尤其重要的是,论文集附有编者在这本专著即将付梓之际对作家进行的书面采访。罗宾逊亲自对其作品已有的阐释研究进行了回应。采访者兼本书主编斯蒂文斯(Jason W. Stevens)向罗宾逊提出了关于韦伯(Max Weber)①的世俗化主张的问题:随着现代化进程,宗教并未如前人预测的那样经历衰退,那世俗化究竟是失败了还是效果不明,现代宗教是否经历了现代化的改变?罗宾逊并不认可韦伯的世俗化命题,她承认宗教的现代多样化转向,但是同时指出其影响超越时空,无远弗届。② 这部著作的论文选择、编纂方式及作者访谈都指向了透过宗教审视社会的可能。

另一本罗宾逊研究专著《玛丽琳·罗宾逊的政治导读》(2016)也具有兼收并蓄的特点。虽然名为"政治导读",政治在这里的含义却十分广泛。多位具有政治学、社会学、神学研究背景的学者从民主、公正、老龄化问题、世俗主义等多个角度对罗宾逊的作品进行探究,揭示出作者看似狭窄的主题下所蕴含的丰富政治思想。书末的罗宾逊访谈紧紧围绕"政治"这一关键词,作者认为作为最高政治理想的"民主"的中心是对他人的"体谅"(mindfulness)(Mariotti and Lane,2016:279—80),这是非常难以企及的境界,是"为了永远不会完全实现的民主理想的奋斗"。世俗主义观默认宗教与公共生活的对立,罗宾逊却并不认可这一对立的存在。她援引神学研究中的术语"分生性"(merism)来阐释两者关系,将宗教与公共生活视为"一个连续体的两端,暗示了两端之间存在的丰富复杂的中间状态"(287),突出了宗教不同以往的变通性、超越性和人本主义精神。

英格布莱岑的《理解玛丽琳·罗宾逊》(*Understanding Marilynne*

---

① 韦伯,德国社会学家,代表作《新教伦理与资本主义精神》(*The Protestant Ethic and the Spirit of Capitalism*)。

② Robinson, Marilynne. Interview. *This Life, This World: New Essays on Marilynne Robinson's* Housekeeping, Gilead *and* Home. By Jason W. Stevens. Leiden and Boston: Brill Rodopi, 2015, 254—70.

Robinson)(2017)脱胎于其博士论文,属于南卡罗来纳大学出版社的"理解当代作家"系列丛书。这是目前最新的、也是唯一对罗宾逊前 4 部虚构作品和部分随笔进行的全景式研究著作。作者将罗宾逊的思想脉络梳理为三个部分:地方主义、19 世纪的美国浪漫主义运动与自由派加尔文主义。(Engebretson,2017:10)作者认为罗宾逊作品丰富思想内涵的来源即在于她对美国文化传统的汲取与发扬,这在当代作家中极为罕见,却也正因为这种主题的本源性,罗宾逊的小说能够超越文化和语言,受到各种背景的读者的推崇和喜爱。

罗宾逊以"专"闻名,"基督教作家"的标签极大地影响了对其小说的批评轨迹。有关基督教新教(特别是加尔文教派)教义对罗宾逊创作影响的研究占据了美国罗宾逊研究的半壁江山。2010 年美国《基督教与文学》(*Christianity and Literature*)冬季号推出罗宾逊专刊,客座编辑拉马斯克斯(R. Scott LaMascus)高度赞扬了罗宾逊作品中的"神学、社会学以及历史的丰厚积淀"(LaMascus,2010:199)。亨格福德在 2010 年出版的《后现代信仰:1960 年以来的美国文学与宗教》(*Postmodern Belief: American Literature and Religion since 1960*)一书中回顾总结了 20 世纪 60 年代以来美国文学与宗教之间的对话。她将罗宾逊归类为专业的基督教作家,以"信仰书写"作为小说创作的主要意图。但是,与明显以传教为宗旨的《末日迷踪》(*Left Behind*)[①]等作品不同,罗宾逊的小说深入普通人丰富的内心世界,呈现"无宗教的基督教"(religionless Christianity[②])(Robinson,2007:130)。亨格福德指出罗宾逊的小说创作实现了"信仰话语与宗教实践的转化,作为叙述形式的小说以及她在叙述中使用的各种诗歌结构促进了宗教观念之间的融合,而目前在宗教学术著作中它们是截然分开的"(Hungerford,2010:121)。亨格福德的分析明示出罗宾逊的创作主旨:推行一种迎合美国大众要求的世俗化的

---

① 《末日迷踪》是由持"时代论"(Dispensationalism)的两位作者拉海耶(Tim LaHaya)和詹金斯(Jerry B. Jenkins)联合创作的旨在宣传福音的系列畅销小说,共由 16 部组成。

② 这一主张由 20 世纪德国神学家朋霍费尔(Dietrich Bonhoeffer)首先提出。朋霍费尔因从事反纳粹活动而遭杀害,他主张教会进入世俗生活,基督徒应该在现实生活中身体力行教义。(刘小枫,2011:147)罗宾逊在其文集《亚当之死》中对朋霍费尔的神学成就和入世主张给予高度肯定。

宗教观，既歌颂上帝也赞美现世。

部分评论家关注罗宾逊小说中宗教主题的严肃性和正统性，瞩目作者在当代延续加尔文主义信条的苦心孤诣。艾利（Paul Elie）在《纽约时报书评》上发表文章痛惜当代美国小说对信仰主题的忽视与淡化，但他充分肯定了罗宾逊所塑造的充满精神光辉的埃姆斯牧师等人物形象。"罗宾逊在《基列家书》中塑造了一位具有可信的信仰的牧师，他的信仰明显是个人求索的结晶。罗宾逊因此将奥康纳（Flannery O'Connor）关于'自助式宗教'（do-it-yourself religion）的理念引领回教会。"（Elie, 2012）莱茨（Andrew Brower Latz）聚焦罗宾逊小说中的"创世"元素，指出《基列家书》集中体现了上帝创造一切的思想，而《管家》则强调人类堕落的主题，总之，罗宾逊以小说家的身份向当下的美国社会发出了重要的宗教训诫。（Latz, 2011）托宾（Colm Toibin）在《伦敦书评》上发表的文章将罗宾逊的创作置于宗教言说的传统下。他认为《莱拉》比罗宾逊之前发表的小说更关注灵魂层面。（Toibin, 2014：23）《大西洋月刊》的书评则高度赞扬了《莱拉》的宗教主题阐释，"耻辱及其余生，丧失以及残留的，亲密关系的限度与背叛———一切都令恩典不可或缺"（Jamison, 2014：34）。罗宾逊在小说中对新教主题的积极特质大书特书，在当代主流文学中创造出独特的宗教言说景观。

宗教视角也促成了众多学者对罗宾逊小说与圣经及其他基督教经典之间的互文联系的研究。李（Gorden Leah）以"基列系列"中莱拉的"人能够改变"（鲁宾逊，2010：235）的发言为题旨，指出罗宾逊在小说中强调了宽恕的神恩本质和双向性，并拓宽了人子（sonship）的宗教和伦理意义。（Leah, 2008）佩因特（Rebecca M. Painter）认为罗宾逊对圣经中的路得（Ruth）和浪子回头（the Return of the Prodigal Son）等两个故事分别进行了改写，"使读者从虔敬的不确定性这一角度思考忠诚、忤逆和恩典的现状"（Painter, 2009：321）。贝利（Lisa M. Siefker Bailey）同样从宗教角度阐释罗宾逊的小说，特别是《基列家书》这部作品。（Bailey, 2010）她认为罗宾逊的小说中充满了水、火等基本主题元素。《基列家书》通过火这一象征触及种族、宗教等多方面主题。"《管家》中的火象征着剥夺权利以及改变社会规范和主要人物的力量，而《基列家书》中的火则代表着社会的破坏力量和精神的力量,既指三位一体的上帝的圣灵,也指人类的精神;既由上帝派遣也由人类分享。"(266)然而,泽瓦拉(Kristina Y. Zavala)对上述评论家的方法和结论持保留意见。(Zavala,2011)她认为单纯从罗宾逊小说中提炼她的清教思想的做法有失偏颇,只有将罗宾逊在散文中体现出的鲜明的宗教思想还原到小说阐释中,才能真正理解作家所秉持的加尔文主义思想以及其虚构作品中所蕴含的其他与信仰相关的主题。

罗宾逊小说的宗教主题集中反映了罗宾逊自身所理解、阐释并加以推广的加尔文思想。作为新教改革的灵魂人物之一,法国的宗教改革家加尔文(John Calvin①)对清教传统的形成以及美国民族身份塑形有着巨大的影响。他的宗教观念首先来自对中世纪教会统治的反动,与教会所坚持宣扬的"唯一正确"的教义阐释不同,"加尔文的教义基础和信念,完全根据圣经,……加尔文把神视为决定万事万物的实有,并且教导神对自然界和历史巨细靡遗的神圣照管"(奥尔森,2003:443)。加尔文对古希腊流传下来的以"正义"为轴心的道德哲学持批判态度,其伦理标准"建基于对于上帝的意志和道具有无上权威的确信"(Harkness,1931:63)之上,将上帝之"道"记载其中的圣经成为基督教伦理的原始范本。

以清教徒为代表的加尔文的继承者将其思想传播到美洲殖民地,并最终在这片"应许之地"扎下了根。17、18世纪北美东北部殖民地的建设与社会发展主要以加尔文教义为思想基石,坚韧克己的清教精神成为"信奉新教的盎格鲁-撒克逊裔白人"(White Anglo-Saxon Protestant)的主要性格特征,在美国国民性构成中占据了重要位置。历史学和社会学研究虽然肯定了加尔文主义对美国社会发展所起到的积极的主导作用,但是19世纪以来的文化话语一直强调加尔文思想中顽固守旧的一面,加深了人们对于加尔文及其神学思想的误解。在房龙(Hendrik Willem van Loon)等通俗历史学家的演绎和韦伯、门肯(H. L. Mencken)等学者的推波助澜下,在美国人心目中,加尔文是严苛的宗教独裁者,在

---

① 罗宾逊在《亚当之死》中论及加尔文思想时采用了其姓名的法文拼写(Jean Cauvin)以期读者能摆脱英语传统中对加尔文思想的成见和评判定式,为其正名的苦心孤诣昭然若揭。

日内瓦推行铁腕政策和神权统治(theocracy)。① 受新历史主义的"历史建构"理论影响,对于加尔文的成见在最近得到了纠正。当代的加尔文批评越来越倾向于全面地看待他的思想,并将其人、其言、其行区分开来,正视加尔文对于美国历史与社会发展的积极推进作用,更加充分肯定"约翰·加尔文和加尔文主义在美国意识形态中的基础地位"(Davis,2010:270)。

在当代全球化语境下,加尔文思想呈现出前所未有的丰富性和多样性,甚至在一定程度上接纳了本与之泾渭分明、水火不容的古希腊哲学与伦理。神学家和伦理学家们从其思想中发掘出具有不同前设并适应不同应用目的的具体主张。凯尔西(David H. Kelsey)认为,当我们以深思熟虑并负责的方式做出伦理决定时,我们需要能够支撑以上决定的权威。圣经及由其衍生出的宗教教义适时地为我们提供了参考。(转引自Jones,2001:19)而作为对这种参考的时效性的补充,豪尔沃斯(Stanley Hauerwas)指出人们总是在特定的时间地点、某种情境下做出伦理决定。尤其值得注意的是,来自圣经的宗教参考与来自政治道德理想的理念并立的思考评价方式在当代宗教伦理讨论中得到了越来越多的认可和应用。"如今许多基督徒认为圣事、教会生活、人类经验以及对于个人尊严与隐私的尊重与圣经具有同等权威。在这种情况下,伦理决定的做出可以倚仗多种不同的理由,每一种理由都对某些个人或群体具有特定意义。"(Jones,2001:22)相对于基督教福音基要派对圣经的规范性权威的倚重,自由派采用了更加灵活的伦理策略,在考量社会公义时对理性道德标准采取了模棱两可的暧昧态度。② 在当代,"大部分加尔文主义者不

---

① 最具代表性的事例是世间普遍认为加尔文是烧死反对"三位一体论"的宗教异见者塞尔维特(Michael Servetus)的元凶,但是这一结论散见于各种演绎式历史叙事中,目前尚缺乏确凿的具体史料支持。

② 新教自由主义是对基督教基要主义(Fundamentalism)的一种反动,前者自认为"宗教上的左派"(McLennan,2009:viii),其当代宣言表现出了明显的多元文化特征:"圣经应该作为暗喻和寓言来读,而不是只领会其字面含义。科学与宗教是兼容的;我们有义务使用逻辑、理性及科学方法。怀疑常伴信仰左右。爱是首要的基督教价值,有助于推进整个社会中的自由与正义。所有人类本质上平等,拥有尊严。政府应该保护宗教表达的自由,但是不应该将一种宗教立为国教。通向灵魂之巅的路有许多,基督教只是其中一条。各个信仰之间的理解和宽容尤其重要。我们将耶稣视为灵魂和伦理的导师,其次才是上帝的化身。在此时此地充实(转下页)

会将神圣与世俗截然分开,相反,他们认为上帝的指示在两个领域都有影响"(Forrester,2001:196)。应运而生的现代新教伦理表现出强烈的兼容性,这一特色为罗宾逊所用,在其文学创作中得到进一步阐明。

在罗宾逊等学者的努力下,加尔文的著作和思想在当代美国社会文化中得到了再发掘。在《亚当之死》中,罗宾逊专门撰文阐述加尔文于今日美国文化的意义。她认为加尔文主义对人类尊严和福祉的关注可以用来抵御现代世界去人类化和去个人化的力量。罗宾逊将加尔文主义视作一种形而上学,加尔文所秉持的宗教伦理中的人性一面被她进一步发扬光大。(Robinson,2005:131)正如英格布莱岑在关于《莱拉》的评论中所指出的那样:"从写作之初,罗宾逊就反复表示圣经的权威性来自它与人类经历的关系,而不是任何教会关于永远正确的教义。她笔下的人物翻开圣经,发现对生活含义丰富的描述"(Engebretson,2014)。英格布莱岑的这一论断投射出罗宾逊思想中潜在的改革教派的本质。在散文创作中,罗宾逊对加尔文思想的继承和阐释强调本真性(authenticity),因此在其结合当代多元特色的社会批评和伦理实践中避免了伦理道德的相对化倾向,昭示出作者坚定的宗教立场。在另一方面,其虚构文学表达中的宗教言说则没有如此尖锐,毋宁说,"罗宾逊崇拜加尔文的原因首先在于他所理解的上帝为人类所作的伟大安排。她所赞美的是其'优雅''英勇'的道德观,而非精细的正统教义"(Shy,2007:253)。基督教自由派的身份使她对于当代福音派和基要派复兴运动中要求一丝不苟地照搬和恪守教义表示出反感。罗宾逊虽然将加尔文思想奉为圭臬,但是在她的虚构作品中,宗教主题强调的是丰富的人文特色与当代社会实

(接上页)正直地生活比揣测来世更重要。个人、群体、国家间的关系中首推非暴力原则。在宗教领导权上女性和男性必须发挥同样的作用。在当今美国的热点话题上,我们的立场是支持人工流产和同性婚姻。"罗宾逊2006年发表文章阐释她的自由新教观,强调"个人的神圣"(personal holiness),批评了基要主义福音派以及主流教会抑制信众独立思考行为的做法。[参见Robinson,Marilynne. "Onward,Christian Liberals." *American Scholar*,Vol.75,No.2 (2006):42-51.]在2014年5月9日《宗教新闻社》(Religion News Service)上发表的对罗宾逊的访谈中,作家清楚地表明自己支持同性婚姻和人工流产的合法化,并且认为宗教信仰并不意味着对圣经的一丝不苟、逐字逐句的遵循。(Robinson,Marilynne. "Marilynne Robinson on Guns,Gay Marriage and Calvinism." *Religion News Service*. By Sarah Pulliam Bailey. 2014. https://religionnews.com/2014/05/09/qa-marilynne-robinson-guns-gay-marriage-calvinism.)

际的紧密结合。

多位罗宾逊研究者都注意到其宗教书写中凸显出的人文特质。在进入现代之前,宗教一直立足于世俗的对立面,试图超越人类此世生活。但是在当代,宗教的人文和多元特色已经被众多学者视为世俗化进程的必然结果,正如白璧德(Irving Babbitt)指出的那样,"宗教也可以有自己人道主义的一面"(白璧德,2003:228)。海道克斯(Thomas F. Haddox)认为,罗宾逊对于基督教正统教义的强调反而在结果上"服务于处于物质主义世界观和全球资本主义的胜利所威胁下的民主人文主义"(Haddox,2013:20)。维斯顿(Angela F. Weston)主张罗宾逊在作品中反映人类思维和灵魂的重要性、消弭"世俗/神圣的二元对立"(Weston,2012:85)、促成了人文主义和神学思想的结合。事实上,在《亚当之死》中,罗宾逊曾经自我定义为"异教徒"与"长老会信众"的合成体(Robinson,2005:229—30),明确表达出她将普遍人文价值观与新教传统融会贯通的意图。上述消解世俗与宗教的二元对立、强调人文和神圣结合的观点对本文论断的形成有很大启发。

在探索圣经与人类生活的关系时,罗宾逊一直沿袭加尔文的神学研究路径,不过她的伦理观在回溯基督教经典的基础上汲取了美国本土哲学思想的精华。超验主义作为美国国民性的另一重要源头,与加尔文主义互相渗透,丰富了罗宾逊小说的宗教主题。作家将加尔文主义置于美国文学的核心背景中,"在经典美国文学的美学与玄学之后,我们一再发现加尔文思想之灵魂,因其纯粹而普世,充满了加尔文式的奇妙"(Robinson,2006:xxvii)。加尔文的宗教视野历经美学化、玄学化改造,影响了梅尔维尔(Herman Melville)和狄金森(Emily Dickinson)等多位美国作家。罗宾逊曾多次表示19世纪美国浪漫派文学和超验主义思想对她的创作有很大影响,因此在美国文艺复兴的背景下研究她的小说具有重要意义。

> 罗宾逊对于个人主义——每个人都与其他人完全不同——的坚守之最强有力的证据即是文学常规中的叙事声音。罗宾逊声音美学的中心即是坚信与(由语言传达的)现实所形成的个体关系,狄金森、爱默生(Ralph Waldo Emerson)、史蒂文斯(Wallace Stevens)等她所欣赏的作家也都持以上观点。他们全部浸

>淫于珍视个人主义与内在的新教—加尔文主义文化传统中。(Engebretson,
>2013:117)

超验主义的奠基人爱默生的宗教阐释为罗宾逊的信仰书写提供了典范性的参考,他"从实用主义的立场出发诠释其神学思想,强调宗教的个人主义色彩、个人与上帝的直接联系,皈依的体验等等"(刘宽红,2008:46)。罗宾逊笔下的人物被赋予了沿袭超验主义路径的思考方式。《管家》中的第一人称叙述者茹丝具有浪漫主义者"哲学式的探究思维"(Marsh,2009),为了从形而上的层面理解这个世界而冥想不止。[①] 伍德(James Wood)在《纽约时报书评》上撰文赞扬了罗宾逊在《基列家书》中展现出的高超技巧。他认为罗宾逊的作品不仅囊括了当代小说中罕见的宗教元素,而且不时表现出爱默生和梅尔维尔等作家的大师风范。(Wood,2014)《莱拉》出版后,《纽约时报书评》指出该作品继承了梅尔维尔和霍桑(Nathaniel Hawthorne)关于恩典与救赎的主题。(Mason,2014)霍斯利(Lauren E. Hoessly)赞扬了罗宾逊在小说作品中对爱默生的生态伦理观的继承,将"自然环境中的工作看作是在完全意义上生存的条件"(Hoessly,2011:8)。罗宾逊的宗教书写以日常生活中的信仰体悟为媒介,传达出精神性从高于生活的抽象层面对个人、家庭及社群的引领和指导作用。

对罗宾逊小说进行的整体研究大都试图对作家的创作脉络进行梳理,在作者看似迥异的前后期作品间建立联系。格雷(Jay A. Gray)从综观考虑,别出心裁地勾画出从罗宾逊的处女作到之后出版的两部小说的创作曲线。(Gray,2005)他认为罗宾逊的小说主题比大多数评论者已挖掘出的还要深刻,《管家》与《基列家书》在各个层面都构成了一种对照:《管家》中隐性的宗教主题在《基列家书》中得以显扬,《管家》中几乎完全缺席的男性成为《基列家书》中的主要出场人物,罗宾逊从《管家》中对于母女关系的刻画到后期转而挑战父子关系主题等。英格布莱岑对罗宾逊的虚构文学创作进行了全面的阐释和分析,并且对作品产生的背景

[①] 白璧德曾指出过度沉迷冥想会使人脱离人道主义生活轨道,"刺激了中世纪过度的禁欲主义,以及为了神秘的沉思而过度抛弃现实世界"(白璧德,2003:228)。《管家》中茹丝的冥想即在客观上造成了抛弃世界的结果。

(作者生平、宗教经历、政治气候等)进行了梳理。他的专著几乎囊括了当前罗宾逊研究涉及的各种视角,从地区、宗教、身份、虚构与非虚构作品的交汇,风景环境伦理,主体性想象,直到种族性别政治。英格布莱岑认为罗宾逊的非虚构性作品虽然为数众多,但无法湮没她的小说创作的重要性,也正是这些小说作品确立了罗宾逊作为当代重要作家的地位。(Engebretson,2013:9)虽然罗宾逊的观点总体上是反现代主义的,但其思想进路并非要返回启蒙之前,而是以"新的方式对过去的传统进行想象"(31),从而谱写出当代与传统结合的新篇章。英格布莱岑对罗宾逊的前4部小说作品逐一条分缕析,但是没有对各部小说之间的联系和罗宾逊创作的总体构架进行归纳,为未来的研究留下了空间。毕竟从《管家》中的基督教神秘主义过渡到《基列家书》中的圣公会基督教教义,作品宗教重心的迁移必然指向罗宾逊小说创作中宗教主题明确的发展方向。对此,英格布莱岑仅简单结论为,"(罗宾逊的)宗教观变得尖锐了,在《管家》之后她对于自己的宗教身份更加自觉"(99)。罗宾逊对于自身宗教背景的显扬标志着她对21世纪美国社会文化的回应,她在小说中的宗教言说也不可避免地受到宗教发展新趋势的影响。

在中国国内,罗宾逊的名声逊于很多美国同代作家。因为她的作品数量相对较少,题材也不够多样,因此国内文学界对其小说作品的接受与研究尚处在起步阶段。1984年6月的《读书》杂志上仲子的文章《作家的成长》介绍了活跃于当时美国文坛的几位青年作家,其中简略地提到了罗宾逊的名字,这是她首次进入中国读者的视野。在罗宾逊小说的译介方面,她的第一部作品《管家》在2011年由台北麦田出版。人民文学出版社2007年引进了《基列家书》,2010年出版了《家园》,2019年出版了《莱拉》。根据期刊发表和博硕士论文的统计情况(知网),国内对于罗宾逊小说的批评实践始自2007年,在2010年开始进入数量比较丰富和角度比较多样的阶段,近年来尤其成果斐然。不仅论文的数量有明显增长,在发表的期刊层次上也有很大提升。以罗宾逊小说为对象的硕士论文层出不穷,博士论文也实现了零的突破。到目前为止,中国的罗宾逊研究者在小说的宗教主题的阐释方面成果最为突出。

在相对早期的罗宾逊评论中,作者们将宗教与其他文学主题相联系,强调基督教思想在揭示罗宾逊作品整体意义蕴含方面所起到的辅助作用。洪满意2007年发表论文推荐《基列家书》。她指出罗宾逊将普通的家庭回忆录升华成关于信仰和价值观的探究和深刻发掘,其论文开创了国内罗宾逊研究的先河。张竝(2008)探究了自由主义清教徒的宗教立场如何助罗宾逊雕琢出优美细腻的文风。徐丽(Xu,2012)集中考察了基督教的生死观和救赎观在罗宾逊前三部小说中的体现。这篇论文在作品的涵盖范围上比较全面,但是忽略了罗宾逊对于原罪和宽恕的神恩本质的深刻认识,以及作家在平凡生活中寄托神性的创作意图。郝素玲(2013)在研究世纪之交美国的女性文学创作时特别关注了罗宾逊的小说,尤其是其作品中集中反映宗教伦理思想的一面。她认为罗宾逊将西部家庭传奇与宗教道德说教结合起来,赋予"孤独"以积极意味和神圣诗意。郝素玲(2012)在《新千年的美国新现实主义小说》中再次论及罗宾逊,她指出《家园》符合新现实主义的"回归"主题,提倡宗教和道德的救赎力量。但郝将小说的主题内容仅归结为宗教救赎,该论断不足以体现罗宾逊小说主题的复杂性。陆星群(2013)以《基列家书》为例,揭示出罗宾逊作品中蕴含的有关和平、信仰和种族问题的对立性观念。张宝国、康国卿(2013)的论文从原罪与救赎等宗教话题出发,将《家园》中救赎行动的失败归因为小说中自然的缺场。这一简单化的因果论将杰克视为亟须救赎的恶棍典型,湮灭了罗宾逊小说主题的多面性。

刘建华(2014)在《玛丽琳·罗宾逊小说的文化力量》中探讨了罗宾逊小说中的宗教元素。他对罗宾逊研究专家坦纳(Laura E. Tanner)关于《基列家书》的论断提出质疑。坦纳指出作家对人类日常经历的诗意呈现,尤其是关于"人类知觉"与"垂死经验"的探讨折射出独特的文化力量。刘建华认为这一观点忽视了小说的种族主题,也低估了罗宾逊在人物塑造上的复杂维度。刘建华指出,埃姆斯和鲍顿这两个牧师形象在文本中多少呈现出负面特质,无法带来强大的精神力量。反之,小说中的其他人物凭借其在生活中的言行和日常经验反而成为推动历史前行和文本纵深的真正动力。尽管刘建华并未明言,这种对人物言行和日常的关注已然浸润了对于小说的伦理思考,反映出个体化、世俗化的伦理原则对小说主题的贡献。张嘉瑶(2016)在以"基列系列"的互文联系为基础的比较分析中着重探讨了《莱拉》的宗教主题,认为罗宾逊的宗教书写顺应了后现代思想危机中的人们对传统的渴望。李靓另辟蹊径,从记忆书写的角度将《基列家书》中的宗教主题从三个维度阐释,"小说中宗教的新维度反映了她一直推崇的对加尔文教的新解读,……从而更好地实现对传统的回望"(李靓,2018:135)。李靓指出叙事者借助记忆激活历史,形成具有人文主义色彩的宗教观。

于倩(2014)的博士论文《书写信仰:玛丽莲·罗宾逊小说中的宗教元素研究》是国内第一篇以罗宾逊作品为唯一研究对象的博士论文。如题目所示,该论文的侧重点落在罗宾逊小说的宗教叙事上。于倩首先将罗宾逊的宗教思想归因于加尔文主义、超验主义以及基督教女性主义等三大思想源头。她从后现代语境、宗教主题、圣经修辞、基督教女性主义等四个方面综合论述了罗宾逊小说的主题,强调罗宾逊在后现代语境下对传统宗教主题的坚守,但是这篇论文没有对罗宾逊吸收现代思想后对宗教叙事所做的反向调和进行阐述。毕竟"回归传统"虽为宗旨,但无论是作家,还是读者,谁也无法回溯到诞生之初的加尔文主义或是超验主义本身。当代文化语境是各路思潮互动的结果,身处其间,即使高举正统大旗,也要对旧有的思想进行必要的调试、吐故纳新才会被广泛接纳。

除了对罗宾逊思想的本格派宗教研究,多位学者瞩目罗宾逊作品中潜藏的当代学理思想。金莉等在《20世纪美国女性小说研究》中将罗宾逊视为后现代社会中宗教信仰的捍卫者,她指出罗宾逊独特的思想有宗教、自由主义和人文主义三个来源。(金莉等,2010:268)罗宾逊在调和以上三大思想支柱的同时如何撷取这三条路径中兼容的部分引起了研究者的兴趣。有评论者持更激进的观点,认为罗宾逊小说在宗教叙事的表象下揭示出后现代思想的虚无本质。王晨(2009)用德里达的解构思路解读《基列家书》,试图找出文学与哲学的并轨之处,在这部小说的阐释图景中开辟出新的路径。任云岚(Ren,2009)的《论〈管家〉中的不确定性》聚焦后现代的主要审美特征——不确定性,指出小说在体裁、叙事策略、人物刻画、主要意象以及作品主题方面的多个角度均体现出暧昧的特色。任云岚认为《管家》围绕迷惘、生存、丧失等主题的暧昧呈现既表达了人们对客观世界的感受,也为小说创作的未来发展提供了出路。胡碧媛认为,《管家》和《莱拉》采用地方叙事,以时空体验建构精神的"地方",以现代的流动创造后现代的精神现实,强调了地域文化的亲近感和以家庭为目的地的回归,突出了罗宾逊小说创作的后现代特征。(胡碧媛,2015:57)无独有偶,龙娟同样选择用地方理论分析《管家》中的"房子"意象如何成为"被复杂的意义、话语和实践所定义的主观建构"(龙娟,2016:43)。乔娟(2016)借用拉康(Jacques Lacan)的符号世界和象征世界的概念分析茹丝对自我身份的探寻与构建、小说的女性主题和家园主题的阐释。胡碧媛还借用鲍曼(Zygmunt Bauman)的理论,指出《家园》虽然取材于圣经的典故,但其主题意义在于展现以"流动性"为表征的现代理念对传统的冲击,从而对传统宗教救赎的观点提出质疑。(胡碧媛,2015:96)赵明珠将希薇、茹丝、杰克、莱拉等罗宾逊的主人公归为一个类型,即"潜在而强大的'瓦解'力量,他们代表着颠覆传统价值与保守世界观的'现代精神'"(赵明珠,2015:112)。以上几篇论文均以后现代理念和思路对罗宾逊的作品进行了解读,说明传统题材并不排斥解构式、颠覆式的阐释,为罗宾逊小说的阐释图景开拓出新的维度。

从女性、家庭、种族等传统角度对罗宾逊小说进行的文学批评结合了美国文学在"9·11"后对家庭与婚姻主题的关注。赵新兰(2013)和唐东方(2015)采用了类似的生态女性主义视角,分析了《管家》对男权中心主义和人类中心主义的解构。牛文文认为罗宾逊将希薇塑造成一位女英雄,并以此"消解了所谓'持家'的高尚性,继而否定了传统家庭伦理中父权文化对女性的想象和期待,颠覆了传统道德标榜的善于持家的女性形象"(牛文文,2015:88)。金莉指出《管家》"探索了家庭生活的意义,并把家庭小说延伸到史诗的范围"(金莉,2012:95)。杨金才(2014)认为家庭生活是罗宾逊的主要创作题材。《基列家书》与《家园》关注了父子、兄妹等家庭成员之间的关系,但是又不仅止步于日常的呈现,"历史镜头的穿梭使整个叙事有一种厚重感"(杨金才,2014:11)。徐秋群与刘建华(2016)认为,《管家》尽管被众多女权主义批评家归为典型的抨击父权制的小说,罗宾逊并没有对女性抛弃家庭、投奔流浪生活的选择表示出赞许。相反,《管家》更多地反映出一种偏向保守的"融合"主题。郭丽梅(2014)采用了列维纳斯的观点分析了《管家》对于"责任""正义"等伦理概念的深刻阐释。茹丝的外祖母虽然对姐妹俩尽心照料,但是没能对孩子的情感需求做出回应;姨母希薇虽然以与社会规范不符的方式"持家",颠覆了传统的家庭观念,却为女孩儿们提供了精神上的母爱。学校和社区对于茹丝一家的强行干预代表了主体对他者的暴力,违反了伦理公正。郭丽梅的论文虽然仅分析了一部小说,但为对罗宾逊小说进行整体的伦理阐释提供了一定的参考。乔娟(2016)主要从种族视角分析《基列家书》和《家园》这两部作品,揭示出作者如何通过中西部小镇上白人居民的日常生活书写波澜壮阔的种族史诗,表达种族共融的美好愿景。在乔娟看来,作为杰克·鲍顿的教父,埃姆斯表达出符合基督教义的最大限度的宽恕,而历史社会现实却迫使杰克不但持续着与上帝的分离,更持续着与尘世中家人的分离。(乔娟,2016:33)

由上可见,国内罗宾逊研究的结论偏向两极化:着眼于宗教视域的学者认为罗宾逊风格保守,而挖掘后现代元素的评论家则得出罗宾逊着意反抗文学传统的结论。罗宾逊在散文创作中一贯坚称自己捍卫宗教正统,为何她的小说作品会向判若云泥的阐释路径敞开?作家自己在针对科学主义、无神论等现代思潮的辩论中曾多次表示,她最痛恨的一个词就是"简缩"(reductionist)。在看待分析各种问题时,罗宾逊始终抱有开明的审慎态度,避免武断结论,当然她的世界观源自其信仰,"罗宾逊与品钦(Thomas Pynchon)或者是莫里森(Toni Morrison)等当代其他简缩主义的批评家的区别在于罗宾逊的批评基本上源自宗教而非政治"(Engebretson,2013:111)。罗宾逊并不认为天文学对于宇宙的探索与圣经中上帝创世的学说背道而驰。相反,她认为宇宙的浩瀚无涯恰恰反映出上帝的神妙。作家与现代科学的芥蒂结于心理学和神经科学对人的思维过程的科学化解读。罗宾逊坚持肯定精神的形而上学性,"我发现灵魂是非常珍贵的概念,表明人生的尊严和人类行为经验的难以言喻的重量。……我不认为那种恣意的、缩减性的现实有任何客观性,尽管长期以来这类现实认识自诩、也被认为具有客观真实性"(Robinson,2015:9)。灵魂并非现代科学承认的有形实体,而作家坚信只有这种不朽之物才能彰显人类的贵重价值,心灵是人类与上帝相通的明证,其超验性不应由理性的科学解释显白。任何将她的作品主题缩减为单边性的政治立场的文学评论都失于呈现罗宾逊思想的复杂与深度。

罗宾逊自称为"开明加尔文派"(Liberal Calvinist)(Long,2013),在许多人看来,这是一个充满悖论的标签,一方面标榜自己的自由主义态度,一方面又保留了基要派的世界观。本书尝试解析罗宾逊在小说中建构的伦理体系,用现世以其整体复杂性而成为宗教的有益补充的观点在文学评论家们南辕北辙的结论中寻找一个平衡点,这一平衡的一端是以加尔文教义为基础的基督教伦理,①另一端则是反映当代社会政治特色的多元主义伦理(pluralism)。罗宾逊的这一设计是否逻辑自洽?在力保自身所宣扬的正统性(orthodoxy)的同时又如何将多元主义的融入合理化?这套妥协而来的伦理体系如何依托作家的小说整体创作成为合理可信的存在?笔者尝试回答上述问题,关注罗宾逊如何将宗教理念与多元主义熔一炉而冶之,建构出小说的伦理框架。

宗教伦理作为伦理研究与道德哲学的一个重要分野,常常被归为神学家的专攻。虽然基督教伦理给人完全源自圣经与基督教传统的印象,但是它与哲学和社会生活的关系十分密切,历史上众多哲学家的思想理论影响了基督教伦理的发展演变。② 同时,后者又在当代社会讨论中频频出现,表现出对舆论热点的影响力。③ 哲学家们对于当代宗教与世俗

---

① 基督教伦理学(Christian ethics)与圣经伦理学(Biblical ethics)是有本质差别的。圣经伦理学是以圣经文本中上帝的教诲为基础制定的严格的行为规范。而基督教伦理学则与教会自身的发展与社会意识形态变迁密切相关。基督教伦理的学科化始自19世纪末美国的社会福音运动。新教神学们批判资本主义工商业伦理,试图重返耶稣的教诲并以之为原则改革社会秩序,消除当时美国社会的弊端。这一运动虽然源于宗教,充满浓厚的理想主义色彩,却建基于深厚的哲学思想之上。"这些原则最初源自耶稣对于上帝之国的宣言,实际上是对康德伦理的神学表达,强调个人的尊严与人类博爱。"(Hauerwas and Wells,2011:32—33)至此基督教伦理学这一学科正式诞生,并且在当代发展中一直在康德的认识论框架内自我建构。

② 比如中世纪经院哲学的奠基人托马斯·阿奎那(Thomas Aquinas)将亚里士多德学派的思想与神学结合,使神学科学化、哲学化。阿奎那的亚里士多德主义在以下三个主要方面不同于亚里士多德的学说:"沉思概念变成为上帝的洞见,它是人类欲求的目的和满足;德目被改变了,也增加了;目的的概念和德性的概念,是放在一种律法的框架中来解释的,这种律法包括了斯多亚主义和起源于希伯来人的东西"(麦金太尔,2003:165—66)。

③ 正如近年出版的《剑桥基督教伦理指南》(The Cambridge Companion to Christian Ethics)、《布莱克威尔基督教伦理指南》(The Blackwell Companion to Christian Ethics)等书所示,基督教伦理并非对圣经中上帝诫命的照本宣科,当代社会中的基督教伦理研究必然涵盖家庭、婚姻等超越时间限制的人类永恒主题,同时也会关涉生态保护、同性恋、安乐死等当代社会热点。

的相处模式进行了多种想象。与严格刻板的教徒生活形成对照的另一极端是封闭的世俗主义的思维模式，这种理念实际上依然遵循宣信国家①(confession states)的定式，只不过改变了信仰的内容。社群主义哲学家泰勒(Charles Taylor)在《世俗时代》(*A Secular Age*)中构想了开放的世俗主义的理想模式：相对于超越性的、外在的上帝，现代人生活在"内在的框架"②(immanent frame)中，这是一个"以工具理性为主要价值、以弥漫性的世俗时间建构起来的社会空间"(Taylor, 2007: 542)，"本质上向超越敞开"(545)。内在的秩序对俗世的幸福给予积极的承认；开放性的世俗主义糅合了一直以来处于对立状态的内蕴神性与超越神性两种观念，尊重差异，肯定理性价值观，又为宗教社群和宗教在公共空间的表达留出余地，这一构想被纳入"后世俗主义"视野。后者充分承认宗教在公共领域的影响力，以兼容并包的态度看待宗教与理性的互动，因此后世俗条件下的加尔文主义发展呈现出明显的自由化、伦理化倾向。③人文主义的思想脉络使基督教教义生发出从来世到此世的衍生，而加尔文的基督教人文主义思想的现代模式与泰勒所构想的封闭的、自足的人文主义颇为类似，都将上帝视为参与人类现世福祉的重要因素。罗宾逊在创作中践行加尔文主义的现代化改造，她认为加尔文对于世界和造物的观感是人类中心的：上帝为了人类才创造万物。作家将恩典等同为

---

① 主张或鼓励全民信教的国家。
② 所谓"内在的框架"指的是一个将超越性排除在外的意义世界。泰勒的"宗教"与"世俗"之分对应"超越"与"内在"之分。"宗教"是对超越之物的信仰，而"世俗"意味着笃信在一种内在框架内生活的自足性。(张容南，2015：87 注 1)于倩在博士论文中指出罗宾逊的宗教理念部分源自超验主义所强调的上帝的内蕴性(immanence)，即"神是无处不在和无所不能的；人与自然、人与上帝间可以直接交流；人性中也包括神性"(于倩，2014：41)。
③ 以加尔文主义为基础的新教自由派神学兴起于 19 世纪，其主要观点为："一定要从现代文化、哲学、科学的角度重新建构传统基督教思想；一定要剥离层层与现代无关，或是从现代思想而言无从相信的传统教条，发现基督教的真髓"(奥尔森，2003：581)。新教自由派伦理与基督教教义的伦理化转型有直接关联。新教自由派神学思想具有浓厚的启蒙主义色彩，受康德的批判理想主义与道德客观主义以及黑格尔(G. W. F. Hegel)的"绝对精神"(Absolute Spirit)等宗教哲学影响很大。以德国神学家施莱尔马赫(Friedrich Schleiermacher)为代表的新教自由派思想家以伦理道德的话语重新诠释基督教的信条。自由派神学的支持者们在基督教神学范畴内完全认同现代主义的主张(转引自奥尔森，2003：585)，肯定启蒙运动对人类文明的积极作用，相信现代主义在决定基督教思想的精髓方面担任着主导作用，支持人们从经验与理性入手去认识神，迎合了后世俗时期宗教与理性并存互通的潮流。

"善的宝库"(reservoir of goodness①),在至善与人类美德间建立联系。加尔文所倡导的"个人与上帝的相遇"被罗宾逊用来与美国特色的个人主义结合,在多元社会为信仰书写创造出缓冲地带。

在当代开展世俗与宗教的对话并不意味着在理性之外寻找伦理的基础,而是以情感、信仰等丰富伦理的内涵,更准确、全面地描述罗宾逊小说中的世界。"新教的自由传统源自加尔文主义并非偶然"(Robinson,2008:25),所谓的"美国自由派新教思想"源于清教徒带到美洲大陆的加尔文主义,但经历了18世纪中期和19世纪早期的两次大觉醒运动的改造。② 在《万事皆天定:随笔集》中,罗宾逊援引第一次大觉醒运动的领袖、清教神学家爱德华兹(Jonathan Edwards)③的论述,说明情感的本质不在于它所引起的人类的动物性反应,而在于其效应。(Robinson,2015:77)她努力唤起人们对主观思维和情感的关注,强调情感对伦理决定的意义。

> 宗教学者尤其感兴趣的是文本的宗教、教义的宗教、信仰的宗教、文学男性精英的宗教。与之相对,更关注支撑普通人的日常生活的宗教或"精神"形式为他们所忽视。然而对宗教文本进行深入研究一直是少数人的特权,与情感对话的宗教具有更加广泛的吸引力,将教育程度较低、生活艰辛的人们也囊括其中。对于情感的忽视反映出宗教研究中的阶级、种族和性别歧视。(Riis and Woodhead,2010:4)

以康德思路为主干的基督教道德伦理原则强调规范性与普适性,但是如果失去共有的丰厚文化宗教前提就不免显得单薄无力。在当代道德哲学话语体系中,新亚里士多德派(Neo-Aristotelian)的伦理学家们④强调

---

① 2015年6月26日,美国前总统奥巴马于南卡罗来纳州的查尔斯顿发表讲演,纪念在之前的黑人教堂枪击案中丧生的牧师品科尼(Clementa C. Pinckney)。在讲演中,奥巴马引用罗宾逊与他通信中使用的"善的宝库"这一表达,来阐述"奇异恩典"这一主题。(Obama, Barack H. "Eulogy at the Funeral Service for Pastor Clementa C. Pinckney of the Emanuel African Methodist Episcopal Church in Charleston, South Carolina." *Daily Compilation of Presidential Documents*. 26 Jun. 2015: 1 – 6. https://obamawhitehouse.archives.gov/the-press-office/2015/06/26/remarks-president-eulogy-honorable-reverend-clementa-pinckney.)
② Robinson, Marilynne. "Onward, Christian Liberals." *American Scholar*, Vol.75, No.2 (2006): 42 – 51.
③ 爱德华兹是美国最重要的神学家之一,第一次大觉醒运动(The First Great Awakening)的精神领袖。
④ 新亚里士多德派以麦金太尔(Alasdair MacIntyre)、努斯鲍姆(Martha Nussbaum)、威廉姆斯(Bernard Williams)等道德哲学家为代表。

情感的伦理功能,以"情感"为关键词补充、完善了整个伦理框架。当代道德哲学家们擅长从文学(尤其是小说)入手探讨伦理难题,明确主张小说作为伦理话语形式的优越地位,因为"它能够以常规的哲学话语无法企及的方式思考道德问题"(Parker,1994:12)。近年来文学批评内部的伦理转向与伦理学上的文学转向几乎重合。以努斯鲍姆为代表的哲学家主导了对以康德理性为纲的伦理体系进行的以情感为导向的充实与补全。刘小枫对于伦理讨论中理性到情感诉求的转变进行了如下论述:

> 现代人看破了种种传统上宣称神定或天生的伦理规例和教训不过是人的产物,把道德准则的立法权交给每一个体人的性情的自然权利——所谓依据个人的良心,传统的伦理禁忌就被打破了。按康德极度抽象的大脑的概括,自由伦理意味着个人遵从自己理性的道德良知去生活。现代以后,理性的道德良知演变成了感觉的道德良知。从理性的良知到感觉的良知的转变,就是从自由意志到自由欲望的转变——意志的向善成了感觉的自适。情感在康德的学问分类中被归入审美学的范畴,意志的心性属于伦理学领域。在现代之后,情感成了伦理学中的唯一要素。(刘小枫,2013:293)

加尔文伦理素以对情感的否弃(abnegation)著称,但是经过罗宾逊阐释的加尔文伦理却十分强调情感因素。因此罗宾逊小说中情感这一主题要素与其说是以加尔文思想为源头,不如说是与经典伦理学一脉相承。以伦理学中的情感为脉络将方便我们对罗宾逊小说的伦理体系进行条分缕析。

情感(emotion)是伦理学研究中的重要概念,来自拉丁语"movere",意为"使……感动、激起",亚里士多德将其视为人类经验中的运动原则,并且十分强调情感的社会维度。(TenHouten,2007:3)情感在自古希腊以降的伦理学的漫长发展进程中时隐时现,维持着与伦理无法割舍的联系。在当代,伦理学自我分裂成多个流派,并与不同领域结合,获得新的应用价值。① 近三十年来,文学批评圈中的布斯(Wayne Booth)、帕克

---

① 当代伦理研究可以细分为元/规范伦理学、生物/医学伦理学、工程伦理学、科技伦理学、信息伦理学、环境伦理学、商业伦理学、女性/性别/性伦理学、性哲学、政治哲学、道德心理学、国际/全球伦理学、文学伦理学等多项具体研究。

(David Parker)、哲学研究领域的罗蒂(Richard Rorty)、努斯鲍姆等学者[①]纷纷推出阐释伦理与文学之间关系的著作,肯定对文学作品进行伦理解读的意义,呼吁文学批评"回归伦理"。[②] 布斯从读者接受角度出发,认为这一实践的意义不在于"约定伦理规范和推理出突破时间局限的结论"(Booth,1988:x),而在于"描述讲故事的人的伦理观与读者或是听众的伦理观之间的碰撞"(8),以此强调读者对于文学作品所负的伦理责任。帕克仿照詹明信(Fredric Jameson)的理论创造出"伦理无意识"(Ethical Unconsciousness)一词,突出伦理表达在小说中的基础地位和主导功能。

努斯鲍姆对当代文学批评理论忽视伦理阐释的做法表示不满,她指出:"尽管文学理论深受本体论、语义学、认知论等哲学领域影响、并无数次地以尼采(Friedrich Nietzsche)和海德格尔(Martin Heidegger)等人为参照,当代最优秀的道德哲学家如罗尔斯(John Rawls)、威廉姆斯、内格尔(Thomas Nagel)等人的著作却受不到多少关注"(转引自 Parker,1994:9)。努斯鲍姆主张对文学进行伦理观照的目的不在于单纯告诫人们弃恶向善,而是以文学揭示的复杂多样性挑战单一的伦理原则。(Nussbaum,1990:22)她积极推动并实践当代伦理学与文学的跨界研究。努斯鲍姆认为常规的哲学语言无法充分传达"世界令人震惊的多样

[①] 布斯、帕克、罗蒂、努斯鲍姆等新人文主义学派的道德研究者从古典亚里士多德著述、英美道德哲学以及文学作品中获得灵感,提出极具实践性、参考性的伦理学说。

[②] 以德里达(Jacques Derrida)的解构思路、列维纳斯(Emmanuel Lévinas)的他者理论为中心的后现代文学批评理论在近三十年来也开始了"伦理转向"。卡勒(Jonathan Culler)、米勒(J. Hillis Miller)和巴特勒(Judith Butler)等七八十年代的解构主义先锋纷纷发表论文和专著阐述"文学和文学研究的积极社会价值"(Hale,2007:188)。黑尔(Dorothy J. Hale)认为解构思路的文学伦理研究采用了与道德哲学讨论不同的路径。出于典型的后结构主义者对于知识作为霸权工具的怀疑,对于小说阅读过程的新的伦理解读强调出于自由意志而对自我进行限制,并在阅读中建构"他性"(alterity)无法证实的地位。黑尔认为上述"新伦理学家"们关于文学价值的主张与布斯惊人的相似。本书采用的是源自古典哲学、自由主义传统的"芝加哥伦理学派"(Chicago-School ethical theory)的立场,将读者视为自治的自由主体,与解构主义在当代的伦理延伸有很大区别。解构主义关于文学伦理研究的论述请参见 Miller, J. Hillis. *The Ethics of Reading*. New York: Columbia University Press, 1987; *Literature as Conduct: Speech Acts in Henry James*. New York: Fordham University Press, 2005; Butler, Judith. "Values of Difficulty." *Just Being Difficult? Academic Writing in the Public Arena*. Ed. Jonathan Culler and Kevin Lamb. Stanford: Stanford University Press, 2003. 199 – 215。

性、复杂性、神秘性以及缺陷美"(3);而文学,特别是小说更适合表现重要而深奥的哲学思想。文学与哲学的互动最终导向"洞察的均衡"(perceptive equilibrium)(Nussbaum,2005:102)。努斯鲍姆的"洞察力"——"敏锐且迅捷地观察到个人特定情况的显著特征的能力"(Nussbaum,1990:37)位居实践智慧的核心地位。"智慧即是在特定情境中以个人对全局的理解为基础判断在特定情形中什么是正确及适合的能力。"(Vanhoozer,2011:118)在《爱的知识:哲学与文学论文集》(*Love's Knowledge: Essays on Philosophy and Literature*)中,努斯鲍姆写道:"小说建立起一种伦理辩论的范式,既受特定情境辖制,又摆脱了相对主义的泥沼。我们通过想象进入具体场景,以人类繁荣为方向得出具有推广可能的具体方案"(Nussbaum,1990:8)。这种"想象",即同情的能力,是读者领会小说作者意图和提高自身伦理道德商数的必备能力。

罗宾逊推崇的基督教人文主义承认情感的伦理价值,她以人类情感补充以加尔文教义为纲的伦理学体系,构成了极富人文特质的伦理基础。"罗宾逊所提倡的璀璨的人文主义认为普通人的内心世界是最复杂、最值得关注的。"(Engebretson,2013:131)她惯常的抒情笔触用情感而非情节连缀起小说中的片段式叙述,创造出富有特色的诗意小说。与此同时,罗宾逊又避免过度的感伤,突出情感积极的伦理特征。"罗宾逊的作品着眼于新教伦理及其在美国的发展进化"(Magras,2014:9),摆脱了现代主义特色鲜明的焦虑,表达出感情上的坚忍,伍德将其美称为源自新教改革宗传统的"激烈的平静"(fierce calm)(Wood,2004)。这并不意味着对情感自身的价值否定,而是体现出斯多葛式的态度,扬弃对自身不利的情绪,通过培养美德获得幸福。

情感与美德的联系在哲学和宗教教义中被反复讨论。柏拉图在美德与理性判断间建立起直接联系,亚里士多德则承认情感的补充作用。斯多葛学派的代表人物西塞罗对前人的美德学说进行综合和修正,为基督教伦理中美德概念的引入铺平了道路。中世纪经院哲学将哲学与神学合并,赋予美德以宗教内涵。托马斯·阿奎那高度重视美德及其在基督徒生活中的影响力,他将美德划分为上帝所赐予的"浸入美德"(infused virtues)和人类以善为目标、用理性获得的"习得美德"(acquired virtues)。(Porter,

2001:102)18世纪的苏格兰哲学家休谟(David Hume)认为产生美德的情感与理性没有直接联系,他指出情感才是行为的直接动因,以此休谟切断了古典时期和中世纪盛行的美德与理性的依附关系。休谟本人对神学并无好感,但是这并不妨碍神学家对情感伦理的倚重。爱德华兹在《真美德的本质》(*The Nature of True Virtue*)中即呼应了休谟对于情感的重视。20 世纪早期,以德国新教神学家巴特(Karl Barth)[①]为首的新正统派(Neo-Orthodoxy)神学家宣扬自由福音主义,强调了美德的重要性,将亚里士多德的美德伦理重新引入神学传统。

在哲学领域,麦金太尔在《追寻美德》中试图建立以美德为中心的、统一连贯的道德传统。一众哲学家承接这个主题,并将情感的道德意义引入讨论。努斯鲍姆继承了亚里士多德的美德伦理观,[②]以美国哲学特有的实用性提出由情感辅助甚至主导实际推理过程,并对具体人群和情境给予重视。在实践中,她从研究古希腊悲剧中的伦理问题出发,发表了《善的脆弱:希腊悲剧与哲学中的运气与伦理》(*The Fragility of Goodness: Luck and Ethics in Greek Tragedy and Philosophy*)。[③] 努斯鲍姆认为古希腊道德哲学中的根本问题"人类应该怎样生存?"统领了当时戏剧和伦理学的发展。在《爱的知识:哲学与文学论文集》中,努斯鲍姆提出基于小说伦理批评角度的亚里士多德伦理学的三个主要特征:

一、有价物的不可通约性(Noncommensurability of the Valuable Things);

---

① 巴特是罗宾逊最欣赏的神学家。作为新正统神学的发起人,巴特一方面反对基要派的字义解经,另一方面认为自由派太过迁就现代思想,其妥协态度为巴特所深恶痛绝。他在《罗马书释义》以及《教会教义学》两部皇皇巨著中反复强调神学与哲学的区别,"上帝的荣耀"绝不能从形而上学的角度去解释和分析。巴特力主以基督教的复兴来对抗世俗化进程,但是对于多数当代思想家来说,宗教作为一种先验的体悟,与形而上学之间存在相通之处。笔者认为罗宾逊所激赏的是巴特在当代复杂的思想地图中为加尔文派神学争取一隅的努力。罗宾逊一直自我标榜为自由主义者,与巴特的新正统神学在思想上有一定距离。

② 《外国哲学大辞典》对亚里士多德的伦理观进行了如下概括:"亚里士多德认为快乐与幸福是生活的目的,美德是一种中庸之道"(冯契、徐孝通,2000:292)。美德和幸福是不能完全割裂的。(MacIntyre, 1966:59)《尼各马可伦理学》开篇即明确了"善"作为行为目的的普遍性:"每种技艺与研究,同样地,人的每种实践与选择,都以某种善为目的"(亚里士多德,2009:1—2)。近年来,努斯鲍姆的伦理著述中出现了由亚里士多德伦理向斯多葛主义的过渡,但是情感在伦理行为中的中心地位仍然是其道德哲学的重心。

③ Nussbaum, Martha C. *The Fragility of Goodness: Luck and Ethics in Greek Tragedy and Philosophy*. Cambridge: Cambridge University Press, 2001.

二、具体优先性(Priority of the Particular);

三、情感的伦理价值(Ethical Value of the Emotions)。

首先,"不可通约性"是造成人类两难的伦理困境的根本原因。麦金太尔对这一概念解释如下:

> 每一个论证在逻辑上都是有效的,或者,很容易通过推演达到这一点;所有结论的确都源于各自的前提,但是,对于这些对立的前提,我们没有任何合理的方式可以衡量其各个不同的主张。因为每个前提都使用了与其他前提截然不同的标准或评价性概念,从而给予我们的诸多主张也就迥然有别。(麦金太尔,2011:9)①

小说表现出丰富的多重道德观念,揭示出人际间情感义务的普遍矛盾性。作品中的人物花费较长时间方能做出困难的选择,从而体现出人类为美好生活而必须付出的艰苦努力。(Nussbaum,1990:37)伦理选择的不可通约性这一观点反映出对不同处境、背景的人类个体的宽容,但是从另一角度来说,努斯鲍姆是典型的多元论者,"不可通约性"是其世界观的原则之一。"文化多元论者经常诉诸于世界图景和概念框架的不可通约性,文化的生活形式似乎是在语义学上封闭的宇宙,它们各自拥有专属的、无法比较的理性标准及真理,不同文化之间不可能通过商谈达成相互理解。"(汪行福,2009:61)与之相对,世俗主义者则可能以人类共通的美德、理想为旨归而努力,但同时又不可避免地选择去模糊群体差异,忽略个体的"根"。

其次,作为对第一种情形的补充,亚里士多德的伦理观念要求人类快速把握特定情境的主要特征并将其作为伦理判断的首要因素。对情境的具体把握应优先于普遍道德原则。"具体情境"指由一定共同利益目标结合而成的群体。社会公义、道德一般适用于普遍情况,而在特定的人群单元,如家庭、教会、社区中,因为利益或感情的牵系,个体可能会做出违反公正原则的伦理判断。针对这种特殊性是否与亚里士多德普遍的"至善"的伦理相矛盾的疑问,努斯鲍姆解释说:"亚里士多德式的具

---

① 麦金太尔在其代表作品《追寻美德:道德理论研究》(*After Virtue: A Study in Moral Theory*)中使用了"incommensurability"一词。译林出版社的译本(2011)将其翻译为"不可公度性"。

体主义与亚里士多德式的客观性是完全相容的。一个善的和道德的决定对具体情境是敏感的事实并不意味着它仅仅相对于或内在于一种有限的情境才是正确的"(努斯鲍姆,2008:278,着重号为原作者所加)。可以预见的是,这种调和必然会受到来自宗教、世俗群体的双重诘问,"至善"的标准来源自宗教教义还是世俗道德观？如果出现特殊性挑战普遍性的情况时,我们又该何以处之？

最后,努斯鲍姆指出亚里士多德的实际推理必以情感为依托;感情不具有道德中立的情况,比智力筹算更可靠,更少欺骗性。她十分强调情感的认知元素,"因为感情本身具有认知维度,将之看作伦理结构的智能成分就是理所当然的"(Nussbaum,1990:41),这可看作"智性情感说"的发端。如悲伤或是爱情之类的情感只有通过经历才能获得认知。努斯鲍姆对于伦理的哲学路线的不满主要来自后者对于功利哲学的道德筹算或是分析哲学的概念分析的过分倚重。(Vasterling,2007:81)她对于"工具理性"的反拨与前启蒙伦理取得了共鸣。"智性情感"与罗宾逊倡导的世俗与神圣相结合的伦理观之间存在的联系也是笔者选择这一角度的主要理由,毕竟在上述两个体系中,情感都是显性的关键词。总之,努斯鲍姆阐释之下的亚里士多德伦理观念与斯多葛学派、康德主义、功利主义等伦理学流派相比更具人性、具体性、灵活度和感性。

在2001年出版的《思想的起伏：智性情感》(*Upheavals of Thought: The Intelligence of Emotions*)一书中,努斯鲍姆进一步修正、发展了"智性情感"的概念。她借用了古希腊斯多葛学派的观点：即情感作为评估或价值判断赋予物和他人以重大意义,它们处于个人控制之外,但与个人的幸福密切相关。① 努斯鲍姆的"情感说"具有三重特质："认知性评价、个人幸福、外部事物成为个人目标体系的重要内容"(Nussbaum,

---

① 斯多葛学派的认识论起源于"印象说"。成人通过行为主体周边的可感对象获得理性的"印象",对其内容进行判断,在确认其正确性后才会采取相应的行动,否则只会将这一印象悬置不理。在涉及价值判断时,我们因为在生命、物质财富等事物上附着的情感影响而经常做出虚假的、价值不中立的判断。斯多葛学派的著名主张是从情感出发所做的判断全部为假;这些判断将重要的价值赋予外在的、不受人的美德或理性所控制的人和事物,从而默认了人自身有的缺陷和不足,阻止人类实现真正意义上的平等。从相反的意义上说,斯多葛学派恰恰以此暗示了情感的重大作用,因此才强力主张人类排斥所有情感,寻求不受干扰的生活。

2001：4）。对情感的智性的强调引向对个人主体性的肯定,道德的灵活性也最终为形成审慎、包容、个体化的伦理观提供必要条件。至此,努斯鲍姆的"智性情感体系"已近完善,为文学批评实践和伦理相关的社会学、哲学探讨提供了人性化、语境化、感性化的视角。努斯鲍姆追随亚里士多德的思想脉络,认为情感是幸福论[①]的（eudaimonistic）,但是她认为古典的幸福论并没有充分认识到情感的复杂性和无条件性（比如人对占有物的珍视和亲人之间的无条件关爱）。

当代社会伦理讨论以"情感"为依托,以"公正"为终极目标。罗尔斯是美国政治哲学界复兴康德主义的第一人,努斯鲍姆赞同罗尔斯的实用道德哲学和"公正"吁求,但对于罗尔斯对康德理性至上主义的全盘继承持保留态度。她将罗尔斯的康德理性论与亚里士多德的美德论[②]相结合并加以提炼,姑且不论这一努力是否成功,努斯鲍姆的主张都反映了当代道德哲学中归纳即是创新的潮流。从另一方面来说,她对亚里士多德伦理学说的发展也无法抛弃理性根基,毕竟古希腊哲学以倚重理性而闻名,所以努斯鲍姆以对情感功能的强调充实了亚里士多德的美德主张。同时,她对休谟一派以及20世纪的情感主义伦理[③]学说中对情感的过度依赖颇有微词。努斯鲍姆提出的"智性情感"一词本身即表现出智能与感性的调和,传达出她的折中立场。

---

① 幸福论（Eudaimonia,"human flourishing"）是亚里士多德伦理体系的重要概念之一,被视为最高的善。（Aristotle,2011：12）

② 自由主义民主传统来源于康德的道德和政治设想,而共和主义民主传统则来源于亚里士多德的道德和政治思想;自由主义民主模式和共同体主义民主模式是当代美国自由主义和共同体主义争论的焦点;自由主义在当代以罗尔斯等人为代表,而共同体主义在当代则以泰勒和麦金太尔等人为代表。

③ 18世纪的苏格兰哲学家休谟主张将理性囿于认知范畴内,强调情感在行为动机中的主导地位,开20世纪情感主义之先声。古典时期以及中世纪哲学均将美德归因于理性判断,情感主义伦理学思想则特别强调"道德感"的作用,即从美感推移到道德感（从审美到伦理）,注重人的心理和道德感的研究,并在功利主义范畴内,力求建构起新的伦理学体系。"休谟认为,道德判断不可能是理性的判断,因为理性决不可能推动我们去行动,尽管道德判断的全部意义和目的在于指导我们的行为。"（麦金太尔,2003：228）麦金太尔将"情感主义"定义为:"所有的评价性判断,尤其是所有的道德判断,就其具有道德的或评价性的特征而言,都无非是偏好的表达、态度或情感的表达"（麦金太尔,2011：14）。但是休谟开启的这一路径也具有将个体引向歧路之虞:人的内心体验成为通往真理的途径,人的宗教、情感、审美等体验因此变得越来越个人化,甚至最终导致人自我囚禁的窘境。

以努斯鲍姆为代表的当代美国道德哲学家以文学作品作为经典案例阐释伦理学的观点概念,反观中国的外国文学界,对作品的伦理批评实践虽然一直存在,但是批评理论并不系统。21世纪伊始,聂珍钊提出了"文学伦理学"的概念并发展出一套自足的体系,为大量的文学伦理批评实践提供了理论支持。这一批评方法认为"文学批评的性质是伦理的性质"(聂珍钊,2007:2),从源头确认了伦理学视角在文学批评中的基础地位。

> 伦理的核心内容是人与人、人与社会以及人与自然之间形成的被接受和认可的伦理秩序,以及在这种秩序的基础上形成的道德观念和维护这种秩序的各种规范。文学的任务就是描写这种伦理秩序的变化及其变化所引发的道德问题和导致的结果,为人类的文明进步提供经验和教诲。(聂珍钊,2010:17)

与布斯的观念类似,聂珍钊的文学伦理学批评以作家与创作、读者与作品等多重关系为研究对象,将文本回归其社会道德语境(杨金才,2015:37),"使文学作为人学来评价,可以使文学在批评中更能体现出文学的特点"(聂珍钊,2004:23)。但是,聂珍钊的文学伦理学批评主张"找出文本中的伦理现象,并分析、阐释一个个'伦理结',以此为基础,得出文学意义的伦理结论"(刘茂生,2008:28—29),强调伦理批评的目的在于使文学回归教诲功能。另一方面,努斯鲍姆潜心道德哲学研究,看重文学,特别是小说中所展现的日常生活中少有的种种伦理困境这一特征,为其伦理探讨提供了丰富而典型的素材。莎士比亚研究专业出身、具有浓厚新教背景的罗宾逊则意图为读者描绘一个宗教与世俗并行不悖、甚至以情感统一的世界。值得注意的是,在文学作品的伦理阐释中不存在价值中立的情况:坚持中国特色伦理批评路线的阐释者往往得出是非对错明确的评判结论,努斯鲍姆的文学批评实践则反映出她的多元主义立场,本书对罗宾逊小说作品中的伦理情境的分析则试图展现出作家对于宗教和世俗、保守与多元的兼收并蓄。作家自称立足于最"正统"的宗教立场,同时又显现出最"开明"的政治倾向。[1]

---

[1] 罗宾逊自我标榜为"自由主义者",并将这一立场在政治上解释为"相信社会存在的目的在于培养、解放人类精神,实现以上目的的途径为人类自身的宽容理解。……相信为了人类的福祉应当穷尽一切机会确保人民享受到适当的工资、自由时间、隐私、教育和医疗保障"(Robinson,2005:258)。

笔者拟用努斯鲍姆著述中的"情感"为关键词检索罗宾逊小说的伦理构架，揭示出在罗宾逊世俗化努力之下的基督教伦理怎样通过"美德"的情感本质与努斯鲍姆的自由主义多元伦理相联系，从而展现其小说中广袤多样的伦理图景，进而论证罗宾逊并不是一位题材贫乏的宗教作家，其文学伦理思维的深度和广度足以使其跻身于美国当代伟大作家的行列。更重要的是，对罗宾逊的作品的分析可以表达出对后现代社会现状的思考，考察文学创作实践对宗教与世俗的调和。

努斯鲍姆关于"智性情感"的思想，以及努斯鲍姆和罗宾逊对于人文主义的共同关注，为对后者小说的伦理解读提供了恰当的切入点。两人的伦理观均建基于笛卡尔式的对人类思维的本体认识之上。努斯鲍姆伦理体系对不可通约性、具体优先性和情感的伦理价值的强调，在罗宾逊的前四部小说文本中与人文主义统筹下的女性、家庭和种族三个伦理范畴分别发生共振，这表明罗宾逊确实承认情感所存在的认知维度，重视情感在伦理选择中的重要意义，并倡导情感在伦理关系上发挥引领作用。

女性伦理根源于对女性独特的社会地位、大众期待、自我实现的要求以及由此引发的伦理困境的观照。性别理论和妇女解放运动一直以来注重提高女性的地位，争取女性话语权。努斯鲍姆认为女性主义与社会正义的目标一致，只有切实增强女性的（经济）能力才能使从实践上实现性别平等成为可能。与此同时，她反对因为追求自我而妨害他人的极端策略，指出自由主义的核心思想要求在谋求自我发展的同时保留对他人的尊重。罗宾逊在小说中展现了在矛盾的伦理角色中左右为难的女性形象，她们所面临的选择在伦理价值上"不可通约"，难以权衡。承担传统的女儿、妻子、母亲的角色会令个体丧失自我，而突破传统、甚至从家庭中出走又可能带来社会意义的完全丧失。随着罗宾逊前四部小说的出版，她的女性人物的命运也愈来愈回归保守路线，表达出作者在一定限制内追求个性的性别主张。

在《善的脆弱》中，努斯鲍姆指出家庭属于无法彻底解决各方矛盾的价值空间。[1] 家庭伦理主要表现为特定情境下的伦理考量，亲情的天平

---

[1] Nussbaum, Martha C. *The Fragility of Goodness: Luck and Ethics in Greek Tragedy and Philosophy*. Cambridge: Cambridge University Press, 2001.

并不听从公义，而是取决于具体情境下的亲疏关系。努斯鲍姆运用了众多古希腊悲剧中的事例说明在由情感维系的具体环境中，主人公牺牲家庭成员成就大义的行为尽管达到了文学的教育目的，却受到观众与后世读者的质疑。罗宾逊认为家庭既是立约而成的社会单元，又是体现人类伦理关系的中心结构。亲子关系可以类比神与世人的关系，以爱为前提，又暗示了层级与服从。一方面，此世的家庭关系因其神性特质而集中表现为家人之间的尊重与宽容。"一无是处的浪子注定会受到欢迎和拥抱，因为裁判他的是他的父亲。"(Robinson, 2015: 88)另一方面，个体受到由日常生活之美所映照的家庭价值吸引的同时，却无法放弃自体差异，铸成与同质性集群不可调和的矛盾。

当代社会的种族理论十分明确地反思殖民主义和种族歧视的历史，同时高举平等和理解的旗帜。自由主义的种族观对奴隶制历史进行批判，认为当今社会机制必须采取各种措施补偿受压迫和歧视的族群，给予他们更多机会。努斯鲍姆的"能力策略"即从社会实践的层面在东南亚多地推行经济援助项目，已经取得了实际的经济效果和社会改良成绩。[①] 她所阐释的"情感的伦理价值"将情感的效用拔擢到前所未有的高度，"同情"成了理解他人伦理困境，想象他人痛苦，并尝试做出改变的先决条件。罗宾逊对奴隶制和种族歧视也持有鲜明的反对态度。在她的作品中，奴隶制和种族隔离制度同样造成了白人内部的分歧和痛苦。小说中的白人主人公以己度人，显示出高度的同情和换位思考的无私精神。但是本书的讨论也尝试从受压迫族群的角度反观以情感为中心、以同情为基础的种族策略。努斯鲍姆和罗宾逊看似磊落的种族立场仍然会流露出欧洲中心的态度，属于白人种族思维的内置缺憾。

毋庸置疑，前文中努斯鲍姆对于亚里士多德伦理观的解读始终围绕着情感这个关键词。罗宾逊在小说创作中放弃凸显宗教精神的严肃面目，而是以普通人的日常生活为依托，以人文主义的情感主题打动读者，

---

① 20世纪90年代开始，努斯鲍姆与芝加哥大学经济教授、诺贝尔经济学奖得主森(Amartya Sen)合作研究提高女性经济实力的方法，提出"能力策略"(Capabilities Approach)并加以推广。

呼应了努斯鲍姆的"智性情感"理论。人在进行伦理抉择时面对的选项之所以具有不可通约性,正是因为选项被赋予了不同的情感寄托(attachment);而对于具体情境的强调则与情感疏密相关,附着于情感的认知特质更使它成为伦理判断时的有力依据。鉴于努斯鲍姆的这一伦理视角的实用性,笔者将通过它来揭示罗宾逊小说中的伦理图景。本书拟从以下三部分展开:

第一章将从女性伦理入手,分析罗宾逊的小说中展现的充满矛盾的女性生活,揭示女性在面对自由、身份等伦理选择时所处的困境,反映出罗宾逊从基督教伦理角度出发对 20 世纪 60 年代以来女性解放运动的繁盛和回落所进行的深刻反思。

第二章从罗宾逊小说中的家庭情境出发,指出家庭成员需要牺牲个人信念实现更具伦理价值的家庭团结,这种牺牲与凝聚被罗宾逊赋予强烈的宗教意味。作者以家庭团结作为更具普遍意义的伦理理想,调和加尔文主义的内在孤独本质与世俗化的家庭组织目标,实现了对后现代主义中拥抱不确定性的伦理哲学的反拨。

第三章拟分析基督教会在历史上围绕种族问题的不同立场,计划以努斯鲍姆的"同情"为核心词,指出以想象靠近、以同情理解、以智性认识"他者",是罗宾逊在小说中指出的消除种族歧视的伦理出路。这一思路在莫里森的"非洲主义"框架下,又会暴露出内置的"白人性"道德特征。

在本书中,女性主题、家庭主题、种族主题共同搭建出罗宾逊小说中的伦理框架,揭示出当前的美国社会中,基督教自由派怎样通过融合哲学领域的多元主义来实现自我更新和调整,以"普遍性"的道德理想满足人们对信仰的需求和恒定价值观的渴望。笔者虽然借鉴了努斯鲍姆以"智性情感"为核心的伦理思想,但目的并非简单套用这一概念作为罗宾逊小说的阐释之匙,更不是借此划定罗宾逊的政治立场,而是以努斯鲍姆的伦理思想为坐标,具体而微地考察罗宾逊小说文本中伦理生态的建构。罗宾逊虽然和努斯鲍姆一样强调文学的伦理功能,但由于两者思想根源的不同,她们对于"智性情感"的认识和实践也存在颇大差异。研究两者互动的张力,可以帮助我们重新审视在新的文学时代宗教如何与人文精神结合,①从而在信仰的烛照下为后现代、后世俗社会寻找到一种并不"脆弱"的"善"。

---

① 在传统文理学说中,宗教与人文之间存在着相互对立的关系。神学体系默认了以"上帝"为中心的世界观,抹除了人类的主观能动性。但是如果把宗教作为人类社会的一种组织方式,把信仰作为人的一个社会属性,所谓"宗教"与"人文"的结合即指人类形而上的精神层面与其他抽象的社会关系的融合。

第一章

"自由的深渊"：
不可通约的女性伦理

  女性主义视角是罗宾逊虚构作品研究中最为重要的角度之一，但是作家在小说创作中的女性立场却很难用激进或是保守来概括。随着作品的逐部发表，罗宾逊的女性观经历了一定的发展，因此在其作品的性别批评史中，评论家们一直都意见不一，分别给出从激进、平权一直到保守的不同论断。

  罗宾逊的处女作《管家》聚焦一个家族中的三代女性，毫无争议地成为罗宾逊女性主义色彩最浓烈的作品。《剑桥美国文学史》对这部小说给予了高度评价，称其为"近年来妇女文学最辉煌的成就之一"（斯坦纳，2004：541）。莱恩（Katy Ryan）聚焦海伦之死，认为《管家》是一部典型的关涉女性自杀题材的作品，与薇依（Simone Weil）关于"重负"①的神秘主义观念有呼应之处。（Ryan，2005）海伦为了反抗社会的性别角色桎梏而做出了极端的选择，但是她的女儿茹丝"最终突破了婚姻或死亡等陈规，走出一条生存与成长的道路"（Ryan，2005：362）。这一类评价迎合典型的反抗策略，表现出20世纪80年代仍余音不绝的女性解放主义特色。

  具有启发意义的是，很多从女性视角出发的评论都注意到罗宾逊对女性主义、特别是激进女性主义的多重思考。《管家》在一方面反映出家

---

  ① 语出薇依的基督教神秘主义著作《重负与神恩》（*Gravity and Grace*. Trans. Emma Crawford and Mario von der Ruhr. London and New York：Routledge，2003）。重负指代让我们背离上帝的动机，只有上帝的恩典才能使我们抵抗住诱惑，消解自我。

务对女性的束缚,在另一方面又指出逃离家庭给女性带来的负面影响。"尽管罗宾逊赋予茹丝最后的流浪以必然性和某种程度上的积极色彩,她也以悖论的方式强调出固守的重要意义。"(Damon,1997:13)这种对女性逃避家庭角色的保留态度反映出罗宾逊受新教立场影响,对20世纪60年代到80年代女性解放运动的繁盛以及之后的回潮所进行的深刻反思。

20世纪初的犹太思想家阿伦特(Hannah Arendt)在其遗作《精神生活》(*The Life of the Mind*)一书中用"自由的深渊"(Abyss of Freedom)(Arendt,1978:207)这一表达来概括个人对自由的追求所内蕴的悖论本质。阿伦特以研究奥古斯丁(Augustine of Hippo)的思想起家,"自由的深渊"出自奥古斯丁关于人类意志的论述,即"自觉的自由"(freedom of spontaneity)这一认识。在形而上的意义上,自由表现为出于个体意志对绝对自主性的追求,但是在人类社会中,个人与社群的关系将自由的定义复杂化。"自由的深渊"这一表达恰当地描述了对自由的一味追求而可能引发的伦理困境。

严格意义上的唯我论的(solipsistic)自由可能诱生不理想的后果:"意志引起的个体化为自由这一概念带来了新的严重问题……个人意志面向未来考虑,与必要性的信仰相抵牾,所谓必要性的信仰即是对世间现状的默许,表现为一种自鸣得意"(Arendt,1978:195—96)。包括阿伦特在内的很多哲学家认为对于世界和人类存在的必然性的信仰远远优于以偶然(contingency)为代价而获得的自由。"哲学的自由,意志的自由,只对居住于政治社群之外的人,即孤独的个体才有意义。"(199)大多数情况下,人类社会内部的自由表现为政治的自由,后者与哲学意义上的"初始"相关联。"每个人的生命不只是物种繁衍的产物,更应该感谢出生,以全新的个体进入世界的时间洪流之中。造人的目的是使开始成为可能……开始的可能恰恰根源自出生(natality)。"(217 着重号为原作者所加)阿伦特意义上的"出生"将人的"初始"与上帝的相连接,在哲学与神学之间搭建起桥梁。"考虑到其奥古斯丁思想的来源,阿伦特的自由的深渊与古典基督教伦理也存在共性:基督的诞生(nativity)映照着人类的出生,指示我们重新开始。"(Daggers,2012:4)这种再出发必然涉及对不同伦理选项的衡量与抉择,在罗宾逊的前四部小说中尤其反映在性别主题上。

阿伦特的阐释学思路与努斯鲍姆的认知学思路在罗宾逊的信仰写作与身份情节(identity plot)中达到契合。努斯鲍姆的"自我"身份是叙事的中心,由个人生平聆听或讲述的传说所构成。(Vasterling,2007:79)在罗宾逊的小说中,女性人物无论在哪个年龄阶段、具有哪种家庭背景或是教育程度,都有极为丰富的精神世界。读者通过她们的自我讲述或是被讲述体味到她们对"自我"的追求和这种追求可能带来的危害。

第一节 基督教女性主义的差异伦理

罗宾逊的女性主义观以现代西方基督教人类观及与此相配套的话语机制(自由、解放和能动性等前设性概念)为依托。《管家》中的"指骨湖寒冷幽深的水域刻画的并非天堂,而是深渊。这里潜藏着流动的混沌,一直对周遭的家庭——以及所有的人类秩序原则——造成覆灭的威胁。在罗宾逊的叙述中,指骨湖定义了一个原始的、不可预测的非人世界,对人类生活既破坏也重生"(Gatta,2004:220)。透过以《管家》为首的作品中的性别书写,罗宾逊解构了常规意义上的自由定义,打破了个体持有完全自主性的终极迷思,揭示出她所倡导的沿袭基督教进路的传统意义上的性别观念。

至于宏观视阈下的女性主义和妇女解放运动,当代学者们从各自立场出发,进行了多种区分和阶段甄别。《基督教伦理研究》(*Studies in Christian Ethics*)主编帕森斯(Susan Frank Parsons)指出,作为性别伦理的女性主义存在三个不同的认知层面:平等伦理、差异伦理和解放伦理。(帕森斯,2009:165)自由派女性主义者推崇平等为纲的性别伦理,她们认为成为充分的人、实现自身的完善是人的根本平等的表现。早期的伦理学虽然没有把女性纳入研究对象,但是追求"至善"的动机是人类的普遍选择。(尽管在不同族群中,至善的内涵各有差别。)平等伦理的倡导者赋予男性和女性同样的人格和权利,并且选择性忽视男女先天的生理差异和传统文化中的性别定式。

努斯鲍姆一直致力于从性别平等的基础出发鼓励女性的自我实现,她不赞成巴特勒(Judith Butler)对欧陆女性主义理论的亦步亦趋,而是认为理论发展应该与实践紧密结合。① 在《性与社会正义》(Sex & Social Justice)中,努斯鲍姆表示自己所支持的女性主义具有五个显著特征:"国际主义,人文主义,自由,关注偏好、欲望的社会塑形,关注同情的理解"(Nussbaum,1999:6),体现出鲜明的自由主义倾向。菲利普斯(Anne Phillips)认为比起个人平等独立的身份,自由主义倾向的女权主义以自主(autonomy)为轴心,更强调自由选择的权利。(Phillips,2001:252)"自由主义将个人视为理性的、自主的,能够通过自主选择表达(对于经济学家来说,则是展露)'真正'自我、深入自我作为普遍有效的道德律令的来源,后结构主义批评者指责以上的观念夸张地可笑。"(255)除了巴特勒等学者对于努斯鲍姆在女权方面所秉持的自由立场持有的本能质疑,努氏的理论也遭到了后殖民领域学者的挑战。但是对"自主"这一概念的强调恰恰是努斯鲍姆和罗宾逊性别主张的连接点。

自主是启蒙运动的关键词,来源于希腊语词根"auto"(自己)和"nomos"(法律,统治),本意即是"自治"。后结构主义者对于人是否具有自治能力,或者人是否应将自由作为终极的伦理目标尚且存疑。在他们的阐释中,人的自我从根本上来说是碎片化的、不断改变的、永不完整。在关于"自主"的争论中,罗宾逊站在了努斯鲍姆代表的自由主义一边。罗宾逊强烈反对弗洛伊德(Sigmund Freud)式的、简缩式的心理分析,因为这种体系将人解释为受动物本能辖制的、无自主理性意识的个体。"弗洛伊德持续宣称的一点,他所有理论的起点与终点即是——头脑不可信任。"(Robinson,2010:105)罗宾逊与努斯鲍姆均相信人类拥有向善的自由意志,但是作为自由主义的至高目标,实现自主的理想最终引起了人类生活上的普遍伦理困境。因为女性实现完全的自主需要跨越家庭和社会的双重障碍,她们面对的形势则更加复杂。因此对于女性来

---

① 参见努斯鲍姆对于巴特勒著作的批评:"The Professor of Parody: Review of Four Books by Judith Butler." *Philosophical Interventions*. Oxford: Oxford University Press, 2012。努斯鲍姆对于以巴特勒为代表的后结构主义者在道德上采取的被动姿态深表不满,她认为以"主体之死"等抽象主张来弱化道德标准等于抛弃了人类所有的主动性和身份特征。

说，拥有为实现自我完善而选择决策的自由更有实践意义。

对自由、平等等概念自身含义的发掘与反思为差异伦理的存在提供了合理性。差异伦理的主张者从基督教伦理立场出发，认为女性是男性的有益补充，在承认两者的先天差异性基础上号召女性"在希望中服从"（帕森斯，2009：165）。女性主义者指出，思想/身体，理性/情感，正义/关怀这几组正反概念经常被等同于男性和女性在性别特征上的对立。从积极的意义考量，这种对立描述了男女的真实差异情况。女性的社会性更强，

> 女性比男性更可能认识到自我建构中人际关系的重要性。……女性正是通过压抑的经历，通过由男性定义的漫长历史，才理解了人际关系的意义。……许多女权主义者都认为暗示主权掌控的分离状态——自由地处置自己，过完全自我的生活——既不可能，也不理想。（Phillips，2001：254）

如果将"自由"作为男性话语加以深度挖掘，女性对于"自由"和"独立"的追求不免被解释为男权话语影响之下的结果。从极端的立场来看，女性获得真正的独立和自由的过程就是学会对他人不再做出伦理关系上的任何要求。但是按照福柯（Michel Foucault）的观点，自由和解放的驱动力本身也是个体受制于权力的表现。因此，宣扬自由独立的解放伦理尽管在形式上看是最激进的性别伦理，却在70年代达到顶峰后迅速回落。80年代以来，包括帕森斯、罗宾逊在内的很多女性学者都对女性解放运动进行反思，对激进思潮表示出审慎、保留的态度。

在伦理学中，当两种价值观、理由、规范或是善好具有不同的度量标准时，即可称之为"不可通约"。努斯鲍姆提出的不可通约性是指人类个体面对的经常无法用某一个标准来衡量、比较并最终做出决定的伦理选择，在女性问题的立场上，"不可通约性"的概念与前文帕森斯所提出的差异伦理达成结果上的一致。

罗宾逊小说作品中的女性经常面临由不同观念体系衍生出的伦理选项，由此陷入无法抉择的困境（cul-de-sac）。这种观念上的混杂体现出明显的后世俗社会特征。基督教的性别传统否认女性具有和男性同等的地位；罗宾逊在部分接受传统的基础上又添加了基督教女性主义神学元素，强调女性在对神性的领悟过程中具有男性无法企及的感性与灵

性。"女性相对于男性而言,是一个更靠近神的性别,千年如一日地被侮辱与被损害的孤苦无告的弱者处境,使她们更容易领悟人的有限性、短暂性和脆弱性,也更迫切地渴望将自己有限的生命与冥冥之中无限的至高至善至爱的力量联系起来。"(刘思谦,1999:79)罗宾逊小说中的女性人物另辟蹊径,以丰富细腻的精神世界与自我追求证明自身价值,最终实践了罗宾逊旨在作品中体现的在基督教传统性别定位中实现存在意义的女性观念。

基督教性别研究是以圣经阐释为基础的两性关系研究。圣经规范下的性别伦理由神对世人的爱(agape)演化而来。"我们爱,因为神先爱我们。"(《约翰一书》4:19)作为基督教文化中统摄一切的核心概念,"爱"包括了情爱、宽恕、忏悔、牺牲等具体内容。基督教观念统一下的性别观抑制男女肉体情爱的表达,以整体上不分等级尊卑的博爱取而代之。与此同时,基督教性别体制反映出典型的男权制特色:男性担负起传承家族血脉的重任,女性的主要职责是生育家族的继承者。以夏甲和撒拉①为代表的圣经传统女性都是以母亲和妻子的身份被载入史册。"夏甲和撒拉都是延续亚伯拉罕血脉的方式,她们以此在圣经传统中获得一席之地。"(Cahill,2001:115)在《旧约》传统中,以夫以子而彰是女性实现自身价值的唯一路径。生产所要遭受的痛苦是上帝降到以夏娃为代表的人类女性身上的惩戒,不孕也成为上帝给予女性的最大刑罚。

在当代思潮的影响下,近年来,对基督教义中的爱以及两性关系的研究层出不穷,成为当代神学研究的重镇,女性主义神学的发展代表了其中最重要的成果。"女性主义神学始于20世纪60年代末美国神学界,是在学生运动、黑人运动和女性主义运动第二次浪潮的直接影响下兴起的。"(刘思谦,1999:78)基督教女性主义神学即是女性主义在神学方向的发展,学者们结合当代政治文化语境、以女性主义批判眼光解读圣经和基督教的历史发展路径。女性主义神学家们揭示出被男性话语遮蔽的神学中的女性特质。她们认为《旧约》甫一形成之时,希伯来宗教

---

① 撒拉是犹太人先祖亚伯拉罕的妻子。因为自己不能生育,撒拉让自己的侍女夏甲与亚伯拉罕同寝,生下了以实玛利。最终撒拉也蒙恩生下了以撒。

中包括了对女性神祇的崇拜。① 但是自中世纪以来由于父权制的辖制，圣经阐释学将女性置于被男性统治的附属地位，整体上仅能得出反女性主义的结论。因此女性主义神学家们致力挖掘被圣经学者轻描淡写甚至有意忽视、但在宗教传播发展过程中发挥了重要作用的女性，超越男女性别的对抗路线，从而在性别比重均衡的基础上获得对神学的再认识。

在《亚当之死》中，罗宾逊用两篇文章的篇幅介绍了纳瓦拉的玛格丽特（Marguerite de Navarre）。作为加尔文的同代人，这位女贵族是拉伯雷（Francois Rabelais）等众多学者的庇护人，自身虽然也有作品传世，但是一直以来都没有引起文学评论界的关注。罗宾逊指出玛格丽特在诗歌中表现出了呼吁宗教改革的前瞻见地，她甚至认为加尔文从玛格丽特的宗教诗歌中继承了具有美学特征的宗教观。（Robinson，2005：188）作家敢于在宗教巨擘加尔文与籍籍无名的民间女性间建立师承关系，这表明其不以权威影响而以实际贡献为基础作出历史结论、给予女性应有评价的开明态度。

罗宾逊不只关注历史中真实存在的女性，在她的小说中出现的若干女性人物都可以追溯到圣经传统。罗宾逊撷取在基督教经典中处于次要地位的女性，想象她们理应存在却被男性正典忽略了的丰富内心世界。在《管家》中，孤女茹丝沉醉于冥想，在她的想象中，早逝的母亲海伦幻化为罗得妻等基督教传统中的女性形象。上帝欲毁灭所多玛，命令城里的义人罗得（Lot）率妻女逃走。天使警告他们千万不要在逃命途中回头，"罗得的妻子在后边回头一看，就变成了一根盐柱"（《创世纪》19：26）。对此一节，传统阐释指出罗得的妻子虽已蒙恩逃出生天，但她爱慕尘世胜过敬爱神，因此受到上帝的惩罚，幻化为永恒的耻辱柱。罗宾逊反弹琵琶，借茹丝之口对罗得的妻子这一形象进行了动人的另类演绎。茹丝动手做雪人，并将她指认为罗得的妻子：

> 倘若积的是雪，我就会动手做雕像，一个在小径沿途、在树林当中伫立的妇

---

① 参见 Ruether，Rosemary Radford. *Goddesses and the Divine Feminine: A Western Religious History*，Berkeley：University of California Press，2005。

> 人。那些小孩子一定会驱近,直盯着她看。罗得的妻子,因为满脑子死亡的惨剧而伤怀,才一转过头去,立刻化为盐柱,而不孕。不过在这里,稀罕的繁花会在她发际、胸怀和手中闪烁,会有小孩子在她身畔团团围绕,为她的美丽所爱慕和惊奇,而且会因她过度奢华的装饰而笑她,仿佛他们将花别在她发上,将所有的花扔到她脚旁,而且他们会,热切而慷慨地,宽恕她转过头去,即使她从未请求宽恕。虽然她双手就是冰,而且不会去抚摸他们,但她还是他们敬爱非常的母亲,她如此冷静,如此不动声色,而他们是一群失怙的野孩子。(罗宾逊,2005:217—18)

罗宾逊将罗得的妻子这一扁平人物塑造成立体的、血肉俱全的可信形象。她割舍不下故乡,忍不住转头目睹所多玛被烧毁的惨象,但是本属于普通人的正常情感表达却被视作对神的背弃,罗得的妻子因此受到与家人阴阳永隔的惩罚。在《管家》中,茹丝的想象里始终萦绕着四处漂泊无依的孤儿的灵魂,这些小孩子幻化为罗得的妻子变为盐柱后所抛下的孤儿。他们热切地表达了对母亲抛弃行为的宽恕,但是孩子的善意并未被罗得的妻子接受。她无意被宽恕,拒绝忏悔,更不屑接受伦常对她自主选择的苛责,选择投水自尽的海伦即属于这类不接受宽恕、拒绝承担罪责的母亲。

甚至如挪亚①的妻子般名不见经传的女性人物也在罗宾逊的阐释下获得了存在感。上帝厌恶人间的罪恶,欲用洪水毁灭世界。在那之前,上帝命令义人挪亚造一座方舟来保存家人和世间的动物。洪水退后,挪亚一家在某种意义上成了人类的先祖。挪亚父子在圣经中都留存了名字事迹,挪亚的妻子却寂寂无闻,归于寂灭。茹丝对挪亚的妻子做出了以下想象:

> 在她老去的时候,发现哪个地方还残留大洪水的余荤,她可能就会走进去,直到她一身守寡的黑衣在她头顶上漂浮,而水松开了她的发辫。她一定会留给她儿子们世世代代流传这个沉闷的故事。她是个没有名字的女人,所以身在那些不曾寻获、不曾被怀念的人们当中如置家中,这些人无人悼念,他们的死无人注目,更何况是他们后代子孙。(罗宾逊,2005:240—41)

---

① 挪亚即诺亚,本书中的圣经人物译名均源自圣经和合本。

指骨镇周围的地形几经变迁。除了指骨湖,整个小镇也建在一个已经消失的湖上。每年春季洪水泛滥之时,"那个古老的湖将会归返"(罗宾逊,2005:21)。茹丝的外祖父精挑细选,在小镇的高地建起自家的房子。依托着地势,茹丝家才免受洪水荼毒。这所为全家人提供庇护和安全感的房屋因此恰如挪亚建起的方舟一般获得强烈的宗教象征意义。因为火车脱轨和自杀,茹丝的外祖父和母亲先后沉入了小镇外的指骨湖中。在茹丝的想象中,湖中满是世世代代的指骨镇先人,"从远古时代到现在走失的采野莓的人,猎人与小孩……游泳的人,划着小船和独木舟的人"(罗宾逊,2005:137)。挪亚的妻子如茹丝的母亲海伦那样舍身投奔怒海,与"那些不曾寻获、不曾被怀念的人们"同在。像罗得的妻子一样,挪亚的妻子曾目睹人类世界被毁灭的惨状。对于此世的终结,她已经放弃如经典中所歌咏的那样"归于列祖",她不求被后代纪念、祭奠,不求被上帝宽恕救赎。罗宾逊不去描摹开疆辟壤、奉"昭昭天命"①(Manifest Destiny)在西部扎根的"美国亚当",而转向被文学传统忽视的"夏娃"。这种对圣经近乎"离经叛道"的阐释揭示出极具女性主义特征、强调女性精神世界和独立见地的神学思想路径。

在《新约》中,抹大拉的玛利亚(Mary Magdalene)是与圣徒最相似但是也最受忽视和误解的女性。虽然始自公元1世纪的基督教传统一直错误地将她污蔑为耶稣为其除恶的妓女(《路加福音》8:2),但是四部福音书均记载了她目睹基督复活的事迹。在传统阐释中,玛利亚被基督救赎而皈依,代表着因悔改而受到宽恕的罪人,但现代研究已经推翻了这一结论。她被认为是耶稣最亲近的门徒,跟随基督传教并亲眼见证了他的受难与复活。(Hufstader,1969:32)通俗文学中存在着更加激进的倾向,抹大拉的玛利亚被视作基督在尘世的妻子,甚至本人就代表着圣杯。②

借用圣经研究中的预表法③(Typology)来看,《莱拉》的女主人公前

---

① 19世纪美国西进运动中民主党提出上帝赋予美国开疆辟壤、传播民主自由主张的信念。
② 参见丹·布朗(Dan Brown)的畅销小说《达·芬奇密码》(The Da Vinci Code)。
③ 预表法是神学家试图在《旧约》与《新约》之间建立联系的一种研究方法。他们认为《旧约》中出现的一些事件和人物预示了《新约》中的重要情节和人物,如《旧约》中从鲸腹中逃生的约拿与《新约》中死后重生的耶稣之间即存在类比性。

半生流浪、自甘堕落的经历在她与抹大拉的玛利亚之间建立了关联。而莱拉的丈夫埃姆斯牧师体现出坚忍克己、善于反省并借日常生活定义神性的新教精神，许多研究者将他与新教历史上的重要人物（加尔文、爱德华兹等），甚至基督联系起来。① 对于饱受苦难的莱拉来说，她与埃姆斯的相遇与结合既使她获取了肉体上的现世安稳，更通过受洗入教而得到了心灵上的救赎与超越。埃姆斯在给儿子的信中极口称赞莱拉："我常常想，你妈妈或许就是上帝选择与他共度凡人岁月的那个人"（鲁宾逊，2007：31）。这一评价直接印证了作者以莱拉喻指抹大拉的玛利亚的猜测。

与抹大拉的玛利亚同名的耶稣之母马利亚从圣灵怀孕生子，是《新约》中最重要的女性人物，但是圣经中对她的记载远远少于她的丈夫、耶稣的养父约瑟。"他母亲马利亚已经许配了约瑟，还没有迎娶，马利亚就从圣灵怀了孕。她丈夫约瑟是个义人，不愿意明明地羞辱她，想要暗暗地把她休了。"（《马太福音》1：18—19）随后约瑟受到天使告诫，遂打消了离婚的念头，并带领圣母子躲避罗马人的追查辗转各地，顺利地将耶稣抚养长大。约瑟的虔心和义举比起单纯接受男性庇护的马利亚受到了更大的瞩目。② 罗宾逊在《管家》中关注了马利亚这一在传统中充满懵懂的柔情的女性形象。茹丝的姨母希薇在离家多年以后回到指骨镇。她经历了严寒中的长途奔波，疲惫不堪。回家后，两个老姑婆在她身边张罗，外甥女茹丝和露西儿好奇地打量她，而希薇"以一个怀了身孕的处女那种安详的淑静，隐忍我们所有人对她的目光，她的快乐一目了然"（罗宾逊，2005：81）。借用这一比喻，罗宾逊突出了希薇强大的内心世界，也渲染出《新约》中马利亚的坚强。正如马利亚敢于违背贞操传统，守卫内在的神圣一样，希薇在《管家》中蔑视社会规范，听从自己的天性四处流

---

① 参见 Wood, James. "Acts of Devotion", *The New York Times Book Review*, Nov 28, 2004; Leise, Christopher. "'That Little Incandescence': Reading the Fragmentary and John Calvin in Marilynne Robinson's *Gilead*", *Studies in the Novel*, 2009 (3): 348 - 67; Mensch, Betty. "*Jonathan Edwards*, *Gilead*, and the Problem of 'Tradition'", *Journal of Law and Religion*, 2005/2006 (1): 221 - 41; Toibin, Colm. "Putting Religion in Its Place", *London Review of Books*, 2014 (20): 19 - 23.

② 在《路加福音》中，马利亚表现得比较主动。她收到天使报喜后说："我是主的使女，情愿照你的话成就在我身上"（《路加福音》1：38）。

浪，体现出强烈的自我意识。

从互文角度出发，罗宾逊小说中的主要人物同样可以在圣经中找到原型。《管家》是典型的女性成长小说。主人公茹丝从第一人称角度讲述了自己被至亲逐一抛弃，成为孤儿，最终选择与姨母希薇逃离家园，投奔自然的经历。茹丝这一人物虽然具有典型的汤姆·索亚式美国流浪儿的特征，但与男性主人公不同，茹丝因失去母亲而遭受创伤。她的流浪和追寻的目标也都与母亲海伦有关，从这一意义上讲，这部小说对美国荒野叙事进行了性别重构，挑战了传统的男性中心辖制下的荒野英雄形象。

罗宾逊对女性人物的塑造颠覆了基督教传统中温柔纯良、思想简单的女性刻板形象，但是与此同时，她的小说并没有表现出鲜明的女性解放思路，而是继承了圣经传统的性别模式。《管家》的开篇第一句"我叫茹丝。(My name is Ruth.)"不禁令人联想到梅尔维尔的"叫我以实玛利。(Call me Ishmael.)"。两部小说的主人公的名字皆出自圣经，而且茹丝与希薇的女性同盟的原型也可以追溯到圣经中路得(Ruth)与拿俄米的故事。在丈夫死后，路得放弃留在自己的本族摩押族，选择跟随婆母拿俄米回到婆母的故乡犹大伯利恒，最终嫁给了拿俄米的本族人波阿斯，成为大卫王的曾祖，这也意味着路得位列耶稣的祖先。(《路得记》)路得的故事暗示了女性情谊最终要有男性的参与介入才能得圆满，《管家》中母女、姨甥等家族女性的内蕴关系也同样不能充分满足人物的情感和自我实现的需求。

《管家》被视为美国文学中女性同盟小说的分水岭，罗宾逊将性别单一化(gender exclusivity)的形式固定下来。(Greiner, 1993: 19)《管家》中的茹丝一家三代人虽然构成了"亚马逊"式的女儿国，自治自足，但是这种单一的女性同盟并没有为小说中的人物带来真正的自由。海伦三姐妹纷纷出走，传教，流浪，甚至自杀；外祖母怀着对女儿的怨恨离世；茹丝的妹妹露西儿逃离到家政老师家中，选择了传统生活。小说的结尾刻画了主人公茹丝跟随姨母希薇寒夜出逃，踏上了生死不明的路途。

在《莱拉》中，女主人公幼时遭受亲人虐待漠视，徘徊在死亡边缘，流浪女子朵尔出于怜悯偷走了莱拉并将其收养。两人四处漂泊，相依为命,但因故分道扬镳,未得和解。朵尔受到了人世法律的终极制裁,莱拉虽然幸遇良人,但是终生为朵尔伤怀,不得解脱。莱拉与朵尔两人的女性同盟的形成及瓦解进一步表现出如路得等圣经典故的用心,即女性只有通过与男性的结合才会以稳定的形式存续下去。从这一角度出发,罗宾逊的女性观显露出其保守的一面。罗宾逊在访谈中曾经表示,《基列家书》中埃姆斯与莱拉的爱情故事是以《路得记》中路得和波阿斯的故事为原型的(McCrum,2005),这再一次印证了作家对两性而非单一性别建构的社会共同体的推崇。罗宾逊在圣经性别规范的旧有框架内的细微革新映照出保守思想与解放呼声的碰撞。

　　罗宾逊在处理小说中与信仰有关的情节时同样渗透了她所称许的自由主义特色。莱拉对于信仰的态度即体现出鲜明的个体意志。在来到基列镇以前,莱拉受生活环境影响,认为教会只是骗钱的地方,牧师都是伪君子。因为经济萧条,劳工们难以糊口。在养母朵尔因故暂时离开后,劳工们不愿照顾年幼的莱拉,将她遗弃在教堂门口。小女孩独自在教堂附近徘徊,牧师试图帮助她,但是莱拉谨记多恩的警告:不要信任牧师,因为"你这样就会变成一个孤儿"(Robinson,2014:53)(暗指牧师会把她送进福利保育机构)。幼小的女孩拒绝了牧师的帮助,苦苦守候朵尔归来。这一抛弃与守候的场景重现了《管家》中海伦将两个女儿留在母亲家门前,然后毅然投身指骨湖的一幕。《基列家书》中埃姆斯也因即将抛下妻儿而忧思重重,他借用夏甲和以实玛利①的故事感叹道:"我们把自己的孩子送到茫茫。……即使荒野,即使豺狼居住之地,也属于上帝"(鲁宾逊,2007:127—28)。而在莱拉的记忆中,当年朵尔正如荒野中降临在夏甲母子身边的天使一样,拯救了被虐待的自己。(Robinson,2014:30)当人类孤苦无依时,上帝是最后的希望,无论对方是否为信徒,这一希望不加筛选地普照到所有人身上。在嫁给埃姆斯之后,莱拉跨越了丈夫的牧师身份,独立选择接受了基督教。她皈依的目的十分明确:"她一度很喜欢复活的说法,因为这意味着与朵尔相见"(Robinson,2014:100)。

---

① 《圣经·创世记》中记载,因为亚伯拉罕的妻子嫉妒,亚伯拉罕将妾夏甲和夏甲的儿子以实玛利赶出家门。夏甲母子在旷野中迷路。在他们食水告罄时,上帝派天使来援救他们。

因为她始终无法忘怀朵尔,莱拉希望借信教而使灵魂不灭,从而再次与朵尔相遇。作者并未批判莱拉的功利性动机,相反,罗宾逊借此表达,即使是荒野,即使是如莱拉般未得开化的心灵,或者说正因为莱拉未得开化的灵魂,她才更适合遇见上帝,并接受其眷顾。

当莱拉开始尝试阅读圣经时,也许正因为无人干涉或指引,她会被《约伯记》和《以西结书》深深吸引。"在你初生的日子没有为你断脐带,也没有用水洗你,使你洁净,……谁的眼也不可怜你。"(《以西结书》16:4—5)莱拉读到的第一句话在她心中产生了深深的回响,让她忆起自己被朵尔拯救前孤苦无依的境况以及与朵尔和其他劳工的流浪生活。更重要的是,莱拉开始思索在朵尔之前,是什么使她的肉体和灵魂得以统一。(Robinson,2014:37)《约伯记》义人受难的主题与《以西结书》中人在悲愁囚禁的处境中对拯救的信心与盼望使莱拉回首半生所经受的苦难,往日的经历映射到眼前的经书中,在她心中萌发出朴素的信念,使她与基督教义产生了共鸣。

通过莱拉习得信仰的过程,"罗宾逊尽力描绘出一个本无宗教性的思想会怎样与罗宾逊本人深爱的这本书(圣经)相遇,并在字里行间找到通向自我的道路,掌握一门新的语言:她自己的语言"(Mason,2014)。埃姆斯虽然试图给予妻子一些教义上的指点,也建议她参加圣经学习班,但是莱拉的皈依过程完全绕过了机构与他人,罗宾逊赞许的正是莱拉的独立性。在作者看来,信仰没有选择性,"无论是学者,还是文盲,他们同样能理解加尔文笔下天堂的深意"(Robinson,2015:23)。在埃姆斯为莱拉施洗礼后,她从埃姆斯与鲍顿的谈话中偶然得知信众和非信徒在死后会走上不同的道路。莱拉不能理解上帝为何竟然不接纳她深爱的朵尔,她跑出家门,跳进河中,"在死亡、丧失,以及代表着一切与重生无关的水中清洗着自己"(Robinson,2014:103)。莱拉用"反洗礼"的形式解除自己与神的联系,表达对朵尔的忠诚。这里罗宾逊虽然将人伦亲情置于信仰之上,但是莱拉不受仪式规范约束、原始但纯粹的宗教态度深受作者激赏。

杰克·鲍顿年少时放浪不羁,干过许多荒唐事。在杰克回到基列为自己的跨种族家庭寻求最后的安身之地时,他的父亲和教父都用以前的错误来审判他，否认他改过迁善的可能，"以罪孽之名，痛惜着他的生活"（鲁宾逊，2010：247）。只有莱拉勇敢地说出，"一个人能够改变。万事都能改变"（235）。毕竟否认杰克改变的可能性意味着剥夺了他获得救赎的机会，莱拉对救赎的本能理解恰恰是加尔文倡导的宗教体验的唯个人性的奥义所在：所谓的"自由派"态度就是排除中间媒介与唯一正确的进路存在的可能，肯定个人思考与主观能动性，通过自己与上帝的对话建构信仰。

在罗宾逊的观念中，个体的信仰行为被赋予了极大的自主性。作者所描绘的充满灵性与个体特色的精神天国减弱了传统宗教中令人望而生畏的专制色彩，迎合了多元主义的超验想象。罗宾逊所主张的女性神学立场是折中主义的产物，强调女性独特的灵性和宗教经验，但是又暗示男性是预设式的存在，不可或缺。女性凭借自身的精神特质可以在原有的性别框架中获得存在感，从而达到两性关系的平衡。在罗宾逊关于性别差异主张的阐释中，正确理解"自我"的内涵成为两性和谐的关键，她一方面揭示出个人对身份的追寻来自宗教和美国传统内蕴的孤独感，自有渊源；另一方面指出对自我的极端求索可能对他人造成的伤害，实不足取。

第二节　人的内在孤独本质与唯我追求

罗宾逊对圣经人物所作的扩写（改写）和小说与圣经的互文表明作者对人物内在精神世界的特有观照与重视。在罗宾逊的小说体系中，人类的个体丰富性既来源于"创世"说中上帝赋予人类的"相似性"，也表现在作为美国国民性的"孤独"（lonesomeness）特质上。

加尔文伦理中对宗教优先性的强调和对个人表达的压制渊源已久，但是从另一方面辩证地看，加尔文主义框架中的人类确实存在自由意志，尽管这种自由意志主要体现在道德拯救的自我动因上。加尔文所宣扬的对上帝的无条件认同和服从就这样造成了一种悖论式的个人主义思想。从消极的意义上来看：人并非生来自由平等，而是"所有人都同样的不自由"(Harkness,1931：86)。进一步来说,预定论意味着人只能独自去面对在创世之前就已经确定的命运,所以没有任何其他因素可以介入到个人与上帝的关系之间,最终这引向终极的神学个人主义。加尔文在《基督教要义》中如此阐明:"即使因为神的永恒照管,一个人受造就注定要经历他必须承受的灾难(堕落、犯罪和死亡),但是直接的原因仍然在于这人本身,不是神,因为他毁灭的唯一原因是,他从神的纯洁创造,堕落成恶毒与不洁的人"(Calvin,1960：958)。

从坚忍(Perseverance)的含义解释开去,加尔文的个人主义同样赋予个人以自由,不过这种自由是非典型意义上的精神自由。"根据因信称义的原则,信徒们因为接受上帝的恩典而不必通过律法来获得拯救,也不用担心律法的谴责。他们更不需要通过遵守教会的法规、圣礼等等来获得拯救。"(何涛,2013：40)不受任何外在条件、机构干扰,个人与上帝纯粹的相遇是加尔文式个人主义的要义。加尔文神学认为个体思维通过对自然的感悟与上帝相连。(Engebretson,2013：110)罗宾逊将这一观点称之为"关于人类意识的中心地位的伟大真理"(Robinson,2012：xiv)。

最后,罗宾逊的加尔文伦理体系的核心概念包括以自由为纲的个人主义。加尔文意义上的"自由"有三大内涵:

> 首先是信徒摆脱法律的要求和诅咒而享有的良心的自由。通过凭信仰与基督的结合,他们拥有了在上帝面前被原谅的确证。第二,信徒拥有通过遵守法律而服从上帝的自由。……第三,对于"无关之物"的自由,也就是上帝律令中既没禁止也没要求的事物。这一自由使信众可以利用上帝的赐予来娱乐和启迪自我。(Haas,2004：103)

这种"自由"受到加尔文思想大前提的制约,即上帝在拣选时享有的至高权威与个人在清赎原罪上应负的责任。一方面,加尔文通过"上帝拣选"说挫败信徒个人渴望被解救的意志,强调信仰中的自我否定(self-abnegation)。进一步来说,自我否定分为离弃自我和投向神两个阶段:信徒在认知、情感和意志的判断上放弃以自我为标准,并将判断的权威交付上帝。罗宾逊从积极的意义上解读这种离弃自身的行动,"自我否定是获得对自我或是上帝的真正感知的条件"(Robinson,2005：183)。

罗宾逊小说中人物的孤独首先植根于加尔文主义及清教传统下美国人自我赋予的"选民"(the elect)身份,①抛弃故国与旧大陆、"遗世而独立"的地缘特征,又与美国的典型地理风物、漫长的开拓史和美国的国民性有密切联系。作为加尔文主义的核心思想之一,预定论预设了部分人才得永生,其余的注定死。加尔文主义者尊崇的上帝并非俗世所能揣测,人们只能在上帝乐意透露的时候获知他的旨意,而不能僭越去探究所谓的永恒真理。这一逻辑必然造成个人内在的无比孤独。

在罗宾逊的阐释下,个人的孤独成为美国特有的国民性。她在杂文集《年少爱读书》中阐释了"个人的孤独"与美国风土和传统之间的密切联系。(Robinson,2012:88)罗宾逊出身的美国西部文化对"孤独"尤其重视,这种传统的西部特质反映出了美国式个人主义的精髓。虽然罗宾逊曾经负笈东岸的布朗大学,她却认为"真正的美国个人主义精神和传统美国文化在东部已经失去了生存的土壤,而扎根于广袤西部的个体的孤独感和自然的神圣感才是美国文化的当代传承"(于倩,2014:2)。在某种程度上,罗宾逊所描绘的美国并不是那个高度城市化的后工业社会,而是仍然向西进运动、开拓传统致敬的"新边疆"。

在民族构成和美国国民性塑造方面,罗宾逊的小说也具有强烈的怀旧色彩。"在今日的美国研究中,国族身份以多元文化为视野,承认美国文化的多元性。在全球语境下,将美国放在宽泛的欧美'大西洋'背景下加以探究。而罗宾逊婉拒上述叙事,属意边界清晰、文化明确的国家身份。"(Engebretson,2013:13)罗宾逊小说中的人物贯彻了具有加尔文思想特色的对自由的坚守,但是极端的个人主义态度又会暴露出自由的悖论本质。这一悖论可以如此理解:梦想的成就具有社会性实质,个人对

---

① 1630年,第一任马萨诸塞湾殖民地总督温斯洛普(John Winthrop)对刚到达美洲的清教徒殖民者们做了题为《基督教仁爱的典范》("A Model of Christian Charity")的演讲,号召清教徒们坚忍坚信,担负起天命,凭借对上帝的信仰在北美建设神圣的"山巅之城"。温斯洛普演讲的主旨被演绎为美国卓异主义(American Exceptionalism),使美国人,尤其是新教徒相信自己被上帝赋予了独一无二的"选民"身份。罗宾逊本人坚信"卓异主义",并指出在今时今日,坚守民族精神和基督教义对于维护美国的国家身份尤为重要。(参见 Robinson, Marilynne. "Fear", *The New York Review of Books*, 24 Sep. 2015)

于理想的实现需要他人的认可,而这些"他人"也正是个人为了实现自由的梦想所需要逃避的对象。韦伯在《新教伦理与资本主义精神》中即提出,上帝无条件的拣选导致新教徒形成个人主义观念以及冷漠的处世态度,进而影响到资本主义的运行模式。(韦伯,1986:85)罗宾逊则从更乐观的角度界定了美国个人主义,她认为对个人主义的重视不必以牺牲社会责任感为代偿,只是个体与自然以及信仰的相处方式。

"自我"的概念虽然在当代得到了丰富,但是其根源可上溯至16世纪的宗教改革时期,"在浪漫主义时期,其内涵得到大幅扩张和世俗化"(Engebretson,2013:23),最后在19世纪美国文学中找到了自己的位置。虽然"理性驱动的自我"这一概念在20世纪初被弗洛伊德解构,但是罗宾逊一贯反对心理分析学和科学主义将人性简缩为受潜意识胁迫的动物性的做法。"罗宾逊通过重新培植对于人类个体,特别是人类意识的神秘及神圣的宗教感(来为受到威胁的个人主义)提供了另一种出路。"(25)孤独对于人性的完全实现不可或缺,"只有孤独才能使人经历这种极端的单独状态,个人最高的尊严和特权。理解这一点,一个人才能理解陌生、沉默和他者中隐含的神圣诗意"(Robinson,2012:90)。罗宾逊推许的具有积极作用的个人主义在她笔下的女性人物身上得到了演绎。

罗宾逊的处女作《管家》刻画了三代虽身处家庭却维持心灵独立的女性。外祖母和外祖父过着精神上分离又并不突兀的生活,"她爱他无伴的灵魂,那灵魂跟她所拥有的一样"(罗宾逊,2005:36)。女性的内在孤独和不可触及被罗宾逊描写到了极致,"她(外祖母)就会感觉到从小漫漫长夜会带给她的那种锥心的寂寞。就是那种寂寞,会让时钟仿佛走得很慢走得很大声,让声响听起来像是遍及整个水面。她所熟悉的妇人里,先是她祖母,然后是她母亲,到了傍晚时分会坐在门廊的摇椅里摇呀摇的,尽唱些悲歌,不希望被人打断"(36—37)。外祖母始终保持自己的灵魂的神秘和独立,抗拒女性的从属地位,"她根本不想让自己觉得真的已经嫁给了哪个人"(35)。但是社会将从属身份强加给女性,外祖母的过世只是让众人联想到让外祖父丧生的火车脱轨事故,她的讣告上配的是火车启用那天的新闻照片,上面是清一色的男性。

家中的第二代,三姐妹一同长大,却在彼此之间维持了奇异的疏离感。大女儿莫莉和二女儿海伦分别履行了符合宗教和社会传统的女性职责,自我奉献给上帝或是家庭。大女儿突然投身海外传教事业,一去不返。"莫莉离家的六个月前,她已经彻底变了样。她变得狂热于宗教。她弹钢琴练唱赞美诗,寄厚厚的信到宣道会。"(罗宾逊,2005:31)海伦则匆忙走进婚姻,生了两个女儿,似乎要重演自己母亲相夫教子的生活,但是丈夫对家庭的抛弃和海伦对自我的追求令她踏上了不同的道路。她结束自己短暂的一生后,留给两个幼女的是一个又一个谜团。三女儿希薇对外宣称自己已婚,选择了颠沛流离的生活却乐在其中,甚至最后带领着外甥女火烧家宅,走上了流浪之路。

在这样的家庭环境中长大,从小就学会察言观色的茹丝与露西儿也很快结束了姐妹的亲密关系,走上了各自不同的生活道路。如圣经中的先知一样,茹丝通过舍弃俗世而获得精神自由。(Robinson,1994)"茹丝企图超越(传统的)定位,在常规定义的'幸福'逻辑之外建立一种伦理,一种生活方式。茹丝的成长叙事是对一位青年女性苦行者的描写。"(Engebretson,2013:37)罗宾逊不只展示出女性精神的神妙世界,更在一定程度上关注女性对传统家庭内部角色定位的颠覆和反抗。"家"对于女性来说,意味着限制和束缚,迫使她们远离外部世界和公共角色,是让她们俯首顺从的父性空间。"《管家》将流浪塑造为一种解放,摆脱束缚,抛弃不必要的东西与社会责任。"(Galehouse,2000:117)小说中的女性身处家庭却表达出深刻的疏离感,这指向的既是女性心灵世界的复杂状态,也表现了美国西部文化独具特色的自立精神。

莱拉这一人物身上同样渗透着深入骨髓的孤独。她与埃姆斯结婚之后,生活安定舒适,但是仍然会感到一种回归个体的冲动。只有回到自己曾经栖身的郊外棚屋,以最俭省的形式身处自然之中,日出而作,日落而息,莱拉才觉得完全掌控自我,享受内心的平静。垂垂老矣的牧师行将就木,在他告别人世之后,莱拉与儿子必然要搬离教会提供给牧师的住所,母子两人的未来生活不可预料。即使茕茕子立,形影相吊,如果个人确信天父无处不在的眷顾,孤独、无所凭依也并不可怕。相反,这种孤独状态可以培养强大的心灵,个人享受孤独的能力更与积极进取的美国精神融为一体。

"抛弃/放逐"是罗宾逊小说作品的重要主题。从基督教意义上说，人类因堕落而被上帝抛弃，所以孤独的自我放逐是人类必须承受的命运。在既定的不利条件下，如何怀抱被拣选的信心，以富有人性的道德调和人类的堕落成为罗宾逊向后现代社会提出的伦理任务。"露丝①把抛弃感和对原初的渴望定义为普世经历，认为这是人类共同面临的先验存在……遭受母亲抛弃是露丝的历史起点，也是人类的历史起点。"（金莉等，2010：274）茹丝姐妹幼年在西雅图的家位于高高的公寓顶楼，茹丝对于母亲和童年生活的回忆暗喻着人类对于上帝和伊甸园的美好追忆。在《管家》和《莱拉》中，女性的主体性建立在其他女性的陪伴下进行，体现了非传统的、男性缺席的"成长"经历。布朗宁（Don Browning）在《剑桥基督教伦理指南》中表示，"自由派新教对于世界范围内父亲缺场的趋势基本上视而不见"（Browning，2001：257），以此指责自由派的过分纵容和随波逐流。在罗宾逊的小说中，父亲的缺场成为重要的主题元素，反而为女性身份的扩展提供了空间。海伦、莱拉等罗宾逊小说中的女性被男性抛弃，成为受害者，但是她们又抛弃他人，为自己获得加害者的身份。

个性（individuality）是罗宾逊及浪漫主义时期的作家先辈们最重视的品质，丧失个性会使自我泯灭于众人。在罗宾逊看来，为了追求自我实现而突破常规角色仍是值得称颂之举。女性通常被赋予建立、维护家庭，养育子女的社会角色，《管家》中的莉莉和诺娜姑婆表面上过的虽然是不循规蹈矩的老处女生活，但是两人在言语行动上高度一致，几乎无法区分。罗宾逊在描述两人对话时有意省略说话人的姓名，令读者难以辨别两人各自的性格，突出其个性的缺失。尽管作家对于女性泯于众人的主体性丧失表现出批评，她同时认识到个体的唯我追求发展到极端程度时同样有害，属于女性反抗行动的过激表现。

在罗宾逊的小说中，自杀是人物为追求个体自由所采取的终极手段。《管家》中海伦的自沉指骨湖尤其体现出女性特质，令人联想到莎士

---

① 即《管家》主人公茹丝（Ruth）。

比亚笔下的奥菲利亚所代表的文学作品中女性投水的传统。①"人所选择的死的方式,不管是现实生活中的人,还是在想象作品中的主人公,事实上从来不是出自偶然,而是,在每次情况中,总是精神因素决定的。"(巴什拉,2005:89)《管家》在一个男性缺位的家庭中集中展开故事情节,两个女孩茹丝和露西儿的成长是贯穿整部作品的主线。母亲海伦的投水自尽如梦魇一般笼罩在两姐妹的人生中,以其作为文学意象的典型性生发出读者对女性的反抗、溺亡的女性特质以及母性的再认识。

作为罗宾逊的处女作,《管家》勾勒出一个几乎不受男性干预的女性乌托邦/反乌托邦式家庭,关注了其中不同世代的女性的命运、母女/姐妹间的羁绊,尤其凸显出女性与水和死亡的关联。女孩儿们的外祖父早年因火车事故身亡,父亲抛弃家庭、没有给她们留下任何印象。除了男性镇长、校长的偶然出场,小说中血缘相系的女性们生活在一个"性别真空"中,排除了性别"操演"(performativity)②的必要性。但是,男性的不在场并不意味着女性们得以建立一个自足的女性社会,三姐妹纷纷抛下寡居的母亲离开小镇。大女儿莫莉到中国传教,从此音信全无;二女儿海伦婚姻失败,抛下孩子投湖自尽;三女儿希薇婚姻状况暧昧,独自四处漂泊。罗宾逊笔下"与美好理想形成鲜明对比的、对于女性和家庭的描绘让《管家》的读者非常不安"(Fowler,1995:iv)。沃克(Karen Ann Walker)通过女性人物的不同立场指出小说中的女性社区的内在异质性。(Walker,2012:64)盖伊(Paula E. Geyh)则认为罗宾逊一方面肯定了家庭空间在塑造女性主体性方面的重要地位,另一方面又试图建立一种位于父权结构之外的流动的主体性。(Geyh,1993:104)罗宾逊借这部小说揭穿了多种女性主义迷思:女性尤其是母女之间并不存在确保团结、先验的联结纽带;女性并不会从小范围的单一性别共同体中获得满足;流浪和自杀等看似消极的极端手段既是女性反抗男性霸权话语的

---

① 《哈姆雷特》《觉醒》《道林•格雷的画像》《浮现》《占有》《作者、作者》……仅在英语文学中我们能找到的女性投水自尽的例子就数不胜数,这种典型处理背后传达出对于女性命运的大众心理期待。"女人是水做的",回归到水中似乎是理所当然,死得其所。

② "操演"一词最初来源自奥斯汀(J. L. Austin)的言语行为(speech act),表示语言所具有的行动性,后被巴特勒借用来表达性别(gender)的社会属性。

极端策略,更从侧面揭示出作者保守的性别立场。

海伦投水的意象继承了文学传统中女性溺亡的典型(archetype),由罗宾逊从积极的角度进行了新的阐释。关于这部小说的大量评论提到了"丧失"(loss)这个关键词,强调包括外祖母、母亲等亲人的离去给茹丝和露西儿姐妹带来的重大的心理创伤,但母亲海伦的极端选择对女儿们的影响并非只是消极否定的。罗宾逊通过海伦传达出女性为获取自身主体存在而进行抗争的决绝态度,正基于此,女儿在成长过程中对母亲的选择和女性在社会中经受的痛苦才会有更深刻的领悟。

在某些文化语境中,限制女性在身份和空间上的流动性是迫使其服从的重要方式。为了维护理想的家庭环境和保持凌驾于女性之上的优越性,男性通过婚姻、教育、育儿和家务等手段将女性限制在家庭空间之内。"在这种体制中,家宅是父权家庭理想的化身。家宅散发出……特定形式的女性从属观念:家宅以特定的地位或角色定位女性,女性进而认可这一定位并以该场所的从属身份构建自身。"(Geyh,1993:109)即使没有男性实体性的在场,所谓的父宅(father-house)也会成为父权制度规训女性的"监狱",而女性追求自身主体性的时候必然以突破这所监狱为首要抗争目标。

在《管家》中,作为女性力量的象征,洪水泛滥"表征女性的能力和愿望,尤其是蔓延到父权秩序和压制女性的地方——家宅时"(Sotirin and Ellingson,2013:109)。女性冲破家宅限制、重新获得流动性的斗争以两种方式体现:流浪和自杀。海伦的女儿茹丝和海伦的妹妹希薇在亲人或离世或抛弃她们后将外祖父建造的房子付之一炬,在黑夜中沿横贯指骨湖的铁路桥逃出小镇,开始流浪生涯。"茹丝和希薇逃离指骨镇象征着她们从父权制家庭空间的逃离。而且,茹丝和希薇的流浪生活突破了对女性行为的限制,为女性身份开创了新的疆界。"(Tigchelaar,2013:36)鉴于小说暧昧不明的叙述风格,[①]有评论家指出,希薇和茹丝并没有成功地走过铁路桥,而是溺死在指骨湖中,小说结尾部分是由茹丝的鬼魂进

---

① 《管家》的语言具有诗歌的特征,其朦胧不明的所指,肯定与否定的混用一直是评论者的兴趣所在。在小说结尾处,读者无法准确获知希薇和茹丝二人的结局,罗宾逊隐晦的叙述引起了评论界的不同猜测。

行讲述的。其实无论故事究竟如何结束,对于公众来说,希薇和茹丝选择出走已经造成她们"在社会意义上的消亡"(40)。无法循规扮演社会角色的女性会被社会抛弃,就如《管家》中不论希薇和茹丝是否活着,当地报纸的新闻报道已经宣告了她们的死亡。从这个意义上说,女性的抗争只能以脱离社会为代价。

如果说流浪是属下(Subaltern)解构男性权力话语的手段,自杀则是海伦最终获得主体存在的方式。海伦与一名推销员结婚后离开家乡指骨镇,前往西雅图生活。被丈夫抛弃后,海伦靠打工苦苦支撑度日,抚养两个女儿。朋友劝海伦回乡探望母亲,她却在将女儿留在母亲家门口之后,驾车冲进了指骨湖。海伦似乎毫无预兆的行为令众人迷惑不解,但是她谜一样的选择恰恰说明从来没有人真正关注她的内心痛苦。试图理解母亲成为女儿茹丝和露西儿的作业。露西儿选择了逃避真相,她宁愿相信母亲是因事故才坠湖的。而茹丝在不断的冥想中触及海伦的精神世界,"她相信这种在水中的出生/死亡正是她的母亲开车冲出悬崖跌进湖中时所追求的,这并不会结束生命,反而会带来再度统一"(Tigchelaar,2013:39)。基于对母亲的理解,茹丝最后选择和姨母一起反抗传统,走上了"终结持家"的道路。

死亡与永生的悖论关系在女性主义理论中得到有力的佐证。在小说中,海伦故乡的指骨湖不仅年年泛滥,给镇上居民带来灾害,还吞噬了渔民、猎人,甚至茹丝的外祖父所乘的火车。与上帝"在水上行走,但他不会淹死"(罗宾逊,2005:272)相对应,以指骨湖为代表的水域如同耶和华惩罚世人的洪水一般淹没了一切人类的过往,代表了在女性的非线性时间统治下的、过去与现在互相融合的俗世。克里斯蒂瓦(Julia Kristeva)如此评价女性解放运动的三次浪潮:

> 第一次浪潮是对直线型的男性历史、男性价值观的认可和模仿。第二次浪潮则鼓吹一个与男性迥异的、脱离社会的女性空间,强调环形的叙事模式,属于典型的分离主义。只有第三次浪潮才标志着女性主义发展走向成熟:此时女性以积极的姿态参与社会和历史,但同时以反抗者的姿态反对男性的官方叙事神话,创建出属于"女性的时间"。(转引自金莉等,2010:273)

克里斯蒂瓦对女性时间循环和永恒的特质进行了如下的论述:"永恒时

间的具体存在，不可分裂，无可逃避，与线性时间（流逝着）几乎毫无关联，以至'时间'一词根本不合：这种时间像想象空间那样广阔无边、不可置限"(Kristeva,1980：350)。因此，海伦投入到水中即是选择与过去的一切相联结，生命在生物意义上虽然终止，却获得了永恒存在的价值，实现从死亡到永生的转换。

关于《管家》中的女性时间，学者们提出了不同的观点。福斯特(Thomas Foster)应用了上述克里斯蒂瓦的女性时间理论。他认为《管家》中的三代女性生活与克里斯蒂瓦所提出的时间的三个时代论吻合：第一代大致与女性选举权运动时期重合，这一时期女性试图跻身处于统治地位的男性历史；第二代是以对于时间的环形、神秘观为特色的女性心理挑战线性历史；第三代则是由前两代结合而成。(Foster,1988：75—77)盖尔豪斯(Maggie Galehouse)的论点则是以柏格森(Henri Bergson)的"绵延①"(duration)理论，特别是时间的数量与质量的分类为基础的。(Galehouse,2000：132)柯雷福(Elizabeth Klaver)则不认同上述分析。她指出故事中多次出现以流浪为生的希薇习惯以火车时刻来精准地标记时间的情节。这说明小说中的时间建构应在自然时间和铁路时间之外再添加一个维度，即她所谓的"流浪时间"(hobo time)(Klaver,2010：35)。总之，关注《管家》的时间问题的评论者们大都认为作品中的女性人物以女性时间抗拒现代的工业时间，以具有女性特色的思维认识论挑战男性主导下的世界观。

小说中不断出现与死亡有关的意象，湖水、寒冷、饥饿都会使精神脱离肉体获得更敏锐的感觉，"以空气为血肉，以赤裸为衣裳，以寒冷蔽体"（罗宾逊,2005：282）。茹丝在果园中度过一个寒夜，她发现："要是你不去抗拒寒冷，而只是纯粹放松去接纳它，那么你就不再感觉寒冷让人不舒服。……我饿到可以开始学会饥饿的乐趣，而且我在幽冥中快活自

---

① 柏格森用"绵延"来与时间混用并将时间进行了区分：科学的绵延/时间以及真实的绵延/时间。前者是"作为纯粹介质或者性质均匀的介质的绵延或时间，即钟表的时间。……第二种是纯粹和融合的绵延。它是性质变化的连续体，变化相互融合、相互渗透，之间没有清晰的界限；而且与数目没有任何亲缘关系，是纯粹的异质性，因而存在于没有空间介入的连续的纯粹心理事实里面"（王亚娟,2013：57）。

在,总之,我可以感受到我正在逐一地突破每一项需求的极限"(283)。海伦、希薇乃至茹丝所表现出的迷恋态度契合了福柯所宣扬的"在死亡中获得生命的真理"(汪民安,2002:65)。妻子、弃妇、单身母亲,海伦先后被赋予的社会角色令她身心交瘁,失去了与人沟通的欲望,投水自尽反而成为她反抗社会、反抗男性时间的方式。海伦的选择并非完全出于对现实的悲观和绝望,在深层意义上,这一抉择指向肉体消亡后精神得以永存的观念,表现出女性追求自身主体存在意义的迫切与渴盼。

阿伦特关于"出生"的思想被后来的学者不断丰富。克里斯蒂瓦将母性视为语言的符号,与阿伦特的"出生"相联系,"可更新的意义的终极体验……是现代版本的通过持续的'出生的奇迹'的鼓点对生命之爱的犹太—基督教感情的表达"(转引自 Gudmarsdottir,2012:102)。茹丝一直沉湎于意识上的自我毁灭,通过女性间的纽带(bondage)或姐妹关系(sisterhood)定义自我。她先是将自我身份与海伦联结,后来是外婆,最后是希薇。"我觉得在希薇的房子里,有我已经失去、很可能找到的某些东西。"(罗宾逊,2005:179)茹丝和希薇在湖上的小舟中共度的一夜使两人的联系更加紧密,茹丝身处希薇的两腿之间,经历了"第二次出生"(228),从而完成了对希薇的价值观和生活方式的完全认同。

作为小说的题眼,水这一意象将消亡和女性联结在一起。"'浸没''洪水'、形状的溶解以及回归原初状态的理念等都是《管家》的重要主题。"(Kirkby,1986:101)指骨湖、小镇年年消融的冰雪和泛滥的洪水既是小说的主要背景,也代表了重要的意象。水成为理解小说作者创作意图的重要线索:"水的暗喻——它多变的特质,它在状态和形状上的变化——指向改变和时间的流逝"(Siegelman,1987:42)。《管家》从多个角度使用了这一象征,不仅指涉水流动和溶解的特性,也表达出人物对浴水重生的渴望。正是因为"水作为一种神秘的媒介,象征着精神转变所必需的变异性"(Bohannan,1992:73),小说中的女性人物才能通过与水的接触、甚至完全投入水的怀抱而获得真正的精神解放。

水的意象具有深刻的两面性,既指涉解放,也象征了肉体的消灭。"对罗宾逊来说,水不只是对上帝的暗喻。其自身即是神圣存在,一种既创造滋养生命、有时又会破坏生命的内在形式。"(O'Connell,2012)除了海伦的投湖,小说中还多次描绘了不同女性的溺水意象。女孩们的姨母希薇不会管家,任外来的落叶、纸屑在家中堆积,自然一点点入侵这座外祖父留下来的房子。"待在房子里的希薇,或多或少就像一尾身在船舱里的美人鱼。她喜欢屋子里渗入原本要被隔绝的事物。"(罗宾逊,2005:148)外祖母强忍亲人离散的痛苦抚养孩子们五年后去世。她虽然逝于卧室,却以溺亡的形象出现。女孩们看见她"蜷曲在身体的一侧,双腿被床单的凌乱紧紧缠住,她双臂向上挥舞,头往后仰,她脑后的小辫子曳过枕头。模样就好像,她快在大气里灭顶了,她得朝太虚纵身一跃"(230)。这种诡异的景象使茹丝觉得外祖母"进入了另外一个领地,在那里,我们的生命漂浮,没有重量,没有实体,不能相融合,也无法分离,就像水面上的倒影"(68)。除了茹丝的生活中,在她的想象里,作为默默无闻的女性的化身,挪亚的妻子在老年时也选择在大洪水的残迹中自尽,几乎自如地"波纹未起、空间未曾位移地走进湖里,且如热气那般无形地航向天际"(282)。在水中结束生命成为女性特有的从有形肉体到无形精神的跨越方式。

《管家》中女性溺亡的意象指向社会学、哲学等多层面对溺水的阐释。从大众心态上来说,"全世界的文化都有将溺死与女性联想在一起的倾向"(吉尔摩,2005:93)。作为自主选择,"投河自尽也非女性莫属,女性的'流动性'(乳汁、泪水、例假等)都和水、死亡有逻辑关系"(朱刚,2016:345)。巴什拉(Gaston Bachelard)(2005)在《水与梦》中以"卡翁情结"和"奥菲利亚情结"总结了生命、死亡和水的关系。"这两种情结都象征着我们的最后旅途和最终结局的思想。消亡在深水中,或消失在遥远的天边,同深度同无限相结合。"(14)奥菲利亚在莎士比亚剧中虽然分量不重,却通过后世不断的艺术再现成为女性溺水的原型,以其女性的液体质对抗男性的干枯。尤其重要的是,溺亡突破了死亡即终结的预设,凸显出回归本源的意义,赋予女性特别的能量。

溺水与人类神话和宗教的紧密联系使得投水自杀成为文学作品中人物借以摆脱困境获得重生的特殊手段。各国神话中,与水有关的兽状怪物多为女性,这也与心理分析学倾向将对于深渊的恐惧女性化有关。弗雷泽(James George Frazer)在《金枝》中指出,众多原始宗教中的溺水而死情节与季节更迭中作物的生命轮回紧密相关,但在《荒原》中艾略特

(T. S. Eliot)以基督教义对这一神话原型进行了改写,洗礼的特殊含义使溺水变成了精神的重生。(McNairney,1979：7)人类原本是从水中诞生,所以回到水中标志着生命的又一轮开始。《基列家书》中的埃姆斯牧师由洗礼中水的净化作用联想到费尔巴哈(Ludwig Feuerbach)的评价,"水是最纯净、最清澈的液体。凭借这一点,它的天性成为神灵无瑕禀性的象征……并且被遴选为神灵的载体"(转引自鲁宾逊,2007：24)。水与母性本源之间的联系在荣格(Carl Jung)的《转化的象征》中也有阐释:"水的母性含义……是神话领域中最为清楚明白的象征解读之一……母亲意象投射于水,赋予了后者许多母亲所特有的超自然或者说奇异的特质"(荣格,2011：186—87)。在某种程度上,投水对人来说就是回归母体,获得新生。"水便这样成为一种死亡的邀请；它是一种特殊死亡的邀请,这种死亡能使我们前往本原的物质的隐身之所。"(巴什拉,2005：62)基于上述水的特殊含义,《管家》中反复出现的在水中溺亡的意象可被看作女性渴望回归生命本源的自觉选择。"耶稣说：'我实实在在地告诉你,人若不是从水和圣灵生的,就不能进神的国。'"(《约翰福音》3：5)从神话原型和自然哲学方面我们都可以建立起这一图景中关键要素之间的联系,从而挖掘出其在文学上的主题意义：溺水行为本身即打着鲜明的女性烙印,水也以其母性特质赋予死者新生。

许多研究者将母亲身份(motherhood)看作女性臣服于男性社会并被束缚其中的陷阱。也有人认为母性升华了女性身份,赋予女性权力。在精神分析学领域,弗洛伊德致力于有关儿子对母亲怀有的俄狄浦斯情结的研究。他完全以菲勒斯中心主义(Phallogocentrism)定义母亲身份,认为母亲因其"缺乏"只能仰慕、依赖、服务男性。拉康则将母亲视作儿子自我身份构建过程中需要摆脱的、具有威胁性的"他者",只有"父之名"才能将他引入代表社会的象征界。克里斯蒂瓦借用了柏拉图提出的"容器"(chora)一词表达先于父亲、在象征界之前存在的、作为一切意义的基础的"母性空间"。(Kristeva,1980：133)她关注了以往心理分析理论中被忽视的母亲角色,表达出在男性象征界压迫下具有潜在反抗性的女性话语内容。

在包括《管家》在内的女性成长小说中,对母性的表现主要呈现为两类母亲形象：不在场的母亲和压迫性的母亲。作为作品中背景性、陪衬式的存在，母亲向作为中心人物的女儿传达的经常是否定、消极的信息，这也衍生出文学中"可怕的母亲"(terrible mother)、"怪罪母亲"(mother blame)等主题。这两类主题将子女在成长过程中遇到的困难归罪于母亲，尤其是有问题的母亲形象。文学传统中的母性"集中在母亲的缺失以及孩子对这种缺失的愤怒和悲伤上"(Gary, 2005: 7)。很多批评家关注到文学中被噤声、被忽视的典型母亲形象。克里斯蒂瓦曾经批评西方的宗教习惯对悲伤的圣母形象的抬高，她认为这将母亲贬斥为一幅悲伤、痛苦、沉默的画像。(Kristeva, 1980: 253)母亲只应该以无限的牺牲精神构筑孩子成长的完美家庭堡垒，"而且，母亲自身也被禁锢在那个堡垒中，堡垒中既包括她的身体，也包括对那个身体在世间的角色的文化期待"(Gary, 2005: 10)。母亲任何程度上的逾矩都会被妖魔化为子女成长过程中的梦魇，而她的内心挣扎似乎无足轻重，也无人关注。

罗宾逊在《管家》中质疑了传统所着意塑造的"完美母亲"的幻象。"罗宾逊的母亲情节审视了社会对于母亲的期待、个人牺牲、冲动、影响、本能等概念，最终要求对旧有标准进行调整。"(Sanko, 2002: 7)母亲只有跨越男性设置的理性限制才能获得主体性和自己的声音，自杀就成为瓦解这种理性边界的终极手段。在海伦带女儿们返回故乡并投湖之前，她在茹丝和露西儿心目中寡言少语，暧昧不明，属于弗洛伊德意义上的"不在场的母亲"。在西雅图居住时，海伦为维持生计，白天在餐厅工作，由邻居来看护两姐妹。在加油站值夜班的邻居白天总是昏昏欲睡，茹丝和露西儿几乎在无人监管的状态下成长，在某种程度上适应了母亲角色的缺席。母亲在高层公寓里给孩子们的腰间系上绳子，使她们可以在露台上看到周围低矮的屋顶又不至于有跌落的风险，这一游戏预演了海伦驾车坠入指骨湖的一幕。童年游戏与未来发生的死亡事件的契合体现出鲜明的心理分析的特色。在海伦载女孩们回到指骨镇，让她们在外婆家门前等待时，她心意已决。尽管她再也没有归来，"临时的缺席被永久的死亡取代"(Jonte-Pace, 2001: 48)，尽管茹丝承认她一直在等待，等待母亲的解释或是道歉，茹丝姐妹对于母亲的离场的接受实质上根植于她们的童年经历。

海伦的丈夫结婚不久即抛妻弃子，在收到他的来信后，海伦连拆都不拆就把信扔掉，女儿们把一切都看在眼中，尽管她们对自己的父亲十分好奇，从母亲那里却得不到任何关于父亲的解释。海伦和女儿之间的鲜少交流如果暂可归因为孩子们尚且年幼，无法理解父亲对她们的遗弃和外祖母与母亲间的芥蒂；小说的第一人称叙述者茹丝进一步设想，即使母亲还在世，她和妹妹也永远不会了解母亲的内心。"等我们长大了，她的古怪说不定会让我们厌倦，或是难为情。……我们一定会聚在一起，心酸而开心地嘲笑我们异常孤寂的童年，照那样看来我们肯定没出息，而我们所有的功成名就都是奇迹。"(罗宾逊，2005：275)海伦的沉默隔绝了所有母女间的沟通；没有她的极端选择，女儿们永远不会尝试真正理解母亲，了解她作为完整个体的复杂的精神世界。她们"永远也不会知道她曾到过湖边，躺在那里闭上眼睛，就为了我们再度归来。……要是她回来了，我们永远也不会知道她悲伤的本性，和她悲伤的深度。但她丢下了我们，拆散了一个家庭"(275—76)。茹丝在小镇的角角落落都能感受到海伦的存在，幼年丧母反而使得母亲在孩子心目中变得非凡不朽，获得了存在的意义，这构成一个巨大的反讽。茹丝承认遭母亲遗弃使她心灵受创，但她最终明白母亲的决然才使女儿有可能真正接受她作为完整丰富个体的存在。

海伦的母亲即女孩们的外祖母也属于这类不受重视却又难以触及的母亲。"罗宾逊笔下的母亲形象很像湖，既没有固定形状也没有明确定义，因此难以解读。"(Sanko，2002：6)外祖母表面看来是循规蹈矩的贤妻良母，一向不受家人重视。但在她的丈夫遭遇火车事故丧生后，海伦三姐妹和母亲变得异常亲近。"的确，她们会这样穷追着她，急着接近她，就好像她有一阵子不在才刚回来。不是因为她们怕她会像她们过世的父亲那样消失不见，而是因为他的猝然消失让她们清楚感受到她的存在。"(罗宾逊，2005：30)按照弗洛伊德式的阐释，父亲的死"造成了心理分析上的逆转，回到了前俄狄浦斯阶段。将女儿们与象征界连接的绳索被切断。在短暂的时间内，女儿们没有了身份认同，她们一心与母亲重聚"(Smyth，1999：285)。但是，女儿们这种对本源的回溯并没有给母亲带来"喜悦"(jouissance)，她甘于"犹如天光那样不受重视，……她从来没教她们要对她仁慈"(罗宾逊,2005:38)。她的内心只在独处的沉思和梦魇中显露,而且这些都是通过茹丝的回忆和想象才得以呈现。她有过关于爱情的热烈的想象,从晾晒床单和挖土豆等家务中她获得了突然的精神领悟,接连失去家人的痛苦让她梦到无家可归的儿童的魂灵在屋外游荡。外祖母从不向他人倾诉,只有她去世后在床上的溺水姿态才反映出她深藏在心底的痛苦挣扎。

罗宾逊在《管家》中塑造出复杂的、反理想的母亲形象;母亲并非依附于子女而存在的客体和"他者",而是具有完整人格和内心世界的女性。作者暗示母女间并不存在天然的沟通渠道,如果没有着意的尝试与努力,母亲的精神世界并不会对女儿敞开。小说中的母亲受父权社会的控制和规训,压抑内心情感,最后放弃了自己的社会和家庭角色。罗宾逊并没有对海伦对育儿责任的背弃做出是非判断,相反,她揭示出女儿如何在失去母亲的创伤中加深了对母亲的了解;而母亲的存在意义反而通过自体的消失才得以显现。"(罗宾逊)让茹丝选择自己的母亲,而不是仅仅接受她的亲生母亲,这一决定挑战了关于母女联系的固有观念。"(Greiner,1993:71)格雷纳(Donald J. Greiner)认为"《管家》是当代女性关系小说中的分水岭,因为它将标准的母女关系定义为限制性的,而非养护性的"(Greiner,1993:74)。罗宾逊在小说中反复描摹疏离的母女/母子关系,《管家》中的海伦三姐妹在父亲去世后对母亲突然产生的依恋,海伦对茹丝两姐妹周全但冷淡的态度,莱拉比起生母更在意自己的亲生父亲,凡此种种,反映出作家源自基督教传统的对于母亲的复杂体认。

与文艺复兴之后的艺术题材中反复歌颂的圣母形象不同,早期基督教发展时期,尤其以奥古斯丁为代表的神学家们一方面把引导自己皈依的莫妮卡[①]作为教会集体的母亲形象加以赞颂,另一方面对母亲形象的抽象抬高之下隐藏的是对人通过有性繁殖的罪得以出生、获得俗世的有限生命这一事实的复杂情感。基督教意义上的真正出生是指"在教会母亲的子宫中,在洗礼的圣水中获得的永恒生命"(Ruether,2005:146)。

---

① 圣莫妮卡(St. Monica)是奥古斯丁的母亲,其虔诚与美德引领奥古斯丁走上宗教道路。

所以在罗宾逊的伦理体系中,宇宙洪荒所代表的超验力量对人类的哺育教化作用要大于真正的生理意义上的母亲。

罗宾逊在《管家》中以女性溺水而死的典型范式表达出她对女性社会地位和母性的深入思考。海伦的投湖自杀将她从男性社会空间引领到与过去相联结的女性时间中,是她牺牲社会角色、追求主体存在的抗争手段。水以溶解、流动、回归原初状态等特质获得女性和母性的双重属性,令海伦浴水重生。罗宾逊以海伦为主塑造出具有丰富内心世界的母亲,她们并非作为子女的附属品而是以独立人格存在。这种对母亲的立体形塑是对文学中传统、刻板的母亲形象的反拨。正是这类勇于突破身份窠臼、追求自身存在意义的母亲唤起读者对于母性的关注和再发现。

值得注意的是,罗宾逊秉持的并非一种单一维度的激进女性主义。她不是在鼓吹女性自我放逐、自我消灭来获得完全解放;相反,她在《管家》中指出了单一女性乌托邦的不切实际、唯我追求的极端后果以及女性自绝于社会后可能陷入的尴尬处境,体现出对女性主义运动的深刻反思。在罗宾逊之后发表的作品中,女性大多作为循规蹈矩的陪衬和旁观者存在。毕竟在20世纪中叶,母亲这一角色仍然被视为女性的"首要职责,第一荣耀、目标以及理由"(Janeway,1971:145—46)。《基列家书》《家园》与《莱拉》中的女性生活大都围绕她们作为母亲的角色展开,与其是否具有职业生活无关,即使作为女儿、妻子、女主人,她们也均发挥着照拂与慰藉家庭成员的作用,以曲折的方式实现自我的存在价值。

第三节 亚马逊①的覆灭与女性赋权

激进女权主义借助女性主义理论的迅速发展,致力于妇女的完全解放。这一运动的主要代表人物有米利特(Kate Millett)、费尔斯通(Shulamith Firestone)、麦金诺(Catharine MacKinnon)等。波伏娃(Simone de Beauvoir)的《第二性》是激进女权主义理论的思想启蒙,而

---

① 希腊神话传说中的女战士族,其国土禁止男性涉足。

米利特的《性别政治》和费尔斯通的《性别辩证法》是这一思想流派的主要著作。"与自由派女权主义者不同,激进女权主义者谋求的不仅是国家在法律上承认妇女的权利,而且是在一切领域、一切社会体制中改变男女之间的社会关系和权力结构。激进女权主义者认为,男女之间的统治与被统治关系反映在社会生活的各个方面,包括家庭、婚姻、性生活。"(何念,2010:86)这种女性主义思想路线认为消费社会作为一种经济结构从整体上对女性施行了压迫。传统的性别分工将女性价值实现的可能场所限定在家庭内部,而经济学并没有将她们的劳动成果计算进社会的整体价值创造中。

《管家》是罗宾逊最具激进女性主义色彩的作品。佛斯特家的女性们在传统的角色定位中无法找到自我价值的实现方式。父亲去世后,海伦三姐妹陪伴母亲度过了五年安静的时光。"随着他的过世,她们就彻底挣脱了功成名就、褒扬奖励、积极进取的所有烦恼。"(罗宾逊,2005:31)按照激进女性主义者的想象,这种单一性别的乌托邦涤荡了一切男性相关的对名利、权力的欲求,本应满足女性主体性实现的需求,但是《管家》中的三姐妹相继离开母亲,走向两性社会。家中的第三代女性茹丝接受了姨母希薇,同时也"接受了新的伦理,接受了一无所有的生活,超越了法律、财产、性别和社会"(Engebretson,2013:60),体现出与传统性别角色的决裂。肖瓦尔特(Elaine Showalter)看到了《管家》中的女性主义的激进特质,"《管家》为美国夏娃们提供了一条新出路,她们逃离家庭的束缚,像男性作家笔下的亚当一样回归自然,抗拒社会化"(Showalter,2010:474)。三姐妹仿效易卜生笔下的娜拉,通过"出走"冲出传统的拘囿,获得独立的身份:

> 旅居是对体系化的超验意义的拒绝,以其"完全的、抽象的和无名的重复"抗拒男性话语传统的书写。其结果就是女性经历无法被合适地"归类"和"再现",进而为传统社会所不容。从社会文化意义上讲,无家可归的孤独来自行为的越界。家庭在《持家》中不仅仅是一个文学意象或空间场所,更是一个象征性的疆域。正是在这个疆域中,传统的女性身份得以被创造和维持——井井有条的持家就是她们的物化象征。而西尔维娅[①]和露丝则在其中无拘束地游走,形成了

---

① 西尔维娅即希薇。

自己独特的"流浪主体性"。(金莉等,2010:273)

20世纪以来美国的"夏娃们"因为经济形势和战争而走出家庭。1929年10月24日纽约股市崩盘,美国及欧洲随即陷入空前的经济与社会危机之中。"大萧条"使整个美国社会从繁荣稳定骤然跌入贫穷与混乱中,造成大批的流浪者。"大萧条"时期的美国经济状况在一定程度上鼓励妇女走出家门,进入劳动市场,因此获得了独立于男性的身份。"1930年代美国妇女面对男性失业和公众敌视加剧的巨大压力,经受住了严峻的考验,在劳动力市场中依然呈现上升趋势。"(周莉萍,2009:267)妇女因经济萧条和两次世界大战而走出家门,获得了一定的经济自主和政治权利,"出走"也进而成为现代女性的生活选择之一。

罗宾逊实际上并不支持女性的"出走",恰恰相反,她在同样采用女性视角的作品《管家》和《莱拉》中贯彻了对于女性解放运动的保守态度。在《管家》中,茹丝姐妹在母亲去世后由姨母希薇照料。闭塞的小镇无法给予她们按自己意愿生活的自由,希薇怪异的生活习惯和对流浪生活的执着让镇上的人们担心她不能按照正常的方式养大孩子。镇长决定将茹丝姐妹送到孤儿院,在行动的前夜,希薇被迫带茹丝逃离家乡。小说的结尾暧昧不明,读者无法确知两人是成功过上了自由的流浪生活,还是在逃离过程中溺毙于湖中。其实,茹丝和希薇两人即使避免了肉体的消亡,她们在社会边缘匿名且隐形的流浪也相当于精神上的放逐,仍然传达出罗宾逊对女性反抗传统行动的悲观预测,揭示出作者的父权中心立场。《莱拉》中母女般亲密的莱拉与朵尔是茹丝与希薇的又一写照,她们的流浪生活似乎是对读者关于《管家》的疑问的回应:"出走的娜拉"并没有品尝到独立、自由和平等的喜悦,最终还是回归到家长制体系内,过上了循规蹈矩的生活。

女性同盟是《管家》与《莱拉》的共同关键词。女权运动的初衷是通过推翻女性遭受的经济、政治压迫来实现男女平等。在20世纪六七十年代女性主义思潮高涨的时期,部分女权先锋认为性别歧视的根源并非社会性的,而是植根于女性特有的生理机能中(如繁殖、养育后代等)。她们在分离主义的进路上最终提出了女性团体的自足性这一激进思想。罗宾逊通过以上两部小说否定了"亚马逊"在现代社会立足的可能。胡碧媛在论述《管家》时指出,"外婆固执地维护家的规则与标准化程序",造成了家庭成员的分崩离析,表现出小说"对传统概念的后现代解构"(胡碧媛,2015:53)。而二女儿海伦的出走与自杀"暗示她背叛家园的选择所带来的孤独与丧失"。这一解读忽视了女性人物的行为动因,罗宾逊赋予人物的复杂性以及作者就女性的出路和两性关系问题所做的思考。

  《管家》中的所有女性都选择了一种分离主义的生活,或是在异性框架内的,或是同性的,但是外婆无法取代缺场的男性一家之主,三个女儿选择的道路也都因性别的失衡而偏离。希薇对家宅失于照料,无法完成持家的任务,外祖父修建的房子因此逐渐破败,慢慢与周围环境融为一体。贝瑟蒂克(Fatima Zahra Bessedik)以女性的家务劳动标记家庭空间,她认为希薇的流浪特性是有害的,只有像《家园》中的格罗瑞那样选择固守家庭、维护传统生活才能使包括持家在内的正常生活得以存续。"罗宾逊描述了一个女性独占的家,这意味着家的精神将女性照料家庭空间的活动视为理所当然的。"(Bessedik,2015:571)茹丝在记忆中对于房子的重建表明她对男性主体的认同,也在一定程度上表现出她对自己与希薇的女性同盟的背叛。

  《莱拉》在某种程度上是《管家》的续篇,提供了一个更紧密的女性关系模式以及更加令人心碎的结局。莱拉被朵尔拯救,两人相依为命,胜似母女。"对于女性来说,结盟关系是悖论性的复合:既需要保证纽带联系又需要永久地切断它。"(Greiner,1993:37)女性同盟内部的紧密联系使男女之间的纽带关系成了非必要的选择。但是细究之下,单纯的母爱并不能满足莱拉,她几次三番被"父亲"抛弃却仍顽强地寻找替代性的"父亲"角色:生父没有尽到养育她的责任;因为大家都找不到工作,无法糊口,莱拉和朵尔被一起流浪的多恩抛弃;朵尔刺死了来找寻莱拉的父亲之后,莱拉大受刺激,无法面对朵尔,听任她孤独地死去;最终在基列,莱拉找到了父亲的替代品,睿智的老年牧师埃姆斯,过上安定的生活。《管家》中父亲形象的缺席引起了女性生活的混乱,《莱拉》中女性同盟的再次破裂表明罗宾逊对于女性内部联合的悲观态度。从根本上看,她关于女性角色的塑造始终遵循着圣经以降的基督教传统定位,即女性只有在父权制的家庭中才能实现自身价值、过上至善至福的生活。

罗宾逊的女性观远非"激进"或"保守"这类单性修饰语可以概括,她倡导的是从传统角色出发的女性赋权。这种观念和其作品中的"地方依附"(topophilia①)以及神学色彩不无关联。

首先,罗宾逊的女性人物塑造解构了传统的美国西部男性英雄的神话。詹姆森(Elizabeth Jameson)指出19世纪美国西部女性的人生"质疑了西进运动的成功史,这不仅仅因为她们是穷人,或是移民,或是帝国征服史中的失败一方,更是因为她们是女性"(Jameson,2004:182,着重号为原作者所加)。西部的拟人化形象即是男性荷尔蒙发达的韦恩②(John Wayne)式的孤胆英雄,或是如茹丝的外婆想象中的放浪不羁的印第安战士。西部女性的生活被男性中心的正史所遮蔽,女性不只被禁锢在家庭中,更生活在男性的阴影之下。以库珀(James Fenimore Cooper)、马克·吐温(Mark Twain)为代表的男性作家将荒野作为验证男子气概的场所,塑造出"美国亚当"的英雄形象。与此同时,女性作家则倾向于强调女性,尤其是被传统社会所拒斥的,或是从传统社会中自我放逐的女性怎样在自然中得其所,这一女性形象的原型即是堕落前的伊甸园中的夏娃。凯瑟③(Willa Cather)和罗宾逊等女作家着意书写的是女性中心的西部史。

其次,罗宾逊的女性人物赋权与加尔文的"创世"神学、美学及生态伦理紧密相连。新教自由派思想突出人及现世生活所隐含的神圣意义。"除了以现代思想作为基督教神学的权威源头与规范,他们还有三项主要观点:神的临在性、教义的道德化、普救论。……人与自然界是神的延伸这种想法,或显或隐不时流露于自由派的思想里。"(奥尔森,2003:596)罗宾逊从新教思想源头出发反思激进的女性主义。她指出加尔文思想内部已经包含了鲜明的宗教人文主义特点:

> 他(加尔文)的人文主义恰恰表现在他对《创世纪》讲道的理解,人类被按照上帝的形象创造出来,这种相似表明"上帝的荣光在人性中闪耀,人类的思想、意志、

---

① 也译为"恋地情结",由奥登(W. H. Auden)首先使用,也先后出现在巴什拉和段义孚(Yi-Fu Tuan)的文化地理学著作中。
② 好莱坞明星,出演多部西部片,以西部牛仔英雄形象蜚声世界影坛。
③ 美国女作家,多部小说作品以西部边疆生活为题材。

感官全部代表了上帝的用心"。这里他将《创世纪》第 1 章第 27 节解释为女性也被纳入上帝形象的分享中……这种神圣特质并不专属于圣人或是基督徒,而是在全体人类中内在显现。加尔文思想的两大支柱,伦理和美学是对他人及自我的真实感受。感受(perception)位居其神学的中心。(Robinson,2006:xv)。

以罗宾逊提出的"感受"为关键词恰恰能够将加尔文的"伦理"与"美学"结合起来,即以人类的自然情感为主线统一伦理叙事和对世界的主观接受。

在《年少爱读书》中,罗宾逊也同样指出加尔文对于《旧约》的关注表明他认可人类在此世的意义,肯定尘世生活和社区的价值。(Robinson,2012:82)在 1994 年发表于《当代文学》(*Contemporary Literature*)的访谈中,罗宾逊谈及童年时期自己生活在一个母系家庭中,"女性在家庭中特别重要,也拥有很大的权力"(Robinson,1994)。《管家》中对男女人物的一抑一扬源自传统上地方再现时对女性存在的忽略。因此,罗宾逊通过女性中心的西部想象挑战了男性书写陈规。罗宾逊的宗教观虽然源自新教长老会教义,她在成长阶段接受的超验哲学思想将其宗教体认培育为具有个人特色的神秘主义,"比起基督教正统更靠近泛神论"(Engebretson,2013:64),也因此与美国浪漫主义作品中歌颂的自然神学取得共鸣。不过在罗宾逊作品中,自然被明确地女性化了。

《管家》中的希薇以水一般流动的生活方式打破了二元对立的定式:室内/外界、清洁/肮脏、秩序/混乱、安定/流浪、永恒/瞬时等。希薇带领茹丝和露西儿走进自然,打开房子的门窗,将人类的居所向自然敞开。"我们的房子变得跟果园以及气候的微妙变化有着完美的契合,……让房子逐渐成为适合黄蜂、蝙蝠和家燕居住的地方。"(罗宾逊,2005:130)对于罗宾逊来说,人类与自然相亲却又疏离的关系构成了一种生存困境,"因为作者的基督教信仰暗示了另一个我们如处家中的世界的存在,所以在俗世的生涯中,我们既是流放之徒又是本土生人,我们的焦虑经常反映出这种不和谐的悖论状态"(Callanan,2016:254)。希薇持家时在自然中慢慢浸没的家宅即反映出这样一种焦虑。

不仅如此,希薇喜欢在黑暗中生活,尽可能地带领女孩们在黑暗中吃晚餐,"在这样无边无际而且釉亮的夜晚,我们以更敏锐的感官来感觉我们身边"(罗宾逊,2005:149)。英格布莱岑认为罗宾逊在小说中将人类的知觉放大,"她给予感官一种宗教上的重要性,只有通过加尔文才能完全领会其意义"(Engebretson,2013:142)。加尔文派的教义相信眼睛看到的只是幻影,遮盖住世界真正的运转方式,"物质世界不过是神圣存在的表象而已"(金莉等,2012:275)。在《管家》中,罗宾逊也回应了加尔文的看法,"眼前的一切都是幻影,是一袭覆盖这世界真实地运作的薄床单"(罗宾逊,2005:168)。罗宾逊强调的"感知"(perception)通过冥思来实现,最终达成"感官和世界的共谋"(189)。罗宾逊在《管家》中将日常生活陌生化,呈现出一幅"暗恐"①的景象,为生活在其中的女性带来一种威胁。

茹丝和莱拉逃避"正常"的生活,但是又充满好奇。② 罗宾逊笔下反复出现亮灯的房屋与室外的黑暗的对比。"灯光与表象相关,而黑暗表示现实,这一对比揭示出穿越表象与现实之间的边界是多么困难。"(Burke,1991:720)茹丝经常会想象那些亮着灯的窗户后面的人们过着怎样的生活,莱拉也曾表示,"夜里,我经常从人家的窗户望进去,纳闷他们过的是什么日子呢?"(鲁宾逊,2007:216)与上述精神上的自我放逐者不同,露西儿乐于生活在人为建造的文明中,通过模仿他人的"标准"生活方式来定义自我。她无法接受希薇与自然融为一体的态度,坚持在明亮的厨房中吃晚饭。一天茹丝和露西儿姐妹在湖边露宿,拂晓时分,动物靠近了两人栖身的地方。

---

① 当如日常惯例等本应熟稔的事物变得令人难以理解、甚至神秘诡异时,这种事物便有了类似弗洛伊德所谓的"uncanny"的属性。这个词译自德语"unheimlich",源自名词heim(意即"家");heimlich意为"家的、熟悉的、普通的",unheimlich的字面含义是"非家的",引申为"不熟悉的""陌生的""奇怪的"乃至"诡异的"。作为一种引发人们内心不安和恐惧的特质,unheimlich具有独特的辩证色彩。弗洛伊德根据语义研究发现,heimlich与unheimlich虽然表面上意义相反,但前者的某些义项与后者完全一致,"heimlich"因而变成了"unheimlich","一方面它意味着熟悉和宜人的事物,另一方面它也是被隐藏和看不见的"(Freud,1976:3676)。海德格尔认为,当个人面对自己的个体性时,会感觉"这是我,然而又非我,不是那个迷失在'他们'中的日常的我,而是一个躁动不安的,所谓的不合时宜的人。我自身变得陌生,一言以蔽之,变得怪异(uncanny)"(Miller,2015:11)。罗宾逊对于日常生活的陌生化实质上指向女性个体在与社群寻求共存策略的过程中所遭遇的几乎不可克服的精神障碍。

② 与她们相似,《基列家书》的主人公埃姆斯牧师和《家园》中的杰克都属于罗宾逊所钟爱的边缘人物,对别人家的灯光、对他人的生活好奇却长期被排除在外。

> 四周过于黑暗,以至于小动物走下来喝水,就离我们只有几个脚步远。我们分辨不出会是什么动物。露西儿开始朝它们丢石头。"它们一定会闻到我们。"她埋怨地说。有好一会儿她都在唱《反舌鸟山》这首歌,然后她就坐在我身旁,坐在我们残破的碉堡里,一刻不得安宁,不愿意接受属于我们人类的所有疆界已遭破坏。(罗宾逊,2005:168)

希薇与茹丝在自然中建立并确认了彼此的紧密联系,露西儿却无法忍受荒野所象征的对人类文明的威胁。① 杨金才指出,"由于荒野是森林的代名词,所以它的文学隐喻也就成了森林的双重意象,既象征个人与自由,又象征危险与罪恶"(杨金才,2000:59)。荒野的双重特质分别作用于佛斯特家两类不同的女性身上,最后,露西儿选择放弃与自然为伍的姐姐和姨母,跑到了家政老师家生活,成为后者的养女。值得注意的是,研究母女关系的心理学家乔多罗(Nancy Chodorow)认为前青春期的女孩对家庭,特别是自己的母亲非常挑剔,转而将朋友的母亲或是学校的女教师作为理想的母亲形象,这反而表达出她对母亲的依赖与认同。(Chodorow,1978:137)尽管与茹丝对母亲的缱绻依恋不同,露西儿对自己家庭的背弃反映出更深层次的对母亲形象的依赖。

露西儿对于"持家"传统的继承也体现出与主流思想、国家身份形塑的合流。在20世纪初,美国社会文化"将家庭确立为定义、建构和区分美国公民身份的核心政治机制:它不仅能够维护血统的延续,更成了体现典型美国价值观的处所"(周铭,2016:14—15)。美国政府在各个教育阶段都设立了针对女性的家政课程,对家庭传统和日常生活的维护已经上升到关乎美国文明和国家身份的层次。女孩们的姨妈莫莉对于传教活动的狂热也反映出当时的女性对"进步"话语和世界种族等级体系的认同,"不仅为美国的国际扩张找到了合法性,也影响了美国人的世界认知和国家想象"(27)。露西儿对"持家"传统的继承表征了女性话语在国家建设的总体架构占据的一席之地。

---

① 茹丝与希薇和自然的亲近关系反映出罗宾逊受到的美国浪漫主义文学家[如梭罗(Henry David Thoreau)和爱默生]的影响。程爱民指出,"在自然与人类保持和谐的基础上,梭罗离人类是世界的中心与主宰这种传统的基督教意识更远了"(程爱民,2009:65)。女性与自然的亲密依存并不符合基督教传统上人类主宰自然的认识。

家庭基本属于女性空间,女性被赋予家族的"养育者和文化传承者"(Mangina,2011:508)的身份。《基列家书》中埃姆斯家的两代主妇尽职尽责地发挥着相夫教子的作用。在埃姆斯的回忆中,自己的母亲在厨房里度过了忙碌的平凡一生。她周旋于公公、丈夫与儿子之间,化解他们的矛盾冲突,虽然生活拮据也尽量让所有家人衣食无忧。尽管如此,她也有出格的行为:因为风湿性关节炎带来的疼痛而在厨房里偷喝威士忌,并且因此在火炉前打盹而烧煳了礼拜日的大餐。作为牧师家族的女主人,埃姆斯的母亲并不十分虔诚,甚至会取笑男人们投身其中的宗教事业,只将维护小家庭的和睦幸福视为最高目的。埃姆斯的祖母在丈夫与儿子因为废奴立场不同而针锋相对的时候,拖着沉疴之躯出现在教堂,表达对丈夫的支持,迫使儿子回心转意。

《家园》中,杰克·鲍顿远走他乡 20 年,连母亲的葬礼都没有参加。他甫一回家,即习惯性地来到厨房,因为"母亲几乎总是在温暖的厨房里,等待着他们"(鲁宾逊,2010:29)。厨房是家人间沟通的主要场所。在杰克回家之后,他与父亲和妹妹进行的接触——碰撞、妥协和宽恕——也都发生在厨房,表现出厨房作为女性领地以及最重要的家庭空间的价值。格罗瑞与未婚夫维持了漫长的婚约,在钱财被骗后发现对方已婚。她辞去高中教师的工作后回家照料行将离世的父亲,身心俱疲,陷入人生低谷。派蒂(Susan Petit)认为格罗瑞的情绪低落很大程度上与其成为母亲的梦想受到挫折有关。(Petit,2016:99)在小说中,格罗瑞如此幻想自己的婚姻生活:膝上拥着的婴儿安心地从她的怀抱中注目外面的世界。她在直面自己人生的失败、回复心情的过程中意识到,自己之所以长达 10 年都被未婚夫欺骗恰恰是因为她并不在乎后者的真实为人,而只是为了通过婚姻尽快成为妻子和母亲。杰克非婚生女儿的夭折和 20 世纪 50 年代的时代精神(zeitgeist)诱发了格罗瑞的这一想法。格罗瑞的人生理想与其拥有的硕士学历无关,也与其作为职业妇女的教师身份无关,而是归结到最基础、最符合社会期待的女性的家庭角色上。格罗瑞痛恨小镇的闭塞,决意在处理完父亲的后事后离开基列。然而杰克离开前对房子留恋的一瞥以及杰克儿子罗伯特的拜访让格罗瑞改变了主意。她要留在老宅,维持一切旧有的生活传统,以替代性的母亲身份期待罗伯特的归来。熟读《管家》的读者也许很难想象安排了茹丝与希薇火烧家宅、寒夜出逃的作者会让格罗瑞牺牲自己,去守候一个也许永远也不会出现的男性继承人,而当他确实出现时,"他不会知道我这一生就是为了这一时刻"(鲁宾逊,2010:334),但是格罗瑞认为自己的屈服是一种自我赋权,"她的牺牲使自己有益于他人并为自我带来了荣耀"(Gonzalez,2014:386)。从《管家》到《家园》,前后作品中体现出的作者的思想转变说明了罗宾逊越来越明朗的保守立场以及她对21世纪以来社会主流思潮变迁的迎合。

莱拉被生母抛弃,又与养母朵尔永诀。她与埃姆斯婚后仍不能安定,流浪的天性召唤着她,连丈夫也做好了妻子可能随时出走的心理准备。但是在生下儿子之后,莱拉接受了自己的身份,"她无法忍受离开他们,是永恒让她毫无羞耻地产生这样的想法"(Robinson,2014:260)。流浪半生的莱拉最终安心相夫教子,成为典型的妻子和母亲,并通过自己获得的新的身份与生母和养母达成了精神上的和解。罗宾逊在"基列三部曲"中刻画的女性形象都在确认了自己的母性后实现了人生意义。尽管这表明的是将母亲局限在家庭格局内的世界观,在作者看来,却也许是更正当、更符合人伦的处事立场和伦理态度。

罗宾逊的小说基本以20世纪50年代为背景,这一时代的选择别有深意。50年代是美国战后生活最富足,社会最稳定,思想最保守的时期。"整个20世纪50年代期间,美国经济持续繁荣,营造了一种浓厚的到处莺歌燕舞的气氛,使人们对将来充满着乐观主义精神。于是组建家庭、生儿育女不再被认为是一种沉重的经济负担,而是享受丰裕社会所提供的丰富物质的一种人生乐趣。"(何念,2010:39)整个社会都在呼唤妇女回归家庭。"尽管妇女在20世纪上半叶取得了相当大的进步,但是,到了40年代末期,事业已经过时了,人们认为妇女应该将自己最美好的年华和最大的精力奉献给家庭。全国沉浸在家庭生活的狂欢之中,抚养孩子的任务达到了空前的水平。"(Hewlett,1986:232)在这种家庭生活的"黄金时期",对于女性性别角色的反思一语惊醒梦中人,起到了振聋发聩的效果。与此同时,在六七十年代的解放思潮中获得自主权的女性摆脱男性辖制后该如何自处?她们又会面临什么样的新挑战?"在20世纪八九十年代,从父权压迫中解放出来的女性如果不能在职场和新获得的经济独立权中取得成功的话便会觉得自己很失败。这表明自由经常伴随着义务或期待,仅仅将自由作为一种潜力来'享受'是不够的:自由必须要加以实践。"(Hamilton,2008:16)从这一角度来看,罗宾逊小说中的"自由"主题兼具全面性和反思性:强调了自主、特别是精神自主的重要意义,又顾及自由的复杂性和女性在追求自由的道路上必要的牺牲和履行的义务,更对可能遭遇的"自由的深渊"作出了警示。

  罗宾逊突破女性主义文学将女性人物描述为父权统治下的牺牲品的常规做法,给予女性角色主导地位,正如她在为肖班(Kate Chopin)的《觉醒》(*The Awakening*)所作的序言中指出的那样,"凯特·肖班赋予埃德娜一种冲动,令她远离强调自我身份的种种束缚、发现真正的自己,肖班将自己的女主人公置于中心地位,而这正常是保留给'男性'的"(Robinson,1992:x)。从这一点上说,罗宾逊的女性主义并非"妇女解放运动"的女性主义,而是"女性中心"的女性主义,与某些基督教女性主义学者恢复母系社会的运动目标近似。"罗宾逊暗示像格罗瑞、格罗瑞的母亲和莱拉这样的女性是家庭中的大祭司,主持神圣的仪式,令家庭成为庇护和救赎之地。"(Engebretson,2013:210)在女性的主持下,"一些最平常不过的东西就有了这样的价值"(罗宾逊,2005:112)。在罗宾逊看来,因为女性所具有的在普通生活常态中再现神圣的特别能力,她们似乎不需要通过实现两性的平等来追求自身意义和获取存在价值。

  目前为止的西方女权主义运动可以分成三个阶段。第一阶段强调女性应该拥有平等的政治权利,废除法律上的性别不公。第二代女性运动与20世纪60年代美国的民权运动伴生而来,将性别平等进一步延伸至家庭、职场等社会生活各个领域。最新阶段的女权主义开始反思性别的二元对立,承认性别的社会属性和个体多样性,强调"个人选择"的自由。女性的社会角色与家庭角色之间的制衡变成了当代女性问题的焦点。

  在吉利根(Carol Gilligan)等当代女性主义学者看来,男女在道德观念形成中确实存在差别。"男性道德思维强调'自我'的权利,诉诸契约式的'正义'原则,女性道德思维强调与'他者'之间的关联性关系,诉诸依存型的'关怀'原则。"(方德志，2016：98)对罗宾逊作品进行从女性主义视角出发的讨论离不开与情感主题的联系。亚里士多德的伦理观主张人无法单纯凭借理性进行推理，罗宾逊小说中的女性都被不可通约的伦理选择所困，处于左右为难的境地。她们并非果敢决绝的女权斗士，而是犹豫不决的普通女子，因此在面临两难选择时的表现具有普遍代表意义。《管家》中男性的缺位为女性建立单一性别的乌托邦创造了条件，女性似乎可以借此一举实现完全的自主和解放，但是小说中的人物两次建立女性同盟的努力都以失败告终。作品提供了沉默、自杀、出走等不同结局代表女性基于不平等的社会现实所采取的反抗策略。在罗宾逊看来，不愿被社会规训的女性最终都变成了社会所抛弃的"鬼魂"或是福柯的权力监控下的囚徒，而如《家园》中的格罗瑞那样选择守望的女性反而获得了自身的主体意义。之后出版的《莱拉》反映出作者的女性观的演进：女性可以在肩负家庭职责的同时保持精神的自由独立。女性文学传统普遍以女性的流动或是固守作为主题，将从男性主导的社会中逃离、获得流浪主体身份视为女性自由自主的标志。罗宾逊兼具60年代女性运动的亲历者和新教徒的双重身份，随着小说的逐部出版，她通过小说中女性的命运表达了逐渐趋向保守的女性观，反映出罗宾逊在一片解放的呼声中坚守源自家庭伦理关系的传统性别定位的主张。

第二章

"亲密的日常":
指向凝聚的家庭伦理

罗宾逊小说中的性别伦理在综合基督教传统与当代女性研究理论的基础上以偏向保守的路线主张女性的精神独立与有限自由。家庭空间既是女性作为社会角色的主要操演场所,在罗宾逊的小说中也集中展现了人物之间的互动与伦理关系。小说对日常生活的描摹起到了推动情节发展和揭示作品主题的作用。

正如罗宾逊前三部小说的中文标题所暗示的那样,家庭是其虚构作品中的重要主题之一。在现代文学中,家庭小说很少正面表现出宗教生活的积极意义。罗宾逊在家庭伦理书写中属意家庭为当代生活的重心,并赋予家庭烛照社会全貌的功能。作为罗宾逊的早期作品,《管家》集中体现了作者对传统家庭空间的改写,属于"第一批强烈抗拒传统家庭稳定性的美国(白人)家庭小说"(Jacobson, 2004: 111)。威廉姆斯(Rowan Williams)认为,罗宾逊的《基列家书》与《家园》两部小说通过仿写圣经中浪子回头的故事,揭示出宗教、家庭等结构对成员朝向同质化的规训过程,作品中的人物也相应地分别表现出向心和离心两种倾向,反映出服从和反抗两种伦理态度。(Williams, 2001)《莱拉》的创作宗旨同样是揭示道德受到的挑战、质疑以及最终的确证。美国国家书评人协会的官网(bookcritics.org)发表的新闻通稿中如此评价罗宾逊的这部最新小说:"没有人(如罗宾逊)这般简明却深刻地写出我们的渴望和挣扎,写出我们因对善的怀疑而如何痛苦,又写出我们最终与善相遇、确认它存在而满怀感激"(Ciabattari, 2015)。《家园》中的鲍顿牧师相信,"上帝的作为是通过人类,通过家人的"(鲁宾逊,2010:268)。宗教意义上的美德虽然来自神圣,却是在世俗家庭中发挥作用的。

后现代文学致力于颠覆家庭空间的稳定性,将"不安定"作为美国日常家庭生活的中心结构,对家庭不可侵犯的神圣性提出质疑。在这种解构的大潮下,也存在着以家庭稳定抗衡社会动荡的反向观点。加州大学伦理、宗教、公共生活研究中心主任鲁夫(Wade Clark Roof)注意到了冷战对社会思潮的保守转向所起的推动作用。他认为,冷战的对峙既激起了大规模的反抗运动,同时又促使了美国人向保守主义回归。这是因为,冷战的不断升级以及美国在外交上的一系列失败,使不少美国人感到,国家一直宣扬的民主制度正在衰退,而稳定的家庭生活是国家安全所必需的,也是冷战中美国保持对苏优势地位的首要条件。(Roof,1993:58)同时,作为21世纪标志事件的"9·11"恐怖袭击让"家庭小说"重新获得了极大的社会关注。面对这一巨大的历史创伤事件,家庭及其所代表的日常生活不再是人们逃离和反讽的对象,而成了当代美国人心理重建的象征。罗宾逊在新世纪的创作凸显了家庭的疗愈功能,在"基列三部曲"中,家庭成员们在信仰、思想上作出牺牲成就家庭内部团结、共同抵抗外界的分化力量。

第一节 家庭的神学内涵

在人文精神的影响下,罗宾逊所阐释的加尔文伦理显露出丰富的情感内涵。加尔文思想传统的"自我"在这三部小说中通过鲍顿、埃姆斯关于自由意志、宿命和拯救等具有加尔文主义特色的两难困境的神学讨论中得到阐发。(Engebretson,2017:11)加尔文主义者基本采纳了路德(Martin Luther)的"因信称义[①]"(*Sola fide*)说,为了确实得到"获救的确

[①] "因信称义"为宗教改革(Reformation)中新教与天主教区别的核心概念,最初由路德提出。加尔文(Calvin,1960)在《基督教要义》(*Institutes of the Christian Religion*)中将"信心"定义为"对神的仁爱的一种不变而确实的认识,这认识是以基督那白白应许的真实为根据,并借着圣灵向我们的思想所启示,在我们心里所证实的"(3.2.7)。

证","信仰必须要用它的客观结果加以证明"(韦伯,1986:96),这种"客观结果"即是个人在俗世的工作成绩。但是即便如此,个人仍然"随时都面对着被选或被弃的无情抉择"(97)。这意味着,人类理性最终只能服从于充满变数的情感和偶然。此外,"上帝即爱"的大前提使基督教对信徒也作出了同样的伦理要求,即博爱。《马太福音》教导信徒以爱充实十诫,"耶稣对他说:'你要尽心、尽性、尽意,爱主你的神。这是诫命中的第一,且是最大的。其次也相仿,就是要爱人如己。这两条诫命是律法和先知一切道理的总纲'"(22:37—40)。加尔文对于"爱"的阐释进一步结合了律法公正的含义。"法律上任何关于神圣正直生活的教导都必须以爱的目标引导。加尔文将上帝之爱理解为虔诚,即是由对上帝的尊崇所表达的信仰。加尔文理解的邻里之爱是由公正的概念而来的。"(Haas,2004:102)概括起来就是"己所不欲,勿施于人"。情感由此成为一切伦理关系的中枢,而这一中枢的关键在于其灵活性。"如果假定加尔文的神学如预想的那样起到理论基础的全部作用就大错特错了。比起智性概念,人们更多地依靠习惯和情感驱动来生活。"(Harkness,1931:78)在"基列三部曲"中,罗宾逊从不同人物的视角一再重现同一事件,表现出不同人物对同一事件所持有的不同感受和看法。这一处理传达出作者的伦理主张:个人的伦理认知必然受到具体立场的限制,从而无法反映全局,因此个人应尽力避免做出对他人行为的是非道德判断,只需以同情之心体恤他人,将最后的评判权交付全知的上帝。

  罗宾逊的家庭伦理书写并不囿于宗教教义规定的父子、夫妻间的层级关系,而是着眼于家庭成员之间的情感羁绊与道德义务。作者倡导的家庭伦理的向心性本质集中体现了努斯鲍姆所谓的伦理情境的"具体性"(particularity),即统一性在特定情境中会屈从于特殊性。虽然家庭伦理自身规定了成员必须认可并遵循一套统一的道德规范,但是在具体的实践中,家人会出于爱与亲情做出有违道德标准预设的选择。罗宾逊将自由主义所倡导的"具体优先"应用于体现传统伦理价值的"家庭"情境本身即是对传统伦理的一种现代改造,反映出古典价值观与当代新思潮的融合尝试。

  古典哲学中同样将家庭伦理视为普遍伦理关系展演的主要场所。

在黑格尔的著述中，伦理表现为"绝对观念外化与现实世界过程中的环节，……而家庭是伦理实体的直接阶段"（雷震，2006：39）。黑格尔虽然从未明确提出"家庭伦理"的概念，但是他一直强调家庭对于伦理实施的重大意义。"作为精神的直接实体性的家庭，以爱为其规定，而爱是精神对自身统一的感觉。因此，在家庭中，人们的情绪就是意识到自己是在这种统一中，即在自在自为地存在的实质中的个体性，从而使自己在其中不是一个独立的人，而成为一个成员。"（黑格尔，1979：175）（着重号为原作者所加）出于加入集体的动机，个人在思想上需要服从家庭，这一道德义务是从个体升华到一般的过程。黑格尔所阐释的家庭权利和义务具有统一性，在他看来，这种自觉的伦理认同不应伴随矛盾冲突。而在后古典时代，朝向同质目标的家庭伦理必然以成员的价值理念妥协为代偿。

家庭伦理并不是伦理学研究中的一个固有自足的话语范畴，但是在罗宾逊小说中，家庭成员的身份责任以及互相之间的关系集中反映出 21 世纪社会语境下的伦理特色，起到了揭示作品主题的作用。历史上，核心家庭的形成与宗教发展密切相关，新教家庭伦理在宗教改革中应运而生。传统基督教视阈下的家庭是教会的微缩，成员内部关系遵循了神与其子民的层级关系。托马斯·阿奎那认为人类的婚姻与家庭制度只有在对上帝的义务的基础上才能成立。"人类维持长久婚姻的义务必须与上帝的恩典结合，而后者来自基督对于教会的大爱。"（Browning，2001：254）如果没有这层宗教"镀层"的升华，人类脆弱的本性和道德观不足以令家庭结构坚固持久。

宗教改革奠定了现代家庭的基本形式以及抽象意义上的价值。在中世纪，神职人员受到上帝的呼召，必以终身守贞来回应并以此荣耀主，但是路德认为婚姻是上帝赋予人的天职，神职人员和世俗信众都应该执行。"从禁欲的牧师职业到已婚的神职人员，这一变动引起了家庭伦理的某些改变。"（Harkness，1931：77）从路德到加尔文，新教思想先驱都从家庭伦理关系的角度建构新教思想，以家喻国、以父子关系比拟君主和臣民关系的基本框架，将家庭中的父权统治视作政教合一的新教王国的微缩，客观上促成了以德国为代表的新教国家从天主教"教皇国"的分裂。

新教改革以父权体制确立了家庭内部关系,背书了家庭成员间的内在等级。路德虽然强调家庭成员应以对彼此的爱参与到上帝创世的秩序中,宣扬"家庭成员之间的天职的核心即在于基督徒之爱"(林纯洁,2014:98),但是加尔文对此补充道,"在人类堕落之前,婚姻是纯洁无瑕的制度;在亚当有罪以后,婚姻则成为治疗人类失去自制的必备良药"(Harkness,1931:70—71)。由此可见,新教传统在默认家庭作为宗教机构的世俗镜像的同时强调其道德上的辅助教育功能。

加尔文并不赞同禁欲主义,他认为:

> 我们必须,也只能生活在这个世界上,并使用那些能够帮助我们生活下去的事物。这些事物不仅包括那些能满足我们基本需求的东西,而且包括那些能带给我们快乐的东西。比如,上帝创造了草、树和水果,除了它们实际的用处以外,也有它们美丽的外观和美好的味道。上帝既然也创造了我们的眼睛和鼻子,怎么会不允许我们用以欣赏事物的美丽和味道呢?(吕绍勋,2011:21)

神创造了世间一切美好的东西,人类有必要通过欣赏体味这些美好来表达对神的感激之情。尽管如此,基督教教义弱化夫妻间的肉体关系,突出家庭成员尤其是不同世代之间的恩义,罗宾逊的小说就继承了这种禁欲主义特质。鲍顿夫妇共同养育了四男四女八个孩子,这个家人丁兴旺,使孤身一人的埃姆斯感到"令人炫目的美丽"(鲁宾逊,2007:69)。虽然作者表示子女是上帝的恩赐,兴旺之家是俗世繁荣的指标,她在小说中几乎不会花费笔墨描述夫妻间的情爱或经济生活,因为对罗宾逊来说,揭示尘世生活与神圣兼容的部分是她的主要写作目的,"基督教婚姻的重心在于夫妻间的伴侣关系,而不是激情或是夫妇的自立。"(McCarthy,2011:316)。作者主要着眼于家庭成员间因亲情衍生出的彼此义务及伦理关系与个体宗教道德世界的碰撞。"根据性别分离原则,男性是文明的生产者,女性则担负着文明再生产的任务:她们不仅要在思想和行为模式上保持既有的文化传统,而且负责将之教授给美国的孩童,在家庭这个最基本的社会层面确保文明的延续性。于是,'持家'成了一个关乎美国文明的隐喻。"(周铭,2016:14)家庭伦理也相应地成为国家社会伦理体系的微缩。

婚姻是人类社会发展的产物，其"两大功能是生育子女和纾解欲望"（Harkness，1931：136），这一社会基本制度在神学中受到了广泛讨论。奥古斯丁认为婚姻本身并不是值得追求的善好，只是因为有性繁殖伴生的友谊以及亲密关系才有意义。（Augustine，1955：9）天主教教义规定婚姻具有神圣职能（marriage as a sacrament），信徒间的婚姻以独特的方式表达了耶稣基督与信众间坚不可摧的爱的联结，婚姻被升华为对于基督的见证。新教改革进一步以"神圣婚姻取代了天主教的禁欲思想，英国国教神学家将已婚状态奉为基督教徒的理想标准，强调感情联系是婚姻的必需品"（斯通，2014：93—96）。随着宗教伦理的私人化过程，在当代社会，本属于公共道德范畴的婚姻与性主要成了一种私人选择，婚姻观也相应地呈现出具有现代特征的改变。

早期的宗教教诲中贯彻了夫妻的上下级关系。在《以弗所书》中，保罗表示："你们做妻子的，当顺从自己的丈夫，如同顺服主，因为丈夫是妻子的头，如同基督是教会的头"（5：22—23）。在《提摩太前书》中，保罗又说道："女人要沉静学道，一味地顺服，我不许女人讲道，也不许她辖管男人，只要沉静"（2：11—12）。宗教改革的重要任务之一是尽量抹除教士与平信徒之间的差别，并借此肯定在俗生活的精神价值。新教徒"否认任何特定的生活形式是神圣的特权居所，消除了神圣与世俗的区别，肯定了两者互相渗透的可能"（Taylor，1989：217）。新教鼓励包括牧师在内的信徒积极参与"此世的日常活动、个人的天职、婚姻和家庭兼容完备的基督生活"（218）。与天主教不同，新教最初是将婚姻看作誓约（covenant），清教徒"将婚姻视作上帝降福的约，有助生命的神圣规划，夫妻双方的成圣以及给予子女公正的抚育"（Cahill，2001：120）。但是后来的神学走向逐渐将婚姻世俗化为简单、松散的契约（contract）关系。"路德与加尔文仍然将繁殖视作性的主要目的，但是比起教父制时期与中世纪的神学家们，他们更多地强调婚姻的目的在于陪伴和家事上的合作关系。这使得婚姻能产生更大的互利互益，当然，理论上，女性仍然是弱者，需要男性的监督，主要也只在家庭中有所作为。"（120）路德和加尔文不认为婚姻制度背书了夫妻双方平等的伙伴关系，他们强调妻子应担当丈夫的帮手，处于从属地位。基于此，与其将新教制度中的婚姻视为圣事，毋宁说它是一种民事契约,因此必要情况下的解约(即离婚)在加尔文看来是可以接受的。

韦伯认为加尔文主义造就了信徒"内心前所未有的孤独感"(韦伯,1986:85)。"对于宗教改革时代的人来说,生活中最重要的事情就是得到永久的拯救,因此他被迫孤独地沿着那条道路去迎接早已被永远决定了的归宿。什么都不能帮助他。"在这条孤独的个人道路上,家庭与社群并非阻挠个人到达永恒的障碍,而是在充分尊重个体性的基础上的心灵抚慰。"家是我们认识自我的地方,是调和自我认知方式的空间,揭示出我们自我概念根基处似乎永恒的真理。"(Boscaljon,2013:1)理想化的新教婚姻鼓励夫妻保有个体的独立性,罗宾逊将埃姆斯牧师与莱拉的婚姻塑造为这种信念体系下的完美婚姻的典范。

《莱拉》中的女主人公年幼时受家人忽视虐待,被朵尔带走后一直过着流浪生活,年近四十岁才来到艾奥瓦州基列镇嫁给丧偶的年老牧师埃姆斯。两人相差三十岁的结合在当地堪称惊世骇俗,引起了教会成员的不解与议论。莱拉之前一直生活在社会底层,没有受过正式教育,讲着粗鄙的土话,沉默寡言。她在会众眼中属于来路不明的外乡人,配不上在当地颇受敬重的公理会牧师。在另一方面,埃姆斯在妻子女儿死后独自生活了四十年,拒绝了众多热心的媒人,最后却选择了一个偶然闯入教堂避雨的年轻女子,他与莱拉的联姻也颇失身份。但是,如此不受祝福的婚姻生活却出人意料的平和幸福。

埃姆斯在写给幼子的信中表达了对妻子莱拉的敬爱和尊重,"她身上有一种庄重、严肃的东西,看起来几乎是怒气"(鲁宾逊,2007:20)。作为一名加尔文主义者,埃姆斯善于在日常生活中发现神性,莱拉的品格中隐藏的上帝独具的威严深深吸引了他。他将遇见莱拉之前的四十多年比喻成在浓重的黑暗中充满信心地等待奇迹酝酿的时光,"尽管连等待什么都不知道"(58)。这一形容自然会使读者联想到人类在尘世对救赎的期盼与守望。莱拉因自身的神性获得丈夫的敬重,这一品质同样也可以不加区别地扩展到所有凡人身上。作者将夫妻之间的恩情与凡人对神的景仰联系起来,使人际伦理关系上升到宗教层面,获得了超验意义。

在另一方面,埃姆斯也肯定了俗世人生的意义:

> 我有时候觉得自己像个孩子,睁开眼睛看一次世界,看见那些永远说不出名堂的、令人惊奇的东西,然后不得不再闭上。我知道和等待我们的东西相比这只不过是幻影,然而正因为如此,那幻影才更可爱。这里面有一种人性之美。我无法相信当我们都被改变,都具有坚定理想的时候,还会忘记我们终将死灭、无法永存这样一种怪诞的处境。对于我们,繁衍后代和自身消亡的辉煌梦境才是整个世界。(鲁宾逊,2007:60)

人世生活虽然稍纵即逝,却不能抹灭其中蕴含的人性之美。罗宾逊借埃姆斯之口表达出俗世烟火不逊于不灭永生的宝贵之处。"生活之善是指一种善的生活的某些方面或组成部分,如在传统的基督教生活中,善的生活包含了对上帝的信奉和虔诚,在现代社会中则包括自由、仁慈、普遍的正义、对日常生活的肯定等。"(张容南,2015:91)埃姆斯生活在泰勒意义上的"世俗时代"中,他所拥抱的信仰"并不建基于确信,而是对怀疑的合理性的承认"(Ploeg,2016:6)。相较于《管家》中茹丝对超验世界的痴迷,《基列家书》中的观念更进一步地体现出作者自身思想的转变和入世的决心。

罗宾逊将莱拉与埃姆斯的婚姻作为婚姻内部相对自主的理想案例。莱拉在与埃姆斯结婚之前,经历了许多坎坷,但是她从不会向丈夫倾诉,"从来没有谈起过她自己,……从来不承认她生活中有过任何忧伤和痛苦"(鲁宾逊,2007:148)。尽管朵尔与莱拉如同母女相依多年,莱拉仅含糊地将其称为"一个以前照料我的女人"(Robinson,2014:119)。在《基列家书》中,埃姆斯表示自己尊重年轻妻子的孤独。(鲁宾逊,2007:224)他理想化地将莱拉的性格与沉默、悲伤等圣经中展露出的神的痛苦联系在一起,但是从莱拉的角度考虑,她的沉默不语何尝不是因为在她看来,自己的人生经历很难得到埃姆斯的理解和接受?尽管埃姆斯并不完全了解妻子,他仍然给予莱拉充分的自由,他甚至曾经表示妻子可以随时离开基列镇。"我希望你会白天离开。我希望你手里有火车票,可以直接去你想去的地方。我想你拿着结婚戒指和所有我送你的东西。你可以拿这些换些钱。"(Robinson,2014:25)埃姆斯夫妇维持着美满又各自独立的关系,可称为罗宾逊小说中夫妻关系的理想典范。

《基列家书》采用了当代小说中少见的书信体形式,但重点不在于老父对幼子的叮嘱,而在于第一人称叙述者埃姆斯对灵魂的自我剖析。正如努斯鲍姆所指出的那样,"文学形式与哲学内容是密不可分的,形式自身即是内容的一部分——因此在寻找和阐述真理时成为不可或缺的部分"(Nussbaum,1990:3)。罗宾逊对于书信体形式的选择完美地服务于小说的精神性主题,既与宗教传统中的忏悔录类似,又体现出后现代写作的自反性特征。

与奥古斯丁、卢梭(Jean-Jacques Rousseau)等著名人物的忏悔录类似,这类行文"并非单纯在叙述中向读者展示自己的痛苦经历或者内心挣扎,……而是意图表明对这些经历的超越,并对死亡、疾病、艺术、宗教等更严肃的问题进行探讨"(姚云,2016:21),从而表达出作者理想中的人际伦理,有利于宣扬其赞同的道德观念。对埃姆斯来说,"写作犹如祈祷,代表与他人联结的努力,是充满风险的亲密交谈"(Lake,2013:174),这一近似祈祷的举动代表着自我与上帝的交流(communion),"使自我感知神圣的触手可及"(Ploeg,2016:3)。自我的观念是否会传达给他人,在《基列家书》的场合下,未来已经成年的儿子能否领会垂垂老矣的父亲从过去发来的信息? 不论结果为何,这种谦卑的描述自我的举动表达了动人的自我剖析和沟通的意愿。

同时,自我书写(self-writing)也表征了自我治疗、自我完善的手段。通过书写所带来的自我检视,埃姆斯从对杰克的敌视转变为善意,完成了道德上的提升。通过对家族史的回顾,叙述者得以整合自我,"卸下心防,为来世做好了准备"(Moy,2014:171)。自我书写是一种意识的游戏。作者的创作意识、人物被赋予的思想以及人物通过自我书写表现出来的自我再阐释交织在一起,具有明显的后现代文风和思想特征。埃姆斯因为自知不久于人世,无法目睹儿子长大成人,于是着手给他写一封长信,将自己注定无法亲口告诉儿子的人世之道传达给儿子。

> 作为一个作者,他知道他向儿子展示的是自我的一种阐释、一个影像,而非本质。这一点影响了他的修辞,因为他最想让儿子记住自己的正面形象。……对埃姆斯来说,写作是一种再检视,阐释是再阐释。对罗宾逊来说,思维观察批判自我的能力是意识的重要特征,但是在物质主义描写中常常被忽略掉。(Engebretson,2013:114)

受其宗旨所限,埃姆斯的自我书写注定渗透出作者不自觉的自我美化。尽管他不时向儿子传达道德教诲,但更多的是自我塑形,在结果上起到了淬炼精神的作用。

与《基列家书》不同,罗宾逊在《家园》和《莱拉》两部作品中均采用了第三人称的叙事方式,但是这两部小说的叙事仍然沿袭了具有强烈的詹姆斯(Henry James)特色的小说手法,将人物的内心活动娓娓道来。与这位美国现实主义的杰出代表类似,罗宾逊也是主要通过思想和行为来完成人物塑造,这种较少借助人物之间对话的叙述方式更适合反映人物的内心世界,符合宗教上修炼冥想等思维方式,突出人物"自我"的展现。

罗宾逊的家庭小说涉及多种婚姻主题,对婚姻的逃避,婚姻对个性的束缚等,但是作者也通过像《管家》中的外祖母外祖父和埃姆斯莱拉这样的例子展示出理想的婚姻状态。追求善好的婚姻关系弥补了清教信念下个体在自我救赎道路上和自我剖析过程中的孤独状态,迎合了新教家庭观的理想模式。夫妻合作,彼此抚慰,互相尊重,给予对方自由空间,这样的形式在宗教上、社会上、精神上都是至善的结合,家庭也相应地成为神学理念的展演场所,体现出宗教与世俗的融合。

第二节 亲情、宽恕与个性

家庭是由婚姻和血缘而组织起来的社会单元,家庭成员间的恩义关系是家庭伦理的重要构成。18世纪英国的蒲柏(Alexander Pope)在其《批评论》中有言:"犯错者为人;谅错者为神。"罗宾逊则表示,"我更喜欢'人皆神圣,又皆犯错'的现实模式。"[1]如何应对家人的过失,尤其是家人对自己犯下的罪过,也就是"原谅"的伦理是罗宾逊小说的共同主题。《家园》中的格罗瑞是基督教家庭出身的女性典范,但是为了接受家中的逆子、哥哥杰克而做出了道德上的牺牲。父亲罗伯特·鲍顿是基列镇上

---

[1] Robinson, Marilynne. Interview. *Religion & Ethics Newsweekly*. By Missy Daniel. 2005. http://www.pbs.org/wnet/religionandethics/2005/03/18/march-18-2005-interview-marilynne-robinson/4226/.

的长老会牧师,为人虔信正派,深得家人和社区的敬重,"他的肩头,基列长老会二十岁以上的人大多曾伏在上面哭泣过"(鲁宾逊,2010:5)。鲍顿牧师一贯以道德高度自诩,致力建立完美的基督徒家庭,他近乎神圣的道德堡垒却被儿子杰克的忤逆击溃。罗宾逊在小说中展现出个人所持有的道德信念怎样因为亲情和对家人的伦理义务而妥协。

努斯鲍姆在《爱的知识:哲学与文学论文集》中关注了伦理的情境特定性。她以亨利·詹姆斯的《金碗》(The Golden Bowl)为例,分析了文学与道德哲学之间的互动。她指出这部小说宽广的道德视域不仅在于展示了板正的道德主义的动人之处,更通过戳破这种天真背后所隐藏的罪恶感,消除了我们对于道德理想的信心。对个人信念价值的愧疚心成为人进入特定生活情境之前的必要准备。(Nussbaum,1990:133)道德是超脱的,伦理却是囿于特定人际关系的产物。如要维持人际间良好的伦理关系,个人必须忘却他人的错误,学会原谅。"尽管一个人不了解也不可能了解他所做的事情,他也不能取消他曾经做过的一切,摆脱其困境的可能的拯救之道是宽恕的能力。否则在人际关系中间就不存在任何长久的、更别提持存的东西了。"(阿伦特,2009:184)原谅是对于过错的道德回应,而对于基督徒来说,宽恕是人所能拥有的、最接近神的品质。"从神学上来说,宽恕被视为天赋而非道德责任。"(Gill,2007:vii)罗宾逊在涉及家庭成员之间的关系时,也将宽恕作为重要的主题和伦理责任来加以探讨。

埃姆斯牧师对于神学教义精妙理解颇多,即便如此,他在对待杰克时也无法秉持高调的基督教伦理标准。鉴于杰克以前的作为,埃姆斯很担心自己身故后杰克会对莱拉母子不利。他承认杰克对自己造成的伤害可以援引宗教教义来加以原谅,但是如果杰克对莱拉母子不轨,则是无法获得他的原谅的。埃姆斯对儿子坦白说,"他可以把我撞倒在楼梯上,我呢,没等滚到楼梯下面就已经从神学中找到原谅他的理论根据。可是如果他对你造成一点点伤害,神学就派不上用场了"(鲁宾逊,2007:206)。在埃姆斯身上体现出的这种"凡人"的弱点无损其作为牧师的光辉,恰恰相反,他所流露的普通人的"情感"更使读者感受到小说伦理教诲的说服力。"在《基列家书》中,起到连接作用的组织主要是情感。碎片化的叙事由一种精妙的抒情线索串联起来,近似传统的抒情诗人赋予诗歌材料的那种情感贯穿。"(Engebretson,2013:108)情感优先于理性,罗宾逊的小说基调反映出了努斯鲍姆式的多元思想。

在《基列家书》的大部分篇幅中,埃姆斯对杰克的印象一直停留在过去。杰克年少时荒唐的作为挑战了埃姆斯作为一个加尔文主义者的伦理立场。杰克年轻时抛弃自己的女儿,弃绝了上帝赐予的父亲身份,曾经痛失妻女的埃姆斯永远无法原谅这一点。只有在苦苦冥思和祈祷之后,埃姆斯才能试图去理解杰克。与埃姆斯形成鲜明对照的是,鲍顿和格罗瑞几乎完全没有道德挣扎地接受杰克的一切。在小说的高潮部分,杰克向埃姆斯坦白自己与黑人女子秘密结婚,还生了一个儿子。在意识到杰克具有和自己一样的父亲身份,尤其是处在同样要与家庭分开的惨痛处境之后,埃姆斯对杰克的态度有了巨大的转变,他最终战胜了一己私念,作为杰克精神上的父亲对他表现出了宽恕的美德。杰克即将离开基列镇时,牧师在汽车站为其祝福的场景堪称整个作品最动人的一幕。

> 他摘下帽子,放在膝盖上,低下头,几乎搁在我的手上。我使出浑身的力气为他祝福,当然是重复《民数记》中的祝福祈祷。"上帝的脸照耀着你,对你亲切慈祥。上帝向你扬起脸,给你平静和安宁。"再也没有比这更美好的祝福,或者更能表达我此时此刻的心情、更适合此情此景的感悟的祝福。他还没有睁开眼,抬起头,我说:"上帝保佑约翰·埃姆斯·鲍顿,这个被我们深爱的儿子,兄弟,丈夫和父亲。"然后,他坐下看着我,仿佛大梦初醒。(鲁宾逊,2007:258—59)

对于一直为自己的狭隘而焦心的埃姆斯来说,为杰克祝福让自己拥有了和上帝一样的慈悲、宽容的胸怀,能够发现他人身上的美好,也能为他人提供救赎和治疗。同时,埃姆斯晚年之际幸运地组建了家庭,享受到为人夫、为人父的乐趣,而杰克却因为社会的不公而无法和家人生活在一起,正如有评论者指出的那样,杰克被迫离开的一幕也表达出"罗宾逊对于基列,乃至美国的道德堕落的最严厉的控诉"(Deresiewicz,2008:28)。这一指控直指美国社会整体上宽容心的缺乏。

罗宾逊小说中的人物们命运多舛,但是其中并无大奸大恶之人,因为作者坚信人类作为造物的神圣之处以及神对人类所持的慈悲之心。杰克不仅拒绝接受家庭传统的信仰,也不愿对自己年轻时犯下的罪进行忏悔。而实际上,他给贫家少女安妮·惠勒、自己的父母及妹妹都造成了巨大的伤害。当格罗瑞提到杰克从未谋面的女儿时,他只回答说,"我不善于——那段时间我一直都避开了不在——我只能那么做——"(鲁宾逊,2010:154),而没有表现出丁点愧疚之心。尽管如此,杰克的亲友还是轻易原谅并全力维护他,表现出努斯鲍姆所谓的情感导向下的情境优先的伦理选择。

罗宾逊小说的家庭维度从成员之间的关系,尤其是父子间的羁绊展开,歌颂了不同世代以凝聚为旨归而做出的向心性努力。位于中西部的基列小镇得名自圣经,是大卫王哀悼其子押沙龙之地。(Ferguson,2013:204)作者虚构出的小镇暗示了在这里会发生的父亲与逆子的痛心故事。从新教的典型认知角度出发,上帝为天父,即人类共同的父亲,所以人世上的父亲只是这一身份的分享者。"即使在最好的条件之下,父母也只能给孩子如此之少的保障,如此之小的安全之感,那么一代人为另外一代人之父,几乎都是一种残忍。"(鲁宾逊,2007:138)而从子女的角度来看,父母"理应被儿女尊敬。……孝顺父母将得到巨大的回报。因为真正尊重的根源在于你感觉到了那个尊重对象的神圣"(150)。埃姆斯和鲍顿家都具有典型的父权制的家庭结构,在这种结构中,一个家庭的全体成员必须对伦理观念达成一致;这种认同体现在思想体系的各个层面,而认同的标准则由家族历史和现任家长共同决定。鲍顿家的苏格兰背景和罗伯特·鲍顿的长老会牧师身份限定了鲍顿家族成员的"灵魂"应处于何种状态以及从阶级和种族身份出发他们在社会中的自我定位。

黑格尔的家庭伦理观湮没了个体的世界观形成过程,与人类学家许烺光的情境中心理论构成了呼应。在谈及不同的处世方式时,许烺光(1990)提出了个人中心和情境中心两个概念。以个人中心模式成长的人"认为依赖别人是不可容忍的,因为那会毁掉他的自尊"(许烺光,1990:3)。与之相对,遵循情境中心的个人"按照把自己群体之内和之外的事物区别开来这种二元立场去理解外部世界。因为集团之内和之外的事物对他来说具有根本不同的意义"(2)。个人中心的思考方式鼓励观念的独立滋生和发展,而情境中心则指向伦理判断上内外有别的双重标准。基于生活方式上的一致和思想道德上的统一,家庭成员之间相互包容庇护,"家园"的吸引力也由此衍生。

这种吸引力既映照于成员间的亲密关系,也表现在家庭生活以及后者所依附的琐碎日常,乃至俗世之美上,与加尔文对上帝创世的赞美兼容。罗宾逊"将宗教视作一种文化身份"(Douglas,2011:334),对流传于世的加尔文派教义加以扬弃,将其中更容易引起人类普遍共鸣的一面发扬光大。在《亚当之死》中,罗宾逊如此评价加尔文:"其神学由对上帝的荣光的全面认知所催化并吸引,引向加尔文贯彻了鲜明美学特色的宗教观。这种宗教观既非神秘主义也非形而上学,而是一种孜孜以求的神秘主义,一种灵魂上的激情勃发的形而上学"(Robinson,2005:188)。对于上帝之道及圣经的刻板坚持一直是加尔文受人诟病之处,这一点虽然显露出其伦理思想有失圆融之处,但是这并不表示加尔文是完全排斥现世生活的。"加尔文的基督教伦理观的基础性神学教义就是创世。"(Haas,2004:93)他通过对创世的感佩将上帝的恩典置于最为崇高的位置,对于精巧美丽的世界无比赞叹。"你目光所及之处,从宇宙间的任何角落都能看到他的光彩。你一眼无法尽收宇宙的美轮美奂,广袤无垠。你对它无限的光华将不胜惊叹。"(Calvin,1960:52)罗宾逊用看似悖论的"人文主义者"和"神学家"(Robinson,2005:174)两大标签来限定加尔文的身份,在她的阐释下,加尔文主义将人类自身视为"神圣在场的充分体现"(183)。罗宾逊的小说渗透着对于感官享受的深度审美,表现出与加尔文主义歌颂"创世"这一主题的深度契合。罗宾逊强调人类对于创世之美的感知,从而扭转了传统的基督教生态观,从歌颂上帝的大能转到了人类对于自然所持的敬畏之心上。

新教改革派思想认为罗马天主教不具备在教宗或是圣餐等"本真的存在"中捕捉神圣的权威立场,因此在客观上将神圣的居所从可视的教会转移到可视的宇宙中。"加尔文认为对于宇宙的体悟,特别是对于美的感受,出自个人与上帝间的神圣交流。罗宾逊对于这一观点十分激赏,并在小说中尽力予以体现。"(Engebretson,2013:142)传统观点指出加尔文主义瞩目来生,贬抑现世,但是这一刻板印象很大程度上来自清教徒对加尔文著述的不当阐释和借题发挥。"对清教徒来说,俗世的欢乐是非常不正当的,他们的加尔文主义深受新柏拉图理想主义的渲染,几乎完全排斥世俗之美的积极特质。"(Leise,2007:350)罗宾逊反其道而行之,她指出将物质世界视作对于上帝的遮蔽这一宗教寓言性认识恰恰是对加尔文教义的曲解。加尔文非常看重此生,将灵魂的作业视为对于此世的天定本质的深度感受。坦纳认为罗宾逊的阐释与对加尔文教义的一般理解大相径庭,"在对世界的感官理解与身体远远低于精神的基督教观念两者之间存在抵牾"(Tanner,2007:231 n.3)。雷斯(Christopher Leise)同样认为,罗宾逊极口宣扬新教信仰的自由性和灵活度、力图修正加尔文主义在当代美国人心目中的刻板印象。(Leise,2007)

为了对自己推行的加尔文主义进行佐证和具象,罗宾逊在《基列家书》中塑造了埃姆斯这一人物形象。虽然身为牧师,埃姆斯却乐于品味日常的点滴乐趣,"面对存在的奇迹而感到震撼的惊奇"(阿伦特,2009:239),并且通过书写这一载体袒露自己身处俗世生活中仰望神祇所获得的领悟。造物除了它们本来的用途之外,更为人类提供了愉悦,这种愉悦感浸润在自然景物以及日常生活的方方面面,人类感受造物的神奇伟大并将之归功于上帝的神奇造化,从而实现了平凡与神圣的联结,"日常中的超越"(quotidian transcendence)这一主题在罗宾逊的小说中得到充分阐释。① 她的信仰叙事冲破了传统文学表达中宗教的"施魅"(enchantment)定式,于"亲密的日常"(dear ordinary②)中强调信仰与人类尘世生活的紧密联系。

泰勒在《自我的根源》中指出现代身份认同中重要的一环即是"日常生活"的伦理理想,他将其称之为劳动/生产生活与性/繁殖生活的"资产阶级伦理"。(Taylor,1989:211—12)该理想颠覆了之前关于美好生活的观念,而后者包括亚里士多德倡导的沉思、政治参与和贵族尊严伦理

---

① 同样深受加尔文影响的厄普代克则对宗教在人类生活中的体认表现出不同的看法。在他的笔下,"我们的意义和宗教成就在超凡的、特殊的事件中体现出来。厄普代克的主人公们缺少与普通生活的意味深长的联系"(Pasewark,2010:262)。
② 语出《管家》(罗宾逊,2005:34),英格布莱岑的博士论文以此为题,这一表达高度概括了罗宾逊的宗教观和世界观。

等。泰勒的这一思想与《家园》中罗宾逊对家庭生活的推崇形成共鸣。在小说中,鲍顿家的日常生活传达出保守朴拙的理念。家中收藏着祖父托人从苏格兰搜集的大批宗教著作,安置着代代相传却既不美观也不舒适的家具。教友赠送的装饰品永远地摆放在餐柜里,即使赠送人去世了也不会被清理。在这种时间已然停滞的空间中,维持传统成为家庭生活的核心——餐前的祷告、庄重而耐久的衣饰、母亲传下来的鸡汤面疙瘩食谱、礼拜日教堂中家人最后的鱼贯入场——不加改变地传承这种生活是鲍顿家子女们的责任。

  鲍顿一家的言行体现出典型的牧师家庭风范,可敬、保守却也带些迂腐。作为基列镇上的长老会牧师,鲍顿为人谨慎可靠,在社区享有威望。除杰克外,鲍顿家的七个儿女均配得上牧师家庭的出身,虔信上帝、孝敬父母、友爱兄弟、正直勤恳。长大成人后,他们回家过节时也会围坐在一起朗读圣经,这场"为了取悦父亲的表演"(鲁宾逊,2010:102)让牧师相信子女们热爱以前的生活。鲍顿家的人认为爱上帝和爱父母是一致的:"信仰是习惯也是对家人的忠诚,……是对母亲和父亲的敬慕"(112)。精神寄托与家庭伦理达到了观念上的统一。埃姆斯更进一步地指出血亲伦理的神性内涵:"作为人父、人母,他们理应被儿女尊敬。……孝顺父母将得到巨大的回报。因为真正尊重的根源在于你感觉到了那个尊重对象的神圣"(鲁宾逊,2007:150)。罗宾逊所描述的家人之间无条件的爱与忠诚既是基督教博爱精神的体现,更是人间伦常自然生发的结果。

  小说中牧师职业的世代传承对于整个家族具有不同寻常的意义:儿子们生来即担负着责任,等候天命召唤。一旦儿子们信仰不坚或志向不同,父亲会备感挫折。埃姆斯家祖孙三代皆是牧师。祖父与约翰·布朗①(John Brown)交好,持同样激进的废奴主义观念。南北战争中,在老牧师的煽动下,镇上的许多青年参加了北方军并死在战场上。战后,曾经是废奴主义基地的基列镇开始衰败。埃姆斯的父亲是和平主义者,立场与祖父的极端暴力主张截然相反,最终他为捍卫自己的理念与老牧

---

  ① 布朗是南北战争之前的著名的废奴主义者(Abolitionist)运动领袖,态度激进,为达到政治目的不惜采取暴力手段。

师反目，背离家庭的信仰，成了贵格派教徒。老牧师病危的妻子为了表示对丈夫的支持，在丈夫独自讲道时让女儿们把自己抱到教堂去，几乎因此丧命。在听说这件事后，忤逆的儿子再也不敢做公开与父亲为敌的事情了。

与家人对老牧师的无条件支持不同，埃姆斯认为祖父"总是竭尽全力做好那些涉及伦理道德方面的事情，虽然最终受到人们的赞美，但是对家人造成了某种伤害"（鲁宾逊，2007：96—97）。埃姆斯的哥哥爱德华天资聪颖，被家人寄予传承牧师天职的厚望。他受教众资助去德国留学，回国后却变成了高调的无神论者。因为爱德华的背叛，埃姆斯的父亲作为牧师的职业声望受到了毁灭性的打击，他一度与儿子决裂。但是在退休后，埃姆斯的双亲还是选择离开基列，去气候宜人的墨西哥湾和爱德华一起生活。《基列家书》中的自述者埃姆斯成了整个家族中最终留守在故乡基列镇的成员，家族中曾经水火不容的对立双方也都在亲情的感召下达成了和解。

埃姆斯与杰克·鲍顿因为两人教父与教子的身份也形成了一种父子关系。评论家们认为罗宾逊借这一对名义上的父子突出了和解的宗教内涵。两人爱恨交织、亦敌亦友的牵绊使人联想到他们在基督教文献及新教传播历史中的可能原型。门施（Betty Mensch）将隐藏在《基列家书》背景中的美国神学家爱德华兹与爱德华兹传记两相对照后发现，罗宾逊小说中的埃姆斯在多个方面反映出爱德华兹的观念和立场。（Mensch，2005/2006）此外，埃姆斯重视神性在日常生活中的显现，表现出他与德国路德派神学家朋霍费尔的"此世超越"（this-worldly transcendence）主张的近似之处。（Park，2014：103）平斯克（Sanford Pinsker）指出，埃姆斯是宗教仁爱的典型化身，而杰克则完全站在埃姆斯的对立面。他是小说中极富争议性的人物，有的评论视他为道成肉身、身成位格，被人世苦厄和与生俱来的愁苦所折磨。但也有人同意平斯克的观点，认为杰克罪孽深重、执迷不悟，"永远不会在眼前找到香膏①"（Pinsker，2006：173）。埃姆斯最终是否彻底谅

---

① 根据圣经中的记载，位于约旦河以东的基列地盛产贵重的香料。罗宾逊在其系列小说中虚构的这一地名使读者自然产生了基列镇的生活与具有疗愈作用的香膏之间的联想。

解并接纳了杰克？评论家们对此看法不一。伍德（Wood, 2004）认为，由于杰克对自己的父亲、埃姆斯最好的朋友鲍顿牧师造成的伤害，埃姆斯没能原谅杰克。李（Leah, 2008）则认为埃姆斯最后战胜了自己的偏见，对杰克施以理解和同情。罗宾逊所塑造的人物立体多面，评论界的众说纷纭恰恰反衬出其小说主题的复杂性。

埃姆斯因为妻女早逝，一个人生活了四十多年，形影相吊。鲍顿怜悯老友孤苦伶仃，在杰克受洗礼时以埃姆斯的名字约翰为之命名，请埃姆斯做杰克的教父。因为两人之间不存在血缘关系，埃姆斯最终对杰克的理解和宽恕更突出了罗宾逊一再表现的父母与子女之间除去生物联系之外的伦理义务。而且埃姆斯对杰克能够摒弃前嫌，更加体现了基督教所推崇的"邻人之爱"，而不是父母对子女的"宠爱"。希薇与茹丝，朵尔与莱拉，埃姆斯与杰克之间的恩义都属于并非由血缘联系的亲子伦理。

鲍顿牧师与杰克父子之间实现伦理责任的路径则更为复杂。在圣经中，上帝无论施与奖惩，都将子女与财富捆绑在一起。《约伯记》中，因为撒旦与耶和华的赌约，约伯首先丧失了牲畜、仆人和子女。约伯顺服耶和华后，神又补偿给他比先前更多的财产和子女。子女与父亲之间的所属关系十分明确。《诗篇》中这样歌咏，"儿女是耶和华所赐的产业，所怀的胎是他所给的赏赐"（127：3），从而确立了子女是父亲财产一般的存在。父亲是上帝派驻在每个家庭的代表，是神的化身，因此杰克对父亲的反叛与归顺以及最终对父亲的离弃象征着他在宗教上的挣扎。

主体对他人的道德义务既具有不可逆性，更无法抗拒。"在一个既定的道德体系中，作为义务的准则，常常是道德主体在社会的道德生活中所摆脱不掉的。……道德主体在面对这些义务时，几乎不能选择是否履行这些义务，而是必须接受这些义务。"（罗国杰，1989：186）在家庭中父子之间的伦理义务不具有选择性，杰克是给鲍顿家抹黑的逆子，但是"不顾一切地爱他是血亲悲哀的特权"（鲁宾逊，2010：68），杰克的忤逆反而使他成为鲍顿牧师最为心疼和宠爱的孩子。鲍顿的老友埃姆斯相信：

> 老鲍顿，如果能从椅子上站起来，走出他的衰老、古怪、偏执、悲伤以及种种局限，一定会丢下英俊、文雅、自信心十足的满堂儿孙，跟着这个从来就不甚了解

的、像护着伤口一样护着的儿子远行。给他一个父亲根本给不了的保护,用他不可能拥有的力量保卫他,用他做梦也不会想到的钱财支持他。如果鲍顿处于正常状态,他一定会完全原谅他过去、现在、将来的每一样罪过,无论那罪过是否属实、是否是他的。(鲁宾逊,2007:255)

在罗宾逊看来,这种在亲情驱动下的无条件的宽恕是亲子间最普遍的伦理行为模式,不属于社会"公正"的范畴,因此与被宽恕者行为本身是否正当并无直接关联。

在宗教层面,《家园》中的父子纠葛以圣经中浪子回头的故事为原型。小儿子向父亲索取了自己的那份财产,在离家挥霍掉全部财产后,他回家请求父亲原谅,称自己不配称为儿子,请求父亲从今以后将他视为一个雇工。而父亲吩咐仆人"把那上好的袍子快拿出来给他穿,把戒指戴在他指头上,把鞋穿在他脚上,把那肥牛犊牵来宰了,我们可以吃喝快乐。因为我这个儿子是死而复活,失而又得的"(《路加福音》15:22—24)。这个故事揭示出原谅的基督教伦理核心:原谅是受害人给过失者的礼物,并不由过失者应得与否而决定。从神学意义上来说,该故事渲染了天父对信人和罪人无差别的爱。

关于鲍顿父子间的心结,于倩(2014)倾向于将他们的过错与原谅归结到人性光明的一面。她认为,"正是由于杰克心中的善,才使鲍顿一家和埃姆斯牧师无法放弃这个不肖子,并达成了最终的谅解和宽恕"(68)。笔者并不同意这一观点,家人对杰克的救赎努力与杰克自身并无关系,他们无条件的宽宥更加突出了一种神学上的宽容精神。大部分的评论者将鲍顿牧师视为一个性格上有欠缺的人物。伍德(Wood,2008)和佩因特(Painter,2010)认为鲍顿自私、严苛、不近人情、对杰克过分偏袒,这些缺点都体现了与他的牧师身份不相称的一面。研究者和读者对于鲍顿性格的不满指向当代社会对于基督教强调博爱怜悯的迷思。罗宾逊倾心的是《旧约》中的上帝,兼具威严与愤怒。而鲍顿牧师正是这样的悖论性特质的集合体,恩威并存的神/父的形象。

在埃姆斯与哥哥爱德华、埃姆斯和杰克之间,埃姆斯牧师都扮演了浪子故事中的兄长角色,顺从却没有得到父亲的爱的儿子。他自己也清楚这一点,"我自己是个孝顺的儿子——可以这样说——从来没有离开父亲的家。……这样很好。爱没有什么公正而言,也没有什么比例之说"(鲁宾逊,2007：255)。在罗宾逊对"浪子回头"的多次仿写中,父亲都选择了离开的浪子。在神学意义上,这正是作者对加尔文主义"有限的救赎"(Limited Atonement)的阐释,人被拣选与否来自前定的安排,与个人品质和自身努力没有必然联系。

鲍顿牧师不仅认为自己对杰克的胡作非为负有责任,更加相信"无所不包的气氛"(鲁宾逊,2010：222)、无条件的宽宥会让杰克回到家庭和上帝的怀抱。鲍顿牧师与儿子的相处即体现出几无底线的回护模式。基列镇上发生了夜盗事件,杰克担心父亲怀疑自己而忧心忡忡。让他惊讶的是,鲍顿牧师主动提出给他一笔钱,这间接说明父亲已经确信儿子就是贼,但他完全没有指责杰克,甚至考虑到儿子可能的财务困境而提供金钱援助。父亲的道德高度因为对儿子的伦理责任而无限降低,指向当代生活中伦理关系相较于道德正义的优先地位。

从基督教伦理角度考量,杰克是否是贼这一问题并不如世俗道德观中那么是非分明。政治观点激进的邻居挑衅地称杰克为"小窃贼"(鲁宾逊,2010：9),并以此攻击杰克的父亲鲍顿牧师。但与此同时,他们又公然侵占鲍顿家闲置的土地,甚至将土地租给他人谋利。加尔文在就《以弗所书》所做的第31次布道时表示,圣保罗所谓的偷盗,不只指盗窃的罪行,而是包括各种巧取豪夺,将他人财物占为己有的手段。(转引自Fowl,2011：500)鲍顿牧师总是从教义而不是世俗法律的角度认识问题,所以他既可以对邻居的作为不声不响,也能无限度地原谅儿子。但是这并不意味着他没有困惑,他一直想要认清杰克,让后者对自己荒诞不经的行为作出解释。与之相对,格罗瑞对哥哥并不试图去"知道"或"理解",而是以简单的照料表达善意和慷慨。

鲍顿兄妹在《家园》中分享伤痛,互相救赎。英国小说家威克斯(Salley Vickers)撰文称"在通篇由人类的误解造成的痛苦的叙事中,唯有兄妹间悄悄滋生的犹疑的信任构成了一线救赎的可能"(转引自Holberg,2012：288)。妹妹格罗瑞对哥哥杰克怀有复杂的感情。作为家中最小的孩子,格罗瑞从小努力获得父母和包括杰克在内的哥哥姐姐的关注。杰克因自己的放荡自私给父母造成巨大痛苦的时候,格罗瑞是唯一在家的孩子。她给父母带来了慰藉,也不自觉地将自己置于道德的制高点上审视杰克。杰克的归家向格罗瑞提出了伦理难题:她既感觉自己的地位受到了威胁,又回想起杰克给家人带来的屈辱而厌恶他。在杰克刚回家的那段时间,格罗瑞对他礼貌而冷淡。通过共同照料父亲和完成家务,兄妹两人之间的信任不断加深,格罗瑞才敢于不怕冒犯杰克而给他买廉价的工作服。此时,在妹妹眼中,杰克完成了从陌生人到家人的身份转换。最终格罗瑞把自己没结成婚的秘密告诉杰克,杰克问她凭什么相信自己,格罗瑞回答:"我猜是因为你是我的哥哥"(鲁宾逊,2010:120)。格罗瑞最终打开自己的心结,将杰克与自己放在同等地位上,这一突破标志着她摆脱了出于孝顺而全盘接受的父亲订下的道德标准。格罗瑞相信她和哥哥都是为了疗伤才回家的,而对父亲和哥哥的关照也使她得以摆脱自己人生的失意。"她确实觉得为哥哥做的好事,把她从单纯的失败带来的耻辱中解救了出来。"小说结尾交代格罗瑞会继续留在基列,维持守护着一切象征家庭团结的日常习惯。

在《家园》中,人类普遍有罪、普遍具有获得恩典的可能性的加尔文教义与情境中心的模式下家庭成员间的移情形成共振。从牧师的天职出发、从父亲的责任出发,鲍顿牧师尽全力去挽留和宽恕杰克。"关心疏远的人,不顾一切地继续原谅和爱惜他们,由此我们才会看到他人的神性。"(Domestico,2008:36)这是基督徒对于自身品行的实践,寻回迷途之羊成为感受上帝怜悯的契机。对作为一家之主的父亲和家庭中的其他成员来说,杰克更是伦理义务上不能缺失的一环。"如果……任何一个鲍顿家的人真的能唤起上帝的同情,杰克就会没事的。因为他的地狱就是我们每个人的地狱。"(鲁宾逊,2010:325)家人对杰克的救赎由此获得了宗教和家庭伦理上的双重意义。

新教教义所宣扬的宽恕之心被罗宾逊扩展到日常家庭生活内部的人际伦理上。"对于原谅的强调将道德重负置于个人良心上,这也使罗宾逊跻身奥古斯丁、路德、加尔文、克尔凯郭尔等为代表的新教思想家之列。他们认为个人——与集体相对——的犯罪和悔罪的经历是基督教经历的真髓。"(Engebretson,2013:198)罗宾逊在接受采访时曾经被问到如何在"世俗与宗教,语言与沉默,关于死亡的观念和对于生命的欣赏之间维持着平衡"(Johnson,2006：186)，对此她做出了如下回应，"我不认为神圣与世俗之间存在区分，……虽然我们对于大多数普通的事物的神圣之处无法名状，这并不意味着它们就应归入别册。"正如英格布莱岑指出的那样，"罗宾逊写作《家园》的主要宗旨即是将神学主题人化"(Engebretson,2013：198)，以入世的宗教描摹日常生活。

与此同时，《家园》绝不是宗教寓言，罗宾逊在散发着抚慰光芒的"家园"均质表象下描绘了个人主义的暗流，其引发的思想上的离心性与核心家庭束缚性的凝聚力量之间形成了张力。"杰克的回归救赎之路，始终围绕着两个基本指向而展开：是否认同父辈的传统信仰，此次回归是否意味着永久的停留或是继续流浪，而这两种指向的实际内涵就在于杰克在旧秩序与新模式之中的抉择。"(胡碧媛，2016：101)与鲍顿家"忠诚于家庭"的理念相悖，杰克优先选择"忠诚于自己"。思想上的独立发展使他偏离了鲍顿家成员的既定轨道，在小说结尾杰克再次踏上自我放逐之路，宣告了"家园"救赎行动的失败。

在鲍顿家循规蹈矩的模范子女中，杰克一直是个"异类"。"他以自我为中心，其程度与自闭症患者仿佛。"(Petit,2013：44)少年时他与家人若即若离；在镇上小偷小摸；20岁时与出身贫苦的少女生子后将其抛弃，这也间接导致了婴儿的死亡。杰克的叛逆和不端给予父母终生的羞辱和伤痛，"给整个家庭蒙上了一层阴影"(鲁宾逊，2010：4)。虽然《家园》以杰克的回乡为主线展开，但小说并未止步于浪子回头、皆大欢喜的叙事模式，杰克乖张的行事背后隐藏着突出的个人主义精神。

罪(sin)是基督教中的一个具有普遍意义的中性概念。基督教教义的核心即是如何接受并内化人皆有罪，唯有上帝才能将其赦免这一概念。罗宾逊用"恩典"(grace)来解释为什么心怀善意的好人也无法总是做出正确的事。正如鲍顿牧师对杰克所说的那样，"没有谁该受什么，不论好坏。这都是上帝的恩典"(鲁宾逊，2010：279)。这是在关爱的前提下以加尔文思想为基础的发言，表现出作者的苦心孤诣。加尔文主义强调的独自与上帝同行的人生经常显得过于冰冷，缺少人情味，"在家庭包装下的加尔文主义避免了抽象化，显得更符合人性真实，因此容易被人接受"(Davis,2010：270)。

自由主义强调个人选择的自由,体现在包括对宗教信仰的接受与否,甚至生命权上,但是家庭伦理的语境侵入了自由的边界。《家园》中的杰克·鲍顿获得家人的爱和庇护的无形条件是对他的不信教的谴责。极端的个人选择更要接受来自宗教和世俗伦理的双重责难。海伦、杰克都作出了自杀的选择。圣经中没有明确禁止自杀,但是奥古斯丁将上帝的第六条诫命"不可杀人"延伸为"不得自杀"。(Augustine,1890:1:25)托马斯·阿奎那根据基督教传统进一步解释道,"自杀的人不只对自己和自己的身体犯了罪,更是对创造自己、供养自己的上帝犯了大罪"(Greene-McCreight,2011:433)。海伦的自杀是盘桓在两个女儿人生中的阴影,虽然茹丝曾经尝试并且也在一定程度上理解了母亲的决定,但是其他的亲人却拒绝理解海伦。外祖母默默接纳了海伦的遗孤,有关女儿她却闭口不谈,终生无法原谅她。小女儿露西儿甚至欺骗自己,坚持说母亲是因事故才去世的。杰克小时候的叛逆和疏离让家人体味到他莫名的孤独、悲伤和难以触及,从那时起他就开始了与众不同的人生轨迹。"列维纳斯即认为,过错是个人以他人自由为代价对自身自由的夸大而扭曲的表达。"(Bash,2007:20)尽管杰克的过去遍布污点,现时的人生也存在酗酒问题和自杀倾向,但是罗宾逊凭借他思想的严肃性将其打造成一位悲剧英雄。作者曾表示"鉴于杰克的复杂人生,想把他塑造为一个有价值的人"(Petit,2013:48),这种价值尤其体现在人物对自我意识的固守和对政治立场及宗教信仰的清醒态度上。

与基列镇上保守的中产居民不同,杰克靠体力劳动维持生活,和底层人群有亲身接触。通过关注50年代社会上的各种思潮,阅读激进的政治书籍,杰克对民权运动尤其是黑人的非暴力抗议活动十分同情。杰克对基督教的抗拒一直是他与父亲之间最大的芥蒂,但这也表明他不盲从和对待信仰问题的严肃态度。"对于个人主义的强调表明信仰或精神主要是个人选择而不是文化继承。"(Roof and Caron,2006:119)全家人只有杰克偶尔去翻阅祖父留下的长老会藏书;他可以把圣经倒背如流,在日常生活中引经据典但仍不能称信。父亲临终时对于儿子的非信徒身份仍然耿耿于怀,弟弟妹妹都劝杰克撒谎以安慰父亲,但是杰克表示自己无法违心地称信。

怀疑论者杰克总寄希望于基督教的普世性影响，他认为如果关于上帝的真理存在，则必然是大写的(capital-T truth)、唯一的。正因为对当代的多元性现状缺乏认知，杰克在与父亲鲍顿牧师和埃姆斯进行教义探讨时经常出现沟通困难，最终还是无法心悦诚服地接受基督教义。而公理会牧师埃姆斯身上却充分体现了罗宾逊独具特色的宗教观。面对来自现代哲学的挑战和质疑，埃姆斯从不试图为宗教进行辩护。在他看来，"站在防卫的立场谈论上帝，不可能说出什么真实的东西"(鲁宾逊，2007：191)。比起宗教教义，埃姆斯更看重灵魂经验，因此整部作品呈现出对基督教所做的文化再塑形，"《基列家书》中的信仰强调真实的宗教体验，但是对于身处基督文化之外的人来说却无法理解，同时这部小说又不愿讨论具体的基督教义。这一切指向在当代美国的多元文化世界中将基督教作为一种文化形式而进行的颇具争议性的再想象"(Douglas，2009：348)。

对于一个基督徒来说，自己的家人不信上帝，灵魂处于"无所凭依"的状态是他/她所无法忍受的，也会造成新的伦理困境。在《基列家书》和《家园》中，爱德华、约翰兄弟与杰克、格罗瑞兄妹都面临着这样的问题。爱德华受教众资助去德国学习，但是他回国后宣称自己是无神论者，拒绝接受家族代代传承的牧师职位，给父母带来了巨大的伤害，也令弟弟约翰十分担心。但在兄弟两人畅快地玩过一次棒球后，埃姆斯承认，"那天之后对于他灵魂的状态我确实不再担心"(鲁宾逊，2007：67)。鲍顿兄妹之间的情形也是如此，即使杰克拒绝称信，妹妹格罗瑞依然表示，"我觉得我喜欢你的灵魂就是这个样子"(鲁宾逊，2010：105)。实际上，比起灵魂是否处于同一状态，家人之间血缘相系的伦理关系在个人动机上起到了更大的决定作用。

个人主义的世界观将个体置于伦理困境。个体在"摆脱了父辈或其他方面的束缚之后，便发现自己在生活中找不到任何确定的事情或人物可作为追求的目标，从而可能对人生意义感到困惑"(许烺光，1990：3)。杰克的痛苦主要来源于"不肖"，他无法基于伦理责任对父亲做到"孝顺"，像兄弟姐妹那样成长为典型的"牧师家的孩子"。同时，他自我构建的道德世界无法接纳家人出于宗教和伦理意识对他的宽恕。"别对我这么好心"(鲁宾逊,2010:110),杰克沉湎于过去的罪责中,用严苛的道德标准审视、惩罚自己。

在2004年出版的《基列家书》中,杰克最后向自己的教父埃姆斯牧师倾诉苦恼并寻求帮助,而在四年之后付梓的《家园》中,他始终没有向格罗瑞和父亲坦白自己最大的秘密:跨种族婚姻和混血儿子的存在。在疏于沟通和互相误解的表层原因之下,这种隐瞒生发自鲍顿牧师和杰克对自身价值观的坚持。儿子的年少荒唐触及了牧师的道德底线,成年后的杰克也没有表现出信仰上的皈依。父亲只愿原谅,却拒绝接受杰克身上的"异质性",间接否认了他的个体性和人格存在。儿子同样有自己的标准,既不愿信服也不接受父亲没有底线的宽容。在无谓的努力之后,"一切都不会改变,因为家庭情境建立在一系列的悖论之上,它们盘桓交错,将父子两人囚禁其中"(Wood,2008:76)。最终,对个人中心的思维方式的坚持压过了对家庭团结的渴望,杰克失望地离开基列,暴露出现代人在家庭伦理上无法妥协的矛盾。

鲍顿家的其他子女在维持家庭一致性的同时也表现出了离心性。小说中几句看似无关紧要的交代暗示出他们思想上的偏离。泰迪作为医生精心照料父亲的身体,但他来去匆匆,从不在家中逗留。格罗瑞照顾垂危的父亲尽职守责,当鲍顿牧师表示要把房屋留给她时她却十分震惊,因为她完全无法想象自己要在基列度过余生。祖父的宗教藏书是全家人的"精神宝藏",却无人翻看。鲍顿的儿女们都把故乡基列作为他们的"家园",却没有人真的情愿在这里扎根,"他们也很乐意再次离开"(鲁宾逊,2010:5)。

《家园》对叙事声音的选择别有深意,巧妙地揭示出道德与伦理的差异。整部小说使用了从格罗瑞的角度出发的自由间接引语。读者可以自由地进入格罗瑞的内心,了解其身处其中的伦理困境。格罗瑞对父亲十分敬重,将他视为行为模范。她成年后也保留了儿时每天祈祷和读圣经的习惯。女儿将父亲视为榜样的同时也接受了父亲(在当代眼光看来带有瑕疵)的道德观,包括父亲对女性从事神职的反对,对黑人解放运动的保守态度,对财富的有产者立场等。按照康德在《道德形而上学原理》中的阐释,尊重是一种通过理性概念自己产生出来的情感,是一种特殊的，与爱好和恐惧有别的情感。对于某一个体的尊重，就是对诚实规律的尊重。（康德，1986：51页注）而米勒（J. Hillis Miller）在康德的基础上进一步指出，个体将规律加诸自身是出于对规律的尊重和对其不可抗性的认识，借此个体成为道德律法的体现，并因此受到他人的尊重。（Miller, 2005：65）综上所述，尊重并不等同于认同，包括格罗瑞和杰克在内的子女对于父亲"孝"而不"顺"，他们和父亲在各方面的意见分歧都通过小说的叙事声音选择而表现出来。

　　成年子女表现出的思想偏差让父母受到伦理考验，幼年甚至夭折的子女则为成人带来宗教理解上的挑战。从亲子关系衍生出来的幼儿的受难是罗宾逊小说的重要主题之一。如《基列家书》中的埃姆斯一样，加尔文自己的孩子也在出生后不久夭折。"尽管加尔文认为受洗并非救赎的必要条件，他确实相信幼儿受洗是受上帝眷顾的标志。"（Robinson, 2005：205）在埃姆斯外出的时候，与他青梅竹马的第一任妻子意外早产，母女双双死去。在这一巨大打击中，唯一能安慰埃姆斯的是，他及时赶回家，将孩子在怀中抱了一会儿。老友鲍顿也及时为孩子施了洗礼，并且给她取名为安吉丽妮。杰克·鲍顿与贫穷的少女发生关系，生下女儿后将乱摊子扔给家人，自己回到大学继续逍遥自在的生活。小女孩在贫穷脏乱的外祖父家长到三岁，因为脚上伤口感染而离世，未能为她做洗礼成为鲍顿牧师终生的憾事。因为自己曾经痛失爱女，埃姆斯对杰克的罪恶行径无法释怀。"一个人失去自己的孩子，另一个人毫不在乎地否认自己父亲的身份，这并不意味第二个人侵犯了第一个人。我不会原谅他。我不知道如何原谅他。"（鲁宾逊，2007：177）从广义的道德观出发，埃姆斯知道杰克的不负责任与自己的惨痛经历并无联系，但是他由衷地痛恨杰克，无法对后者表示出宽恕怜悯。

　　幼小的生命过早凋零固然令人扼腕痛惜，罗宾逊关注的主要是成人对于这一问题所作出的宗教上的考量。罗宾逊无意在小说中树立一个十恶不赦的罪人典型，而是在形而上的意义上探讨罪与罚的意义。杰克绕开自己的实际过错，向鲍顿和埃姆斯两位牧师提出普遍意义上的宗教疑问，上帝为什么要让无辜的婴儿受难？圣经中挪亚酒醉后赤身露体倒在帐棚中，他的儿子含看见父亲的赤身而不加回避。挪亚酒醒后诅咒含的儿子迦南,孙子迦南因为自己父亲含的不敬而遭罪。杰克提出的问题可转化为:父亲的罪应该由其子女承担吗?也就是说,上帝是通过让无辜的婴儿夭折而惩罚其父亲吗?杰克大胆的揣测令两位牧师十分震惊。由此罗宾逊暗示了《旧约》与《新约》在伦理规范与上帝的塑造上的区别。《旧约》的上帝是一位严厉且容易震怒的统治者,而《新约》中通过耶稣之口传达出的上帝的诫命相对柔和且更加人性化。《马太福音》中即记载了耶稣为小孩祝福,"让小孩子到我这里来,不要禁止他们,因为在天国的,正是这样的人"(19:14),从而将婴幼儿确立为纯洁无瑕的上帝宠儿。同属新教的长老会和公理会把上帝描摹成为了救赎人类而承担悲苦罪恶的至善化身,但是作者在提醒读者记住《旧约》中那个毁地屠城的上帝的严厉与决绝。

埃姆斯在慨叹自己家族内部因不同立场而造成的离散悲剧时说,"你对某个东西可能熟悉得不能再熟悉,而实际上又一无所知。一个人可以熟悉自己的父亲,或者儿子,可是他们之间除了忠诚、爱和相互不理解,什么都不存在"(鲁宾逊,2007:6)。埃姆斯的祖父与父亲,鲍顿牧师与杰克,他们至死也没有真正解开心结或是做出妥协,但是他们之间仍然由家人的爱联系,这种家人关系是对信仰获取过程的一种映射,对家的渴望是对耶稣的渴望的一种世俗化取代。不论是加尔文,还是罗宾逊,都主张上帝的安排超出人类的理解范围,不能由人类来揣测。但是与此同时,罗宾逊又在暗示人类仍然可以通过爱与上帝联结,家庭伦理与宗教伦理存在相通之处。新教教义中父母与子女的关系是上帝与被其创造的人类子民之间关系的世俗对应,家庭团结的信念和信仰的一致性被互相比拟等同。而在现代社会中,这种明确的从属关系和同质状态受到了个人主义和自由思想的挑战。

第三节 个人、环境、社群

罗宾逊肯定良好的婚姻和亲子关系对个人美德的滋养,但是在她的前四部小说中,家庭空间、自然环境、教会和社群等作为家庭成员伦理关系在不同范围和领域内的映射,在个体形成和发展过程中也都扮演着不同角色。作者将个体发展所追求的"道德"定义为"在生活中和行为上忠实于对于正确和善好的某种认识,即使对自身造成损失也会遵守这一标准"(Robinson,2005:159),这一损失所指的即是个体在与周围环境发生冲突时可能受到的伤害,道德的主要特征即是"自主"(autonomy)。作为个人与自己所立的约,实现道德自主经常受到社会的制约与阻挠。(170—71)传统上,人们认为加尔文的拣选学说妨害了自由,但是罗宾逊相信加尔文主义促成了人的自主追求。佩斯瓦克(Kyle A. Pasewark)指出,"对加尔文的《基督教要义》稍加研读就会发现这几乎完全不是拣选说的初衷。相反,个人的被拣选是自由的条件,而非终结"(Pasewark,2010:259)。被拣选即是被救赎的确证,将个人从众多牵绊中解放出来,从而可以自由地以行动"荣耀上帝,增进世间福祉"。加尔文宣扬的被拣选从而被救赎的信念制造出信徒个人与持不同信仰的他人或其他人群的距离,从而滋生出优越感,这种自我的态度与家庭的同化功能构成了矛盾。

努斯鲍姆如此阐释家庭对人类个体进行滋养的同时又加以限制的悖论作用。"一方面我们必须严肃考虑这样一种可能,如在宗教方面,如果家庭严格遵守社会公正的理论,就会牺牲个人选择的重要价值。而另一方面,我们也不能忽视家庭对个人发展的深刻影响,这一影响是从个人生命之初即表现出来的。"(Nussbaum,2000:270)阿伦特将自由区分为"政治自由"(political liberty)和"哲学自由"(philosophical freedom),哲学自由表征纯粹的自我追求,而政治自由"具有'我能',而不是'我愿意'的特质。政治自由是由公民而非普遍意义上的人所享有的,仅仅体现在团体中。共同生活在一起的人群用语言和行动进行交流,形成了各种关系(rapports)——法律、风俗、习惯等等。换言之,政治自由只有在人类群体的领域中才是可能的"(Arendt,1978:200)。而家庭是人类社群的基础形式,"尽管组成的方式各异,家庭必是以某种形式的一致为基础的,服从是最普遍的模式"(201)。在服从与自由之间寻求微妙的平衡点一直是家庭伦理的要务所在。

"家庭"在罗宾逊的小说中是一种理想主义的存在,不加选择地拥抱、抚慰每一位成员。作者曾经表示:"家人"一词自身无法准确定义。

勉为其难地说,家人是"我们对其怀有忠心和责任的人,塑造了我们的身份的人,给予我们身份的人,和我们共享品味、故事、习惯和回忆的人"(Robinson,2005:87)。但是,大部分成员都要经历一个排斥家庭的引力、从家庭逃离的阶段。最后,作为后世俗社会最坚固的堡垒,家庭只吸纳并庇护愿意认可其统一价值观的成员。而这种家庭的统一价值观是以宗教道德为基础的。在宗教新闻社(Religion News Service)的访谈中,罗宾逊将《基列家书》概括为"一个男人对自己的儿子解释十诫",[①]从而将基督教的镇教理念纳入家庭内部代代相传的人生信条范畴。

自我中心意识容易造成个人对环境的排斥。环境的伦理与空间的伦理都与家庭有着密切关系。《管家》中的外祖母特别珍视外祖父亲手盖起来的房子,因为家宅象征着自我的安定性,"只要身体健康,头上有屋顶遮天,你们就会很安全"(罗宾逊,2005:48)。希薇天性热爱流浪,她对于固定的地方没有眷恋,因此也不会像外祖母那样珍惜和维护家宅。她的跨界特征破坏了家宅的安全性,也影响了茹丝的身份与命运。两人在流浪前将家宅付之一炬,表现出与固定的避风港的决裂,歌颂了个人的自由追求,也提出了家庭空间的文化特征与人的自主性之间是否存在内置矛盾这一问题。

现象学角度的"诗意地栖居"是对外部自然空间和内部家庭空间的综合。(Bessedik,2015:566)罗宾逊一方面强调家庭空间对于伦理关系的重要影响,一方面鼓励个人与自然中孕育的神圣的独自相遇。这里的自然不限于具体的风土,罗宾逊笔下人物的个体特征源自抽象化、意象化的环境。布尔(Lawrence Buell)将地方(place)划分为三个向度:"环境的物质性、社会的感知或建构、个人情感或纽带"(Buell,2005:63),揭示出地方的物质特征与社群精神和个体情感的密切联系。人对自然的依存表现出一定的流动性。《管家》中的外祖父无法忍受自己的中西部故乡的狭隘视野,跳上火车来到远西,在指骨湖畔的小山上选址精心修建了自己的家宅。在火车坠湖事故后,镇上多了几个寡妇。除了外祖母

[①] Robinson, Marilynne. "Marilynne Robinson on the Language of Faith in Writing." *Religion News Service*. By Sarah Pulliam Bailey. 2014. https://religionnews.com/2014/10/08/interview-marilynne-robinson-language-faith-writing.

外,其他人都无法忍受近在咫尺的指骨湖的气味而回到东部老家。外祖母没有做出同样的选择,而是带领着家族的第二代、第三代女性在镇上生活下去,创造出属于自己的女性氏族的归属感。茹丝姐妹出生在西雅图,生活在高楼大厦中,她们的生活视野却只局限在从公寓楼顶端俯瞰到的一方天地。在海伦带女孩们回到指骨镇之后,她们才在小镇的社区和周边的自然中找到了自我。《基列家书》中的埃姆斯家族因为祖父响应上帝的呼召而从缅因州迁移到艾奥瓦州。虔诚而又充满宗教热情的祖父只要与上帝同行就如处家中,最后不惜抛骨堪萨斯。埃姆斯一生在基列镇生活,但是他的妻儿却注定在他去世后踏上漂泊的道路。他虽然对此感到深深的不安与担忧,却也只能坚信上帝会照拂这对孤儿寡母。《家园》中的鲍顿一家在内战后才从苏格兰移民美国。为了不忘家族之根,祖父从苏格兰买来许多宗教书籍陈列在家中,后代子孙却几乎无人翻阅,除了长老会的宗教信仰,家族中并未留下祖先的痕迹。《莱拉》中的女主人公更是典型的无根之人。她不知自己生身何处,半生漂泊,虽然通过嫁给埃姆斯而在基列落脚,却又必然要在丈夫死后带儿子流浪。罗宾逊小说中的家庭虽然缺乏典型意义上的"根",人物的迁移或是流浪却并不显得仓皇。对于作家来说,人物的流动(flux)代表了朝圣之旅(pilgrimage),"流浪生活的艰苦恰是必要的精神历练,唯有此才能确保从充满丧失的碎片化经验世界穿越到完整的感官世界中"(Burke,1991:717)。换言之,人物的物理位移无关紧要,作家瞩目的是灵魂之根。

受到《旧约》中对亘古洪荒的描写的影响,罗宾逊在小说中不断歌颂自然蛮荒及荒野对人类灵魂的巨大影响。荒野"代表上帝原初的创造,超越人类意志与控制展现其存在,彰显上帝的精神与恩惠"(胡碧媛,2016:99)。无论是艾奥瓦州的湖山间春季泛滥的大洪水与冬季的千里冰封,得克萨斯州干涸荒漠上在饥渴的父子旅人面前显现的日月同辉,还是在艾奥瓦州广袤草原上普降的甘霖与受其滋养的万物,罗宾逊醉心于描述圣经中反复出现的荒野意象,似乎在这样的背景下,人类才能更纯粹地与天地造化相遇,获得本真的灵魂体验。斯宾诺莎(Baruch Spinoza)将整个宇宙等同于上帝,斯特劳斯(Leo Strauss)也认为"圣经中的上帝显现之地并非城市或人类文明的居所,而是沙漠。圣经中的上帝眼中悦纳的不是农夫该隐,而是牧羊人亚伯"(Strauss,1997:109)。隐于蛮荒间的宇宙真理强调出人类社会与自然造化的二元对立,而人类心怀敬畏,通过感知自然加深自我认知,突破社会文明的规训,完成与上帝鬼斧神工的融合。杨金才指出21世纪的文学家在创作中突出了"荒野意识"在摆脱文明困境中的作用,"这种荒野意识在21世纪外国文学创作中一直扮演了可能性的追寻者与预示者,也是作家笔下人物寻找自由、努力摆脱消费文化和商业文明羁绊而获得拯救的新象征"(杨金才,2015:32)。逃离社会追寻自我与在抽象化的自然中获得超验的体悟取得了一致。

尽管众多评论注意到罗宾逊作品的地方色彩,其小说主题对景色和地理的重视已经超出了"地域特色"或是文化地理学中的"地方依赖"(topophilia[①]参见胡碧媛,2015),"她的作品总是激发出对于风景的崇敬,在自然面前满怀感激的谦卑之心"(Bobrow,2011)。在某种程度上,美国西部的自然风景即是罗宾逊的宗教,风景与人的互动即突出了上帝的创世主题。罗宾逊在描述年少时在西部家乡的经历时就渗透了自己对自然神性的尊崇,"我记得跪在小溪边,水在岩石间汩汩流出,朽木的身后已经探出小树的嫩芽。我想,这里只有一样是错的,我的存在,那是最意想不到的侵入——我感觉到的孤独寂寞令我在这神圣之地容身"(Robinson,2012:88)。作家在谈及地方色彩写作时指出"所有地域文学的特征是对细节的深刻感性,那是任何书写的优点。地方之所以重要,在于成其为文学描绘的地方……地方的特殊性,它的神秘有待开发——作家应受到这种观念的鼓舞而创作高质量的作品"(转引自胡碧媛,2015:57)。对罗宾逊来说,地方色彩写作的意义主要在于作者通过文学创作提取的感性的、抽象的空间。

与个人与环境的关系类似,个人与教会的关系也可比照家庭关系。不仅基督教教义可以与家庭生活理念建立起联系,家庭生活在一定程度上就是教会生活的缩影。"在世俗中产阶级社会中,对家庭的崇拜几乎上升到宗教层级。基督徒对此几乎无法抗拒,他们将教会描述成以所谓

[①] 参见胡碧媛在《论〈持家〉的感性体验与地方依附》(《当代外国文学》2015年第1期,第51—57页)中结合段义孚的理论对《管家》中的空间书写所做的论述。

的'自然'家庭为雏形的、温暖人心的社团。"（Mangina, 2011：508）因为基督徒在婚姻家庭方面的生活实践尽可能地贴近其他社群，"家庭成为教会见证和社会改革的特别重要的接触点"（McCarthy, 2011：321）。包括路德与加尔文在内的宗教改革领袖都认为伦理与教会的建设密不可分。"加尔文不是直接用神学个人主义基础上的不可见教会来取代可见教会与世俗政府，而是在肯定可见教会与世俗政府存在之必要性的前提下，以一种此世化的神学个人主义精神来重构它们。"（何涛，2013：2）在《基列家书》中，埃姆斯牧师描绘的教堂和教会既是普通生活的一部分，又提供远远超出其实体存在的超验体验。他回忆起父亲怎样在教堂的废墟上递给他一块沾着灰的饼干。

> 我还记得童年时代的那一天，我和别的小孩躺在马车下面，看他们扒那座浸礼会教堂的废墟。父亲拿来一块饼干给我当午餐。我从马车下面爬出来和他一起跪在雨水中。我记得他似乎掰开一个面包，往我嘴里放了一小块。尽管我知道他不曾这样做。他的手和脸因为沾了灰，黑糊糊的，就像烧焦了一样，俨然一位古代的殉道者。他跪在泥水中，从衬衫口袋里掏出一块饼干。他把这块饼干掰开，这倒是真的，给我一半，他自己吃了一半。那真是"苦面包"。（鲁宾逊，2007：109）

父亲的举动，结合当时人们出于信仰所自发组织的劳动，给予少年埃姆斯极大的震撼，教导他从多层意义上领会"圣餐"的含义：既包括父亲与儿子分享食物，又因为特殊的宗教情境而增添了受难的意味。对加尔文来说，"圣餐不只意味着吃面包，这意味着集会，成为可见的民族。意味着妥协，因此在基督中，而不是在'共同的人性'中找到统一。"[1]因为教堂被雷击中起火，整个教区的会众都在雨中齐心协力抢救被废墟掩埋的教会财产。平日束起头发的妇女如少女一般将辫子散开披下，与平素生活截然不同的景象，即日常生活的"陌生化"（defamiliarization）赋予平凡以积极与神圣的意义。

鲍顿家虽然只有罗伯特·鲍顿一人做牧师，家庭的宗教氛围仍然十

---

[1] Hauerwas, Stanley and Samuel Wells. "The Gift of the Church and the Gifts God Gives It." *The Blackwell Companion to Christian Ethics*. 2nd ed. Ed. Stanley Hauerwas and Samuel Wells. Chichester, West Sussex, UK: Blackwell Publishing Ltd, 2011. 13-27.

分强烈。礼拜日的早上全家都要在教众的最后鱼贯走进教堂。"教堂是看和被看的场所。"(Miller,2015：118)在众目睽睽之下的教堂中看与被看,自我注视与他人投来的视线共同雕琢出鲍顿一家在社群中的形象。格罗瑞在虔诚的氛围中成长,她小时候跪在床边祈祷,长大后每日读圣经。格罗瑞将自己的虔信作为对父母表示敬意的方式,反映出宗教的世俗化与家庭化。"教堂中的跪拜这一行动自身是对权力、服从、遵从等与教会内的性别实践紧密相关的类别的言说。"(Winner,2011：266)格罗瑞幼时已将这种宗教与世俗的双重权力机构内化于心,因此在长大后,对父兄表达出了自然的遵从、辅助与牺牲奉献的意愿,几乎是"内化传统神学思想和女性思维模式的牺牲品"(于倩,2014：113)。严格说来,教会的本意并非一个扩大的家庭建构,而是以信众的洗礼和信仰建立起来的集体,它与家庭对个体的牵制应该是反方向的,即教众的紧密联系实质上应当削弱个体家庭内部成员之间的牵绊。罗宾逊小说的主题显然是反其道而行之,毕竟核心家庭作为当代社会基本单元的地位无可撼动,刻意强调教会对家庭的牵制只能是与时代背道而驰。

个人与小镇共同体之间存在的张力以及这种张力所带来的伦理挑战是罗宾逊家庭伦理的另一延伸。小镇书写是美国文学中的独特景观。小镇生活既体现出鲜明的美国特色,又因为宗教历史渊源而昭示出伊甸园般的美国"花园神话"。小镇生活的伦理意义在当代关于社区/共同体的理论研究中有着错综复杂的发展。威廉姆斯(Raymond Williams)从马克思主义向度的经济决定论出发,认为社区给予个体的归属感具有积极作用,真正的社区必然是无阶级区分的,因此资本主义的兴起被视为社区的大敌。罗宾逊小说中的社区具有威廉姆斯式的"传统的互相依存"(traditional mutuality)(Williams,1973：104)。但是在另一方面,正如米勒所指出的那样,不存在阶级区分的、个体互助的社区只是一种想象,真实的共同体应该如德里达所描绘的那样,具有"自毁的自体免疫性(self-destructive autoimmunity)"(Miller,2015：17),与后现代人际关系形成呼应。南希(Jean-Luc Nancy)关于"不运作的共同体"的学说揭示出这样一个悖论:"真正的共同体是不可能存在的,但人类却生活在对它的虚构中"(但汉松,2015：9)。人们总是持有建设理想社群生活的美好愿景,但是人类自身根深蒂固的孤独性又与之相抵触。

社会性是人的重要属性之一:"人生离开社会群体则无法定义,也无法维持"(Gonzalez,2014:379)。指骨镇或是基列镇之类的小镇似乎完全符合威廉姆斯定义下的友好互助的有机社区。《管家》中的海伦,《家园》中的杰克,《莱拉》中的女主人公彻底贯彻对自由的追求,希望离群索居,体现出所谓的"灵魂的深沉的孤离"(Robinson,2005:223)。集体/社区对他们缺乏吸引力,教会里的太太们的满怀善意,对于茹丝或莱拉来说却代表着一种趋同性的压力。夫人们好心准备的砂锅菜、衣物等仅仅象征着茹丝、希薇和莱拉已然抛弃的中产阶级的舒适生活。"像皮袜子,哈克,或是艾克,茹丝明白了要认识自我就要拒斥社区。"(Greiner,1993:71)在《管家》中,以镇长、校长和邻居太太们为代表的社区成员试图干预茹丝的个体发展,也因此成为茹丝和希薇逃离的对象。"她们与小镇命运的疏离反映出罗宾逊追求的绝对自由主义的愿景,这也是与远西的神话伦理相一致的价值观。至少对于茹丝和希薇,社区及其趋同主义的价值观是对个人自由的最大威胁。"(Engebretson,2013:91)另一方面,他们虽然成功逃离了束缚自我的责任桎梏,却又返回集体(或者以死后在他人脑海中盘桓的方式)以获得承认。"茹丝对于女性生活的认识的关键,同时也是罗宾逊改写女性生活的关键在于把孤独视作发现的手段。罗宾逊的悖论即是(人们)相互之间的联系反而解放了自我。"(Greiner,1993:79)罗宾逊的主人公们对自由的渴望混杂了对他人的要求和统治,在缺乏宗教理念疏导的条件下最终导致"自我"的消亡。《管家》中的女性承受着"籍籍无名"的痛苦折磨,悖论地反映出女性对社会认可的追求。杰克对待家人的爱憎兼具的态度也表达出对于家庭和社会地位排斥又眷恋的复杂立场。

《管家》秉承了充满浪漫色彩的美国成长文学(Bildungsroman)的传统,因此发展主人公的独立个体性成了小说的主要旨归。而时隔24年之后出版的《基列家书》更清晰地反映出罗宾逊的加尔文主义立场,正视个体作为社会一员的角色,对于个人在家庭和社区中的作用及与他人的关系上着墨更多。社区是非常重要的社会结构:"我们人类需要社区来将子女养育成健康有用的成人,赋予我们的人生以意义,从大的方面讲使人类整体进步"(Hyde,2004：307)。《基列家书》中所描述的整个镇子为了防止修建地道的事情败露而搬迁到另一个地方的荒诞故事实际上暗示了西部生活的流动性本质。西部社区大多是"偶然产生的(unintentional)"(306)，没有人有意地设计和建立这些城镇，人类个体与社区的流动性均反衬了家庭伦理与人类信仰的永恒特征。

　　罗宾逊的主要描写对象为小镇上的中产家庭，小说中的人物对待财产的态度具有典型的基督教徒的内在矛盾性特征，影响了他们处理经济问题的方式。基督教圣经中存在着悖论性的财富观。上帝的祝福与悦纳与信徒的财产有直接关系。上帝创造和应许的伊甸园和"流奶与蜜"(《出埃及记3：8》)的迦南即是丰饶之地的代表。基督徒的"财产的数量与质量与上帝悦纳我们的程度成正比"(Fowl,2011：494)。但是这并不意味着基督教提倡财物私有，《使徒行传》歌颂"凡物公用"，"那许多信的人都是一心一意的，没有一人说他的东西有一样是自己的，都是大家公用"(4：32)，"因此众人也没有缺乏"(4：34)。

　　对于加尔文来说，个人的地位、财富并不与努力或是幸运相关，而如《约伯记》所揭示的那样完全归因于上帝的裁决，他十分痛恨那些因自己的财产和声誉而自鸣得意的人。加尔文在解《创世纪》的第6章第4节时，将"那时候有伟人在地上"(和合本)解释为贵族阶级的起源，"在英雄的光荣称号之下，他们残忍地实施统治，通过伤害压迫弟兄来为自己谋取权力和名望"(Robinson,2012：66)。此外，加尔文指出《以赛亚书》第32章的"高明人却谋高明事；在高明事上，也必永存"(和合本)经常被误读为"高明人通过行善而提升自己，获取高位，而这正是上帝的赐福"(Robinson,2012：66)。加尔文力排众议，将"行善"理解为基督徒的长期要务(imperative)，而非使自己获益的贵族美德。总之，加尔文坚持认为圣经中没有上帝偏袒特权阶层的相关记载，财产相应地就不能成为是否得上帝悦纳的标准。依照圣经思想脉络制定的基督教伦理明确了对财富应采取的轻蔑态度。历史上，基督教对穷人的吸引力主要来自它为身无分文的人们带来的源自彼世的希望。所谓的"神圣的贫穷"(holy poverty)在中世纪教会乃至宗教改革时期都是基督教义的重要组成部分，上帝对于贫民的偏爱代表着教会的主要吸引力。

18世纪亚当·斯密(Adam Smith)的《国富论》对精神层面和物质层面进行了区分，剥除了物质财富与道德水平的必然联系。进入现代以来，人们所处的物质环境与他们的宗教、伦理生活之间的关系越来越松散。"围绕着财富的伦理难题非常重要，它具象化了现代性对于圣经的权威的直观理解的挑战。"(Jones, 2001: 20)韦伯阐释下的加尔文式的财富观比较自由：

> 加尔文认为牧师的财富不会影响他们的实际作用，反而却会绝对有利于提高他们的威望。因此他允许牧师利用他们的钱财谋取利润。……只有当财富诱使人们游手好闲、贪图享受时，它才是一种不良之物；只有当取得财富的目的是为了以后生活惬意、无忧无虑时，它才是一件坏事。但是，就其作为履行职业义务的意义而言，获得财富不仅在道德上是允许的，而且在实际上是必行的。……将谋利解释为天意，证明了商人的活动都是合乎道理的。(韦伯，1986: 145, 151—52)

新教伦理把营利行为解释为天职，将寻求神圣、道德完善与经济追求熔一炉而冶之，鼓励人类在此世的成就。"优秀的劳作从不能拯救一个人，……但是优秀的劳作可能是上帝救赎他的表征。"(Harkness, 1931: 79)在斯陀夫人①(Mrs. Stowe)和韦伯的著述中，新教工作伦理下的个人虽然将被拣选与否完全交付上帝前在的判断，但仍然属意此世的劳作与成就，这既是荣耀上帝的方式，救赎自我的努力也减少了个人消极等待命运的悲惨可能。在美洲清教殖民地建设以及美国早期建国史上，这一认知在民众中广泛普及，对于美国的社会发展起到了巨大的推进作用，充分表现出新教思想的入世特征。

经济条件是社区成员相互关系的基础构成。《家园》中鲍顿一家对于物质财富的态度并不磊落，与埃姆斯一家贫穷又乐善好施的性格形成鲜明对照。托福祖荫，鲍顿一家在自建的住宅中衣食无忧，但是良好的经济状况反而使他们对钱财讳莫如深。他们一面享受物质财富带来的体面生活，一面又在待人接物上表现出掺杂一丝歉疚的中产阶级虚伪

---

① 斯陀夫人，美国作家，代表作《汤姆叔叔的小屋》(*Uncle Tom's Cabin*)。罗宾逊在《亚当之死》中对于韦伯所阐释的加尔文教义与资本主义工作伦理之间的关系并不完全认同。(Robinson, 2005: 23—24)

性。思想激进的邻居夫妇占了鲍顿家闲置的土地种苜蓿，挑战牧师作为基督徒，特别是加尔文信徒的道德。① 鲍顿家的孩子们在苜蓿地里玩耍，报复性地毁坏了邻居的庄稼，父亲命令他们去向邻居道歉，脸上带着"微微的满足感"（鲁宾逊，2010：8），因为这正是展示其作为基督徒所必备的谦卑美德的绝好机会。加尔文在《基督教要义》中开门见山地指出，上帝要求我们爱邻人，但是邻人自身大都是不值得爱的。"圣经告诉我们不要考虑他人自身的品德，而是在全体人类中寻找上帝的形象，那才是值得我们敬爱的。"（Calvin，1960：696）在这层意义上，博爱只是对上帝的爱的一种具象，在人伦关系上并不具有实践指导意义，鲍顿家的孩子们因此也没有从道歉中获得任何道德教育。

格罗瑞的"未婚夫"骗光了她的财产，当他承诺会归还所有的钱时，格罗瑞"脸红了。……她从来没有做过记账这类事，从来没有想到过这类事"（鲁宾逊，2010：20）。鲍顿牧师在给子女金钱援助时总是小心翼翼，甚至制造各种借口，生怕伤害了他们的自尊。杰克的兄弟泰迪将钱放进信封，假称是自己的地址给了杰克，以免触犯到他。离家出走后，杰克过着穷困潦倒的生活，但是中产阶级出身已经烙印在他的思想深处。妹妹格罗瑞提议和杰克两人一起开车去孟菲斯劝说杰克的妻子黛拉回心转意，对此杰克表示出热烈的赞成，"我想让他们看看我也出身好家庭"（鲁宾逊，2010：288）。罗宾逊笔下的人物不受生活压力所迫，不追求金钱或是物质享受。在物欲横流的后现代社会，作家为读者勾画出一幅具有 19 世纪风情的美国小镇生活画卷。

《管家》中的佛斯特一家将房子建在小山上，遗世而独立，鲜少有客人来访；埃姆斯住在教会提供的牧师住宅内，厨房和花园是好心太太们展示善意的场所；鲍顿的家宅被藤蔓植物覆盖，像一个掩体。罗宾逊所描绘的家庭都是社区中的异类，这些家庭的成员从边缘的位置观察其他家庭和社区的活动。不论从成员的相互关系、社区的流动特征还是经济运作来看，罗宾逊笔下的社区都属于"不运作的共同体"，在伦理结构中

---

① 根据《马太福音》和《路加福音》，基督徒务必原谅亏欠辜负他们的人，以此提升自己的灵魂。（《马太福音》第 6 章 9—13 节，《路加福音》第 11 章 2—4 节）"对加尔文来说，基督徒生活的目标即是复原被人类原罪所扭曲和污损的上帝的形象。"（Haas，2004：95）

发挥着消极的作用。

作为社会结构的最小单元,家庭为其成员提供了精神上的庇护,成为社会历史学家拉什(Christopher Lasch)所谓的"残酷世界中的避风港"。[①] 罗宾逊对于家庭做过这样动人的描述:"设若有人在外一事无成、含羞忍辱回到家中,家人与他一起悲伤,感同身受,一同坐下深思人生的深邃奥妙。我觉得即使这样不会使痛楚减轻、伤口愈合,也仍然更加人性化、更加美好"(Robinson,2005:90)。家庭作为疗愈场所的功能在《家园》中得以最大化。鲍顿家最小的女儿格罗瑞被已婚男子欺骗后回到家中照料来日无多的父亲。在"什么东西都留存着的鲍顿家"(鲁宾逊,2010:5),她努力恢复旧日的生活习惯,以过去流传下来的衣食、"经年而不变的纯粹的力量"(87),安慰病痛中的鲍顿牧师、无处安身的兄长杰克和情场失意的自己。逆子杰克二十年不入家门,因自己的跨种族婚姻在20世纪50年代的美国无法为自己和妻儿找到安身之所而回到故乡。他以罪人的姿态修复母亲破败的花园和家中的设施,通过最普通的杂务来获得安定感和归属感。

罗宾逊笔下的日常生活呈现出文学主题特征。"罗宾逊的策略是深入普通生活,深入构成日常的规矩、主题和语言,令它们重放异彩。"(Engebretson,2013:166)借此,罗宾逊的虚构作品与列斐伏尔(Henri Lefebvre)的日常生活美学形成了呼应。小说呈现的生活琐事充满了柔情蜜意,"植根于创世自身的物质特性中"(Mangina,2011:509),足以将迷途的浪子引领回家园。格罗瑞的母亲在每次家庭的重大祸事之后,都会烧一顿香浓美味的菜肴,这表示"不管出了什么事,这屋子有神灵,爱着我们所有人"(鲁宾逊,2010:259)。胡碧媛指出,"人与家园之间的亲密关系,即对于家园的依附与归属感的建立来自于日常生活中琐碎细节的积累"(胡碧媛,2016:97)。罗宾逊将持家视为"微小善意的疆域,积累起来可以使世界宜人、舒适、温暖。家庭内部施与与接受的暖心举动具有神圣的品质"(Robinson,2012:93)。鲍顿牧师和格罗瑞对例常生活

---

① 拉什1977年出版的专著题为《残酷世界中的避风港——受困的家庭》(*Haven in a Heartless World: The Family Besieged*, New York: Basic)。

习惯的坚持表明他们为了救赎杰克所做的努力。在鲍顿家均质的"固态"中,杰克仍旧不能放弃的个体差异和最终的自我放逐说明"家园"只能是人们心中乌托邦式的存在。

　　罗宾逊小说中的人物以家族爱和包容心全力克服记忆留下的创伤和彼此之间的隔阂,他们为恢复家庭日常秩序而做出的努力和牺牲令人动容。家庭的凝聚性旨归要求杰克隐藏甚至抛弃自身的不同观念、采用统一的伦理标准。尽管杰克自小特立独行,与兄弟姐妹过着完全不同的人生,小说结尾交代杰克以父亲的名字"罗伯特"为自己的儿子命名,表明他继承鲍顿家传统的心愿,代表了他出于情境中心的思考路径而做出的选择。家庭预设了一套统一的价值观念,对以杰克为代表的个人来说,只有做好对其完全认同的准备才能享受到家庭的慰藉和疗愈。

　　在后现代文化将家庭解构为赤裸裸的金钱和欲望关系之后,罗宾逊构想了一种涤去物质利益、突破时间局限的家庭伦理,以确保当代家园重建的纯粹性和恒久性。然而家庭伦理终究无法抽离时代语境,情境中心和个人中心等两种不同的思维方式在家庭内部引发矛盾,逼迫主人公做出选择,最终"家园"成为一处看似触手可及却始终无法到达的理想之地,呼唤人们向它无限地靠近却又因其排异性而将他们拒之门外。家庭成为当代伦理展演的重要舞台,集中体现了人们在遭遇集体与个人矛盾时经历的挣扎与痛苦。

　　罗宾逊的家庭伦理书写回应了美国社会世纪之交家庭伦理观的变迁,印证了"9·11"事件后家庭在美国社会文化中日益增长的重要地位。小说中弥漫着悲苦的气氛,正预示着即将到来的改变。"悲伤、痛苦、怨恨等负面性情感往往以危机表征显示价值的碰撞与转变的必要性,重在以固态破坏的方式重构更为稳定的固态。"(胡碧媛,2012:97)夹在情境中心和个人中心两种思维方式之间的杰克在伦理困境中的停滞与突围构成了小说的叙事张力。尽管个人认可家庭的重要意义,但是融入其中意味着放弃与家庭均质性相抵牾的自我。在文化解构、恐慌蔓延、人心不古的 21 世纪初,罗宾逊以家庭小说重塑家庭的安定形象、告慰无处安放的灵魂,其良苦用心毋庸置疑,但与此同时,小说中家庭、教会、社区的凝聚性表象之下的个体挣扎映射出深层的伦理矛盾,揭示出当代社会的异质性本质。

罗宾逊以美国文坛的"自由派新教徒"著称,通过将家庭伦理和宗教道德熔一炉而冶之,她试图打破宗教的刻板面孔,消弭当代生活与坚守信仰之间的壁垒,使宗教回归日常。"家庭道德,是调整家庭和家庭成员间、家庭成员之间、家庭与社会之间关系的行为规范的总和。"(王丹宇,2015:55)作者意欲通过家庭小说创作寻找一个共同支点,借此表明在内外有别的家庭伦理和众生平等的宗教信念之间不存在本源性的矛盾。但是她的调和性努力终究无法遏制现代社会的差异化趋势,她自己曾在访谈中提出"在向和解前进的文明中由于疏离感而产生了痛苦,但这种和解还不知何时能真正到达"(Petit,2013:52)。故园成为闪耀救赎光辉的阿卡迪亚①,罗宾逊的家庭小说以怀旧的风格和波澜不惊的笔触表达出无法抛弃个体意义的现代人欲达而不能的伤痛和彷徨。

---

① 阿卡迪亚:希腊地名,现为伯罗奔尼撒的行政区。在古希腊传说中为潘神的故乡,象征和谐、优美的净土。

第三章

"挪亚的诅咒[①]"：呼唤同情的种族伦理

家庭伦理涉及个体在面对自己对他人所负的伦理责任时为维护自身的完整性而面临的道德选择，而种族伦理实质上遵循了类似的思想进路：我们对他者是否负有伦理责任，负有何种责任以及这种责任的实现需采取怎样的路径等。罗宾逊的第二部和第三部小说《基列家书》和《家园》因为涉及美国内战、跨种族婚姻和民权运动而凸显出种族主题。作者面对种族问题所采取的策略基本沿袭自由主义伦理的主张，对白人至上主义进行了抨击，但是细察之下，罗宾逊的种族立场根源自白人基督徒道德上的两面性，既批评针对黑人的歧视又无法摆脱自己的欧洲中心本源。这一思想现状几乎是白人学者的"原罪"，在努斯鲍姆的种族论题批评中也有体现。

《基列家书》讲述了埃姆斯牧师一家从19世纪中叶到20世纪50年代一百年间的家族史。埃姆斯的祖父积极参与南北战争，提倡用武力解决蓄奴问题，但是埃姆斯的父亲却是和平主义者，在布道中公然与父亲唱反调。埃姆斯父子间的矛盾指向两人（乃至基督教内部不同派别）关于奴隶制问题和南北战争的不同立场。在《家园》中，鲍顿牧师的儿子杰克离家在南方漂泊多年，他与黑人女性黛拉相爱结合，但是两人的婚姻

[①] 圣经和基督教相关研究中也有采用"迦南的诅咒""含的诅咒"等说法。笔者认为，这一诅咒是由挪亚降在迦南身上，按照汉语习惯采用"挪亚的诅咒"可以避免误读。

在20世纪中期的美国社会得不到认可,杰克甚至无法为自己的家庭找到一处安身之地,或保障妻儿的人身安全。以上两部小说都以白人家庭为主要描写对象,但是种族问题成了家庭矛盾的主要诱因和推动小说情节发展的重要线索。

关于《基列家书》和《家园》的文学批评均注意到罗宾逊的种族主题书写。派蒂的评论从积极的视角出发,指出罗宾逊选择了棒球运动这一独特切入点描摹种族偏见。"两部小说将棒球主要描绘为一种社会现象而非单纯的运动,一种既包容又排外的工具。"(Petit,2012:119)派蒂还展开了跨领域研究,结合社会学、社会心理学和残疾研究等领域的成果分析杰克·鲍顿的人生经历与性格。派蒂指出杰克表现出自闭症的典型症状,而社会将他的缺陷转变成残疾,呼应了白人种族主义对黑人所犯下的恶行。(Petit,2013)霍布斯(June Hadden Hobbs)同样认可了棒球在传达小说的种族主题方面的工具作用。她分析了这一运动与葬礼、洗礼等宗教仪式如何作为典型意象进入人类记忆中。(Hobbs,2010)

道格拉斯(Christopher Douglas)指出《基列家书》是一部基督教小说,"作者是基督徒,小说的叙述者是基督徒,人物多为基督徒,小说的核心道德问题在于基督教对于罪恶的奴隶制应采取什么合适的反对形式。这就是作品的伦理地貌"(Douglas,2011:335)。同时道格拉斯也注意到这一伦理回应的复杂构成,并且就《基列家书》忽视教会对奴隶制的支持这一史实的处理提出了批评。(337)正如道格拉斯所指出的那样,罗宾逊在小说中表现出的种族立场比较中立,作者的暧昧态度受到种族问题发展史的深刻影响。德雷斯维茨(William Deresiewicz)的相关批评更加尖锐,他认为罗宾逊的宗教立场严重影响到其小说中的种族书写,"罗宾逊对这一问题的投入最终似乎有些心不在焉,至少也是大事化小"(Deresiewicz,2008)。在目前的罗宾逊小说研究中,种族探讨虽然不是最主要的一环,然而笔者认为,对罗宾逊的种族主题绝不能轻描淡写、一带而过。评论者们对这一主题的争议恰恰说明其中存在需要厘清的伦理脉络。作者的种族策略符合其一贯的新教自由主义立场,这一立场与当代道德哲学的共振作用于罗宾逊小说中的伦理书写,对后者的细究甚至批评会使读者更完整地把握作者的创作思想的演化与其内蕴的暧昧本质。

与前两章讨论的女性伦理与家庭伦理等内置于人类社会初始的结构范畴不同，种族问题随着历史发展，才逐渐成为后现代伦理关系中最芜杂、最体现道德性、最具社会性，也最急迫的问题，其核心表现在由奴隶制而衍生的种族优劣理论上。亚里士多德在《政治学》中提出有些人是"自然奴隶"（亚里士多德，1983：18），其自然本性决定了他们具有根深蒂固的奴性，劣于希腊人。塞内加（Lucius Annaeus Seneca）也认为罗马公民拥有高高在上的地位，"可以对奴隶为所欲为"（Seneca，2010：163）。古希腊古罗马以降，直到近代，坚持高等民族和低等民族的区分、为种族歧视和奴隶制度张目的思想家层出不穷。在被歧视族群自身掌握西方话语和辩论规则之前，无论哪种关于种族问题的论调都无法消除欧洲中心和白人至上主义的特征。

　　在当代，法农（Frantz Fanon）、斯皮瓦克（Gayatri Spivak）和胡克斯（bell hooks）等非裔亚裔学者不满白人对种族讨论的垄断现状和居高临下的态度。他们以他者身份从心理、语言等抽象层次论述种族歧视问题，将种族问题擢升为哲学讨论。而在另一方面，以努斯鲍姆为代表的道德哲学家从实用主义立场出发研究种族问题。他们认为种族歧视源于自我对某一族群坚持采取统一僵化的印象，"把负面特征归于整个群体"（努斯鲍姆，2010：133），回避个人接触。而相应的消除种族偏见的方法，就是与对象人群进行个别交流，把他人想象成自己，以同情能力感受他人的困境和痛苦。

　　罗宾逊小说中的种族伦理以自由主义为基本立场，强调种族间的平等与相互尊重，倡导以同情为主要手段的理解和沟通。但是不可忽视的是，《基列家书》和《家园》中的种族书写仍然被基督教会历史上复杂的种族政策所渗透。在种族沟通的宏观导向之下，罗宾逊出于自身的宗教立场为美国的种族历史与现状做出了辩护，对种族歧视问题及其核心原因进行了转移和置换，以家庭关系取代种族矛盾，以普遍的伦理讨论替换特定的种族问题。这一倾向在一定程度上弱化了小说消除种族间成见的宗旨，使作品整体的伦理立场归于保守。用莫里森提出的"非洲主义"框架对罗宾逊作品进行解读即可表明后者怎样汇入美国白人文学的"传统"中。总之，《基列家书》和《家园》等两部作品揭示出作者复杂的种族立场和伦理策略。

第一节　基督教会的种族立场

　　黑人遭遇的结构性差别对待是由多方面因素引起的,经济、教育、政治上的种族歧视已经在以往的研究中得到了充分的论述,但是宗教理念在种族歧视形成过程中所发挥的作用一直没有受到足够的重视。实际上基督教传统内部一直存在着立场复杂的种族论调,在早期人类历史中,基督徒最先将种族间的优劣论与神学思想结合起来,基督教会与奴隶制和种族主义在美国社会的存续有着千丝万缕的联系。"老南方"(Old South)对于奴隶制度的合理化努力之下隐藏着源远流长的基督教教义根源。

　　在教会史的不同阶段,持蓄奴与废奴两种不同观点的教徒分别在圣经和基督教教义中寻找能够支持己方的证据。废奴派依靠的是"众生平等"的黄金法则,他们指出在《加拉太书》中,保罗有言:"你们因信基督耶稣都是神的儿子。你们受洗归入基督的,都是披戴基督了。并不分犹太人,希利尼人,自主的,为奴的,或男或女;因为你们在基督耶稣里都成为一了"(3:26—28)。这段话清楚表明在上帝眼中,基督徒众生平等,不存在彼此倾轧或歧视的现象,因此也不应出现互相奴役的情况。

　　在另一方面,企图将奴隶制合理化的信徒则引用所谓的"挪亚的诅咒"来为其蓄奴立场正名。在《旧约·创世记》中,义人挪亚(Noah)收到上帝即将灭世的警告,他在神的指示下造好了方舟,使世间万物逃过劫难得以幸存。挪亚在大洪水退后成为农夫,栽种了葡萄,因此他被视为农业的始祖。一天挪亚酒醉后赤身裸体躺在帐棚中。他的儿子含(Ham)看见了父亲的赤身,犯下不敬的罪过。[①] 挪亚醒来后诅咒含的儿

---

　　① 关于怎样理解含对父亲挪亚所犯下的过失,神学家们给出了不同答案。总的来看,学者们认为圣经行文惯于语焉不详,也有可能是含的罪过太令人难以启齿,比如他冒犯了父亲的身体,或趁着父亲熟睡去侵犯父亲的妻子等。因为上帝有言在先,挪亚的儿子们已经得到了神的终生庇护的承诺,所以挪亚将惩罚归到含的儿子、自己的孙子身上。也有学说认为,含趁父亲熟睡而阉割了他,使挪亚失去了生育的能力,导致挪亚在洪水退后的 350 年间没有能够生出第四个儿子,所以挪亚选择将罪降在含的第四子迦南身上。

子、自己的孙子迦南(Canaan),"迦南当受咒诅,必给他弟兄作奴仆的奴仆。……耶和华闪(Shem)的神是应当称颂的,愿迦南作闪的奴仆。愿神使雅弗(Japheth)扩张,使他住在闪的帐棚里。又愿迦南作他的奴仆"(9:25—27)。因为挪亚在大洪水过后再次令人类繁衍兴旺,所以挪亚是不同于亚当意义上的另一位人类先祖。在后世圣经研究中,他的三个儿子,闪、含和雅弗也分别被认为是黄种人、黑人和白人的祖先(Johnson,2004:10,40),为白人对黑人的奴役构建了宗教教义上的根据。

对于由圣经发展衍生出来的犹太教、基督教和伊斯兰教经典所做的研究表明,早期人类社会经历了一个种族化(racialization)过程。最初,奴隶的社会身份和奴隶的种族肤色并无直接关联。公元1世纪左右近东地区开始有黑人奴隶出现,被指认为黑人祖先的"含"(Ham)这一名字在词源上具有"深色、棕色、黑色"的含义,以上两个因素结合起来使人们逐渐将黑色与奴役联系在一起。"这些社会以及语言的发展影响了人们对挪亚诅咒迦南受奴役这一圣经故事的解释,现在含也被包括在故事当中,甚至取代了迦南的位置。"①(Goldenberg,2003:196—97)

"挪亚的诅咒"使家族中奴隶的存在正当化,推而广之,即意味着人类社会中主人和奴仆的阶层分化。《旧约》和《新约》中多处提到奴隶应对主人保持永久的忠诚。在《以弗所书》中,保罗告诫奴隶应该"要惧怕战兢,用诚实的心听从你们肉身的主人,好像听从基督一般"(6:5)。甚至即使是面对凶狠的主人时,奴隶也要无条件地顺从,"你们作仆人的,凡事要存敬畏的心顺服主人,不但顺服那善良温和的,就是那乖僻的也要顺服"(《彼得前书》2:18)。为了将这种顺从合理化,奥古斯丁在《上帝之城》中甚至将奴隶身份解释为上帝对个人的罪的一种惩罚方式,"他打算让以自己的面貌造出的、理性生灵去统治非理性的创造物,不是人统治人,而是人统治野兽。因此上古时代的义人作牛羊的牧者,而不是人

---

① 格尔登伯格(David M. Goldenberg)的研究指出,圣经自身并无任何将奴隶身份与肤色联系起来的结论。在犹太教、基督教、伊斯兰教的早期经典中也并不存在将肤色与社会地位直接等同的记载。随着欧洲国家的扩张和对非洲的征服,黑色和奴役身份的关联在有关文献中才被建立起来。在格尔登伯格看来,这一文化成见证明,"个人所处的时代及地区盛行的观点会强烈影响个体对其他时代和地区的看法"(Goldenberg,2003:200)。

君,上帝借此教导我们生灵各自的位置以及罪的代价;我们相信,罪会导致个人被奴役,而这是天公地道的"(Augustine,1890:19;15)。托马斯·阿奎那大致上同意奥古斯丁的看法,他也将被奴役归结为人类堕落的必然结果。同时因为阿奎那吸收了亚里士多德的哲学理念,特别是"自然奴隶"的主张,他将主奴关系和种族优劣视作理所当然的宇宙秩序之一。"正如在神圣建立的自然秩序中,低等生物需要服从高等生物,所以在人类当中,按照自然和神圣法则,位卑者注定要听从上级的命令。"(Aquinas,2005:2193)无论是凭依神学来源,还是哲学来源,奴隶制在历史上得到了众多学者的支持,为在世界范围内奴役体系的存在和扩张背书。奴隶制的倡导者可以在众多宗教经典中找到准确地支持这一制度的语句,而反对蓄奴的基督徒却只能援引"爱邻如己""己所不欲勿施于人"之类的"黄金规则"(Golden Rule)。

自15世纪西班牙、葡萄牙的殖民开拓伊始,世界进入了一个由发展奴隶贸易、蓄养黑奴、依靠奴隶的劳作来积累财富的时期。基督教会对新世界宣布了绝对控制权。在文化上,基督教统辖下的语言和教会认可的生活方式在新世界生根,"征服者以及神学家们为当地人、土地以及物品重新命名,重构了新世界。当地人被迫将世界想象成一个基督教的世界,充满了天使、魔鬼,由上帝一手控制"(Jennings,2011:282—83)。在典型的黑/白、恶/善等对立性的神学阐释下,非洲的黑人被视作因天性而低人一等的奴隶,从而被剥夺了人权。《剑桥基督教伦理指南》指出"早期的基督徒认为奴隶制与福音不矛盾"(Williams,2001:13),教会默许了欧洲白人对他们的买卖和奴役统治,更重要的是,教会"不只将奴隶制作为一种社会体制加以接受,还用奴隶行为模式和存在方式来比喻基督教的实施,基督教神学的构成,基督徒主体性的构成等"(de Wet,2015:9)。由此教会体制与社会建构彼此印证、叠加,固化了黑人低下的社会地位。

与希腊、罗马等古国相比,美国的蓄奴历史并不长,但是美国人对奴隶制存在的合理化过程的精神根源最为根深蒂固。在以宗教为本的北美洲殖民地上,对黑人的歧视和奴役一直是社会文化的底色:"这些非美国人的明显特征是他们的奴隶身份、社会地位——以及他们的肤色。要不是最后一点,第一点将不攻自破。这些奴隶与世界史上的许多其他奴隶不同,他们的缺陷显而易见。他们继承下来的文化中即包括历史悠久的关于色彩的内涵,正是这种肤色具有特殊'含义'"(Morrison,1992:48—49)。拥护蓄奴制的知识分子继承了西方传统中关于"自然奴隶"和"种族划分"的理念,将"挪亚的诅咒"引为上帝的意志来为奴隶制辩护。亵渎父亲尊严的含被指认为黑人的祖先,其子孙奉上帝的旨意而世代为奴。"白种人读了圣经认为(含的)过失破坏了家人间的忠诚,表明含以及他的非洲后裔完全没有尊严,被奴役也是咎由自取。"(Haynes,2002:67)基于宗教的社会价值以及对蓄奴制度实际经济利益的考量,南方种植园主对于挪亚存在着明显的心理认同,借上帝之名行奴役之实是内战前美国南方蓄奴言论的核心。"自由、平等、博爱"等堪称美国建国基石的启蒙理想也因为黑人作为人的尊严被剥夺而失去了实践意义。

"挪亚的诅咒"中隐含了挪亚作为家长(patriarch)在家族内部所进行的主奴阶层的划分,这也预示了美国南方种植业发展的形态。自殖民开拓之初,美国人心里一直秉持着奉昭昭天命在尘世建立"山巅之城"的信念,美洲即是耶路撒冷、即是以色列,圣经中的诫命和记载对他们而言是一个道德模板。迦南以及雅各(Jacob)的兄弟以扫(Esau)都是在上帝的授意之下成为其兄弟的奴仆的,因此在某种程度上,正是上帝亲手创造了自然奴隶阶层。(Garnsey,1990:15)总体上看,基督教会对于奴隶制采取了以默许为主的政策,但是南方福音教派大都拥护奴隶制,甚至以《创世纪》《利未记》《哥林多书》中的相关记载肯定奴隶制存在的合理性,牧师们指出基督在布道中也不断告诫奴隶们要服从主人的命令并将这一信息不断向包括奴隶在内的信众们传达。拥护奴隶制的美国人因此挟天命以自重,将对黑人的奴役与迫害视为理所当然。

18、19世纪,伴随着大觉醒运动,美洲殖民地以及美国建国初期的宗教领袖们一直致力于挖掘奴隶制和奴隶贸易背后所隐藏的"上帝的用心"。他们的结论是,上帝创造奴隶阶层的目的在于"通过将黑人皈依者送回非洲而将'埃塞俄比亚'基督教化"(Saillant,1995:584)。因此,早期的激进主义者行动章程的核心并非在于给予黑奴自由,而是帮助他们皈依上帝,将他们送回非洲,从而在当地建立基督教社会,扩大福音的范围。

无论是美国内战爆发前后,教会对于黑人的宗教教化从未停止。从正面意义上看,黑人奴隶的皈依过程通过个人与上帝的直接交流①而将他们从罪孽中解救出来,从而承认其灵魂的存在,悖论般地给予他们人的身份,而不再仅仅是奴隶主的个人财产(chattel)。同时宗教也赋予奴隶被奴役的悲惨生活以积极意味,将其视为被救赎之前必要的灵魂净化过程。此外,通过皈依基督教,成为上帝的"奴隶",②黑人自身现实中的奴隶身份得到了一定程度的消解。

对于被奴役的黑人来说,成为基督徒虽然会带来些许精神慰藉,但更多的是遭受精神上的压迫。③"对于非裔美国人来说,基督教代表一种矛盾的信仰;其符号、象征、遣词与信息全被用来在肉体与精神上奴役他们。"(Pierce,2005:3)与成为被接纳的基督教社群的一员相伴生的是接受包括"挪亚的诅咒"在内的全套神学话语。"自我认知为非异教徒、即上帝的子民的黑人基督徒同时承认他们是非基督教的异教徒的主要代表、库什特人与迦南人的先祖——含的后裔。"(Johnson,2004:6)宗教在黑人基督徒心中种下的自卑情结孕育出了如汤姆叔叔般虔诚、安分且听从天命的被动人格。这种隐忍、悲情的黑奴形象在斯陀夫人等废奴主义者的宣传推广下成为值得怜悯并亟须解救的道德样板,进一步强化了黑人顺从、虔信的刻板形象。

在美国早期历史上(至少在《汤姆叔叔的小屋》出版之前),多数白人基督徒对于奴隶制并无反感。废奴主义者争论的核心也仅在于圣经中

---

① 《无火的地狱:奴隶制、基督教与内战前灵性故事》(*Hell Without Fires: Slavery, Christianity, and the Antebellum Spiritual Narrative* by Yolanda Pierce, Gainesville, FL: University Press of Florida, 2005.)分析了多个黑人奴隶自述的幻象(vision)。他们因此皈依基督教,并在公众场合多次讲述自己的经历,鼓励其他黑人奴隶称信。

② 保罗即自喻为基督的奴隶,乃至万人的奴隶。保罗声称自己的天命是要救渡万人(《哥林多前书》9:19—23),因此在奴隶身份与救赎之间建立了联系。当然,"保罗甘受基督驱使并不表明其卑贱,反而建立起他作为基督的代言人的权威。甚至保罗愿受万人的奴役也绝不意味着他的谦逊,因为在保罗同代人心中,他反而以此树立起俯首甘为孺子牛的领导者形象"(Martin,1990:147)。

③ 杜波依斯(W. E. B. Du Bois)等学者认为,在黑人奴隶皈依基督教以前,他们坚守从非洲带来的原始宗教,将其视为消解自身奴役身份的武器。但是白人奴隶主胁迫黑人放弃了本族宗教,接受了基督教及与其相应的社会规范,黑人因此遭受到双重的损失和压制,奴隶制度随之得到巩固。(Du Bois,2007:135)

出现的"奴役"应该是合同制的,个人在成为奴隶之前经过了自主的选择,与美国南方种植园中被强迫劳动的黑人奴隶的境遇不同。从这一缓和的立场出发,"19世纪美国基督徒的分水岭并非对于奴隶制的暴力反抗还是和平抵抗,而是废奴主义和弗雷德里克·道格拉斯(Frederick Douglass)[①]所谓的'基督教奴隶制'(Christian slavery)之间的区别"(Douglas,2011:335)。这意味着,并不是所有基督徒都达成了废奴的一致主张,相当数量的信众仍然在教会的领导下拥护奴隶制,教会在各种利益驱使下维护这一经济与社会模式的稳定。

历史研究发现,在19世纪30年代到60年代的美国,拥护奴隶制的思想仍然占据着主流地位:"圣经起到了辩护核心的作用。废奴主义者认为奴隶制违反了基督教的原则,而在另一方面,南方人用更精准的细节指出《旧约》和《新约》都支持对人的奴役。上帝的选民就是奴隶主,基督没有批评过这一体制,基督的门徒保罗表达过维护奴隶制的决心"(Faust,1981:10—11)。达尔文的进化论引起的轩然大波尚未来到,第二次大觉醒运动余音仍在,虔信的美国人自觉认同教会在奴隶制问题上的保守立场。在政治上,南方知识分子秉承杰斐逊(Thomas Jefferson)的自由主义思想,将所有人类制度均视为必要的罪恶,他们认为奴隶制只是罪恶之一,并不占据美国社会问题的核心,因此对于黑人的奴役尽管不符合社会公正,只被当成一种需要被容忍的社会现象来对待。

在《奴隶解放宣言》发布之前,美国各大教会的主流观点是将奴隶制作为上帝赐予的神圣体制来加以维护的。[②] 在实践上,基督教会向黑人灌输道德观、纪律、尊重"上级"等理念,客观上服务于奴隶制度。(Smith,

---

[①] 道格拉斯是19世纪著名的社会改革家,废奴主义者,演说家,作家。他曾是黑人奴隶,在摆脱奴隶身份后,道格拉斯通过写作和公共演讲向美国白人宣传奴隶制的罪恶。道格拉斯在1857年发表的演讲《西印度解放》("West India Emancipation")中使用了"基督教奴隶制"这一说法,意指基督教会默许甚至赞成的蓄奴观念。他认为基督教体制极端虚伪,称其为"用词不当的高峰,最大胆的骗局,最粗俗的诽谤"(Douglass,2009:116)。

[②] 奴隶制问题在教会内部也引起了分裂。因为在奴隶主能否兼具传教士身份等问题上意见不一,1846年南方浸信会脱离了北方教会而独立。现在,南部浸信会已经发展成为仅次于天主教的美国国内第二大基督教组织,内部构成也更加多元。2012年更是选举出史上第一位黑人主席。美国长老会也同样因在奴隶制问题上的立场不同而分裂为老派(Old School)和新派(New School)。

2008：262)因为基督教经典中对于奴隶制的确认,教会中大部分"开明人士"的观点也不过是,"奴隶制与其他人际关系一样,自身没有对错,错在滥用这一制度的人"(Barnes, 1857：16)。虽然潘恩(Thomas Paine)早在《美洲的非洲人奴隶制》(1775)中就提出振聋发聩的废奴观念,其影响也波及后世的约翰·布朗等著名废奴运动领袖,但是斯陀夫人的《汤姆叔叔的小屋》一书的出版及其在欧美两地的风行才真正改变了美国社会中关于奴隶制的舆论导向。

斯陀夫人创造性地将加尔文主义与美国国民精神联系起来,赋予其反奴隶制的内涵。"加尔文主义者与清醒、富有美德的北方自耕农是一致的,正是这样的公民以他们的勤奋建设了美利坚共和国,斯陀认为(在上帝的帮助下)这群人清晰的道德思考会最终消灭罪恶的奴隶制。"(Thuesen, 2010：226)但是即使是《汤姆叔叔的小屋》这样真实反映黑人奴隶悲惨命运、具有振聋发聩的政治作用的小说也自有其时代局限性。20 世纪黑人学者杜波依斯指认其宣扬了"强烈的宗教宿命论"(Du Bois, 2007：135),斯陀塑造的温顺虔信、缺乏反抗精神的主人公太过被动,对黑人的自我意识和身份的形成缺乏启迪作用,也不能推动黑人自身发起斗争以获取自由的解放运动。

南北战争之后,南方教会拥护奴隶制的立场仍然没有很大改变。教会虽然不再需要为奴隶制辩护,但是为了新的种族隔离政策的正当性,保守派再次在圣经中寻找神学根据。他们认为《创世纪》第 10 到 11 章关于挪亚的子孙在各地的分布代表了不同种族产生的根源,指向上帝要人类各种族分散生活的本意,因此种族间的混杂居住,甚至通婚就违背了神的意志,甚至可能招致大洪水之类的灭世之灾。直到 20 世纪 50 年代,因为民权运动如火如荼地开展,针对黑人的歧视情况得到了较大幅度的纠正和改善,黑人解放运动才有了更加全面的行动纲领和相对独立的理论支撑。

种族身份的形成伴随着权力从集体向个体,特别是身体让渡的现代化过程。"教会以及殖民主义框架内部的基督教神学容纳了这种现代性,并因此将种族存在,特别是白人性与其社会想象嫁接,开拓出附着于基督教理念塑形的种族同化的复杂进程。在基督教教义的有力支持下,人们才将种族身份视作理所当然。"(Jennings,2011：284)鉴于种族化的复杂根源,尽管美国历史上已经经历多次政治、文化、法律上的黑人解放行动,种族歧视现象仍然没有彻底消失,甚至在21世纪仍不断引起公共事件。这恰恰说明,美国国民的思想根源里仍残留着针对黑人及其他种族的差别性思想。

第二节 同情策略的效用限度

　　罗宾逊在写作中一直高调宣扬自身的宗教背景。鉴于基督教会在奴隶制问题上的历史纠葛,作者在作品中显示出的态度也比较复杂。在《基列家书》中,19世纪以自耕农居民为主的中西部基督教区基本持反奴隶制的立场,有关内战前后的这段历史,小说表达出鲜明的废奴观点。而对于彼时教会的黑暗面、"基督教奴隶制"的存在与否,作者则讳莫如深。在小说叙述转入20世纪中叶以后,作者关于种族问题的思想边界变得更加模糊。《家园》虽然讲述了因种族隔离政策而造成的家人离散的人伦悲剧,但是罗宾逊并没有将之置于社会层面加以谴责。鲍顿父子两代关于民权运动的观点分歧始终处在隐忍不发、浅尝辄止的状态。在论述自身宗教思想的论文集《亚当之死》中,罗宾逊表示,"在内战前的口舌之争主要针对圣经中的语言进行,教会因此分裂,甚至那些因利益、忠诚、地区联系而结成的纽带也紧张断裂"(Robinson,2005：142)。"口舌之争"几乎是罗宾逊针对教会这段"黑历史"所做的唯一暗示。要厘清罗宾逊在小说中绘制的种族问题相关的"伦理地貌",我们务必将其神学思想和自由主义道德观囊括进伦理讨论中。

　　罗宾逊的种族书写策略部分源自典型的新教自由派历史观,承认历史的发展本质。"新教自由派接受了启蒙主义的历史观,承认人类是历史生物,社会过往的产物。"(Engebretson,2013：121)首先,罗宾逊认为应该严格定义"历史":区分时间上的过去,作为文化被继承的过去,记录的过去,被阐释的过去。……它以文化的形式在我们身上自我记录,成为太基本而不能被质询的预设,或是太痛苦而不能被分析、伪造和压制的回忆。(Robinson,2005:126)在罗宾逊的阐释中,这种历史多处映射了圣经和基督教赋予教徒的集体文化记忆。尽管其中有不光彩的一面,也仍然是不能遗忘的一部分。在面对当代社会亟须弘扬信仰意义的要求时,这部分历史反而成为不能被言说的过去。

后现代种族伦理的研究者们以列维纳斯的异质理论为基本出发点,强调自我对他人负有的无限的伦理责任。"异质性具有包括他者他性的无限可能性,以及让我们理解他人生存状态的无限可能性,这就表明了其基本伦理要求。异质性是外在性的,我们都有被异质的可能性。因此,当我们与他人相遇,我们就不能再(至少在伦理上)终止对他人的责任。"(罗媛,2012:17)这意味着每个族群都对彼此负有不可推卸的伦理义务。从列维纳斯的面容概念出发,主体对他者的理解又是永远无法到达的。① 面容概念是主体出于理解他者的目的而将他者总体化的一种范式。但是这一总体化(即将自己投射到他者身上、将他者想象成和自己相同的主体)过程因为必然的剩余是无法实现的,因此主体也最终无法达成对他者的完全理解。主体只能是在某一层次上与他者达成共识并在这一程度上想象他者。强调他性的伦理进路从广义的、哲学的角度描述了包含种族关系在内的人类普遍意义上的相处策略。

努斯鲍姆推崇想象力所具有的积极的伦理功能,并且认为主体对于他者的想象具有实践价值。她特别强调文学想象力在伦理讨论和公众生活中的作用,甚至曾断言"普通法②传统需要的是由现代现实主义小说的范式保存下来的道德想象"(Herdt,2011:541),从而将文学的伦理学功能拔擢到高度的实践地位。因此,在罗宾逊小说中作为种族策略出现的"同情"恰恰突出了文学的伦理学特征和实用性。虽然崇尚理性的哲学家基于想象力的虚构本质而贬低否认其伦理价值,但是道德哲学家相信"想象力是掌握事物怎样构成并观照整体的能力"(Vanhoozer,2011:

---

① 在《基列家书》中,埃姆斯感慨自己随着大限将至,意识到人脸是最值得惊奇的造物结晶,几乎与宗教上的"幻象"相当。"这和所谓'化身'有点关系。你看到这个孩子,抱让她,就觉得对她有了一份责任。任何一个人的脸对你都是一种呼唤,因为你不得不理解它的特点、勇气和孤独。"(鲁宾逊,2007:69—70)"我们在某个人脸上找到的愉悦,当然能引导我们明白最高贵的爱的本质。"(221)面容成了个体认识他者的契机和途径。

② 普通法(common law)即以判例法为基础的英美法系。

118)。作为同情策略的主要组成部分,想象力在人际关系,特别是种族关系上起着沟通桥梁的作用。

在种族书写方面,同情是罗宾逊小说创作的根源性思想,也是她对抗种族歧视的主要策略。与后现代主义小说作者惯有的对于人物生存意义的嘲讽或犬儒主义式的应对不同,罗宾逊以严肃真诚的态度体味揣摩小说人物的痛苦与困境。其同情策略首先源自加尔文式的共感。作者认为,"从一开始,他(加尔文)的立场就是对遭受压迫者的深切的同情——感同身受的同情"(Robinson,2006:xii),这一结论与罗宾逊所倡导的"宗教人文主义"(religious humanism①)的关系十分密切。奥康纳虽然同样以小说的宗教书写驰名,她的天主教主题给读者带来的是对于人性和救赎的绝望与无力感。而罗宾逊在虚构作品中阐发的新教思想则给人以亲近神的希望和终会获救的信心。其次,在浪漫主义思想的影响下,罗宾逊的伦理策略突出情感的主导作用。白璧德在论述卢梭的宗教观时即指出,卢梭"将良知从一种内在的限制转变成一种扩张的感情。因此,他不仅能为传统宗教找到一种美学的代替物,而且还为传统的人道主义找到了替代物"(白璧德,2003:28)。这一宗教精神与人文情感的合璧充分迎合了现代性对宗教的精神、人性与伦理的三重要求。

与同情有着亲缘关系的移情(empathy)概念在当代西方伦理思想中受到更多关注,移情指"'自我'与'他者'在相遇的方式中以一种关心的心态聆听和感受对方的需要"(方德志,2016:100)。当代道德情感主义之所以使用"移情"而不是英国哲学中源远流长的同情(compassion/sympathy),主要在于"同情的行为会使'自我'置身于'他者'的切身感受之外,从而使'自我'与'他者'在人格上表现为不对等状态,移情则能消

---

① 2015年9月14日,时任美国总统的奥巴马在艾奥瓦州的首府得梅因采访了罗宾逊,该采访发表于《纽约书评》的11月及12月号上。新闻网站"每日野兽"(*The Daily Beast*)针对奥巴马与罗宾逊的会面对作家进行了电子邮件采访。记者在提问中使用了"宗教人文主义"的说法来概括罗宾逊与奥巴马的相似之处,罗宾逊没有对此提出异议,并在回答中将这一概念解释为"他(奥巴马)对理想主义和对信仰的信念同时并存"。(Robinson, Marilynne. "Marilynne Robinson on the Day President Obama Interviewed Her." Interview in *The Daily Beast*. 2015. http://www.thedailybeast.com/articles/2015/10/20/marilynne-robinson-on-the-day-president-obama-interviewed-her.html.)

除这种不对等状态"(103)。但是早在 18 世纪,亚当·斯密在《道德情操论》中对于同情的阐述已经强调视角的转换,接近当代心理学及伦理学中所讨论的"移情"的含义。"正是由于在想象中与受难者互换位置,所以我们才能设想受难者的感受,或者被他的感受所影响。"(斯密,2010:6)斯密认为位移是产生同情心的先决条件。虽然哲学家们早已认可同情的伦理功能,但是因为情感传达出一种不稳定的主观特质,似乎不足以担负起相应的道德重任,伦理学家们遂突出强调其认知特质,认为对于他人情感的理解、而不是分享更具有实践价值。

在道德伦理学领域对与同情近似或相关的情感要素的讨论由来已久。亚里士多德(1990)在《修辞术》中将"怜悯"定义为"一种痛苦的情感,由落在不应当遭此不测的人身上的毁灭性的、令人痛苦的显著灾祸所引起,怜悯者可以想见这种灾祸有可能也落到自己或自己的某位亲朋好友头上,而且显得很快就会发生"(435)。尽管亚里士多德的翻译者们大都将希腊语"eleos"译为"怜悯"(pity),努斯鲍姆认为将其翻译为"同情"(compassion)更为妥当,并在其著作中将"同情"定义为"意识到他人无端遭受不幸而痛苦"(Nussbaum,2001:301)。而"移情"概念被努氏定义为"对他人经历的想象性重构,而对于经历本身不做特定的评价"(302),这包含了个人想象他人的处境并因其痛苦而感到愉悦的可能性。同时,移情被视为同情的先决条件,表达出主动进入他人情感世界的姿态,而"同情要求距离感——将同情者的经历与他人清楚划分开"(Sklar,2013:25),有利于个体做出更清醒的伦理决定。情感组成了重要的伦理结构,"我们将必须把情感看作伦理讨论体系的主要组成部分,而不是把道德当作独立的智力所掌控的原则,之前我们根据这些原则做出选择,而情感仅仅是支持或是反对我们的选择的动机"(Nussbaum,2001:1)。在努斯鲍姆的阐释系统中,情感在伦理决定中的认知特质得到了高度重视。

努斯鲍姆将亚里士多德所阐释的同情概念划分出三个认知维度:苦难的严重程度;受害者自身免责;同情者与受害者遭受同样苦难的可能性。(Nussbaum,2001:306)第一个认知维度要求个人对于他人的痛苦做出严重与否的判断,而同情是否能够产生取决于个人对苦难规模的估测。《家园》中的鲍顿牧师在看到警察镇压黑人抗议活动的电视新闻画面时不能像儿子杰克一样对黑人表示出同情,这正是因为他低估了局势的严重程度。"没必要为那种骚乱烦恼。再过六个月,谁也不会记得还有这回事了。"(鲁宾逊,2010:97)在一个终生没有踏出过中西部①的人看来,发生在美国南方亚拉巴马州的蒙哥马利的种族暴动离他如此遥远,对他的生活的影响几乎微不足道,因此不足以引发他的感同身受或是激起他的同情心。

认知维度之二的"无可指摘"(undeserving/ anaxios)(Nussbaum, 2001:312)意味着个人遭受的苦难并非由他的性格引起,也并非他所能控制的。这在宗教意义上指向加尔文的宿命论(predestination),在伦理意义上则与"公正"的理念相关。无辜者遭受的不幸很容易引起他人的同情。虽然有时受苦者并非毫无责任,只是他遭受的痛苦已经远远超出他所犯的错误或自身缺点所应承受的程度。罗宾逊笔下的杰克·鲍顿虽然自小恶作剧不断,甚至抛弃自己的孩子,但是他自有一种懵懂无辜的姿态,并非大奸大恶之人,因此他的悲惨遭遇和悔过行为更容易激起读者的怜悯之心。

同情的第三个必要条件是"同情者与受害者遭受同样苦难的可能性",这一条件要求将自我与他人置于同一认识水平,进而以自身的伦理标准揣度对方的困境。如果对受苦之人有明确的认同感(比如家人朋友),"物伤其类",对于其苦难也自然会产生同情。当然这要求个体赋予他者同等的伦理身份和建立亲密关系的可能性。加尔文伦理和努斯鲍姆道德哲学的另一共同来源,②古罗马斯多葛主义的代表塞内加曾在书信中劝告友人将奴隶引为同类,"想想你称为奴隶的人和你有同样的血脉,受同一片天空庇佑,像你一样呼吸、生活、死亡。你在他身上很容易发现自由人的特质,正如他也会在你身上看到奴隶的特征一样"(Seneca,

---

① 罗伯特·鲍顿将前往双子城(明尼阿波利斯和圣保罗两市)的旅行视为异国之旅。(鲁宾逊,2010:226)

② 加尔文出版的第一本书(1532 年)即是关于塞内加的《论怜悯》(*De Clementia*)。努斯鲍姆对于人类情感的研究结合了斯多葛派的相关论述,她认为"斯多葛派的规范性伦理理论与他们把情感作为价值判断的分析十分相关"(Nussbaum,2001:298)。

1969：93）。推己及人，自身恐惧的处境遭遇落到他人身上也会引起自己的怜惜同情。通过以上的三个认知特质，情感摆脱了主观、冲动等不可度量的特点，显示出智性特征。

同情同时也具备信仰维度。阿伦特认为源自宗教的激情（受难①）与同情是一脉相承的，两者对体现人性善良、打击罪恶同样重要。"激情，乃是受苦之能力；同情，乃是与他人共患难之能力，激情与同情终结之处，便是丑恶开端之地。"（阿伦特，2007：68—69）阿伦特虽然不认为基督教对个人的情感表达给予了多大余地，但是仍然肯定了同情的作用："历史告诉我们，说是苦难景象打动了人，引起了他们的怜悯，这绝不是一个事实，甚至在基督教这一仁慈的宗教决定西方文明道德标准的漫长世纪中，同情也是在政治领域之外，通常是在某种教会等级制度之外发挥作用的"（58）。

阿伦特对人的情感的伦理价值的肯定和对教会漠视情感的指责在加尔文那里可以找到回应。后者肯定人的自然情感在伦理上的积极作用，并认为人的情感本身也是创造的秩序之一，"神不要我们麻木或无奈地忍受十字架"（Calvin，1960：709）。在加尔文看来，任何压制或扭曲自然创造秩序的作为都在违反甚至试图摧毁人性，"病痛中我们呻吟难过，渴望健康，穷困中我们焦虑悲苦；我们会因羞辱、轻蔑、不公而受到打击；在亲人的葬礼上我们会流下性情中的泪水"（710），对情感流露的推崇表现出加尔文思想中的人道主义倾向。

埃姆斯牧师对教子杰克产生同情的过程充分印证了同情的认知特质和人道本色。鲍顿牧师怜悯老友埃姆斯与妻女死别，孤苦伶仃，将自己的儿子杰克送给其做教子。埃姆斯不情愿地接受了朋友的善意，但是始终无法对这个孩子产生眷顾之情。埃姆斯对于杰克自小的种种顽劣行径深恶痛绝。他认为杰克的痛苦是由其乖戾的性格造成，完全是咎由自取，因此无法对杰克生出怜悯之心。只有在杰克最后向埃姆斯坦承了自己的跨种族家庭的存在事实之后，埃姆斯意识到尽管他们两人曾经冷漠疏离，彼此厌恶，如今却同样处在无法尽责的父亲的身份中：自己因为

---

① 激情一词源自拉丁语 passio，本意指受苦，Passion 特指耶稣的受难。

年老将逝,杰克则是因为种族隔离政策。对杰克的身份认同使埃姆斯对杰克产生理解、同情,并最终自发地为其祝福。

埃姆斯回忆杰克出生时,鲍顿和他已商定由埃姆斯为新生儿洗礼,名字定为西奥多·德怀特·魏尔德(Theodore Dwight Weld),以纪念连续三周每晚讲道,"说服整整一个反对解放奴隶的聚居地的人们都改信废奴主义"(鲁宾逊,2007:203)的伟大牧师,但是在洗礼仪式上,鲍顿告诉老友孩子的名字是"约翰·埃姆斯"。这一关于名字的插曲虽然表现出鲍顿对老友的深情厚谊,却也暗示了人们对废奴历史的遗忘。鲍顿虽然对于历史上这些伟大的废奴主义先驱的存在也熟稔于心,并且表示出充分的敬意,但这并不意味着他对于遭受奴役欺压和歧视的黑人有多少同情。他对魏尔德的敬意更多的是出于自己身为牧师对在历史上留名的前辈的崇拜。在现实中鲍顿反而会抛弃基督教信徒特有的谦卑姿态,在有关种族问题上表现出屈尊的态度,他的白人至上主义论点代表了教会中保守派别的种族观。在《家园》中,罗宾逊借杰克·鲍顿之口直接揭露基督教会的"污点":"我们对黑人的态度,让人对美国基督教的严肃性提出疑问"(鲁宾逊,2010:223)。根据小说的叙述,由格罗瑞引出的、被鲍顿父子和埃姆斯热烈讨论的有关美国种族现状的这篇文章发表于1948年,这也间接承认了教会在种族问题上的暧昧态度至少延续到20世纪中期。

罗宾逊在《基列家书》中以新历史主义的态度重现与废奴运动、民权运动相关的事件。她在小说中表明:"记忆的本质严格地讲不属于凡人俗世"(鲁宾逊,2007:174)。在美国的社会政治现实中,历史可能被重构,为现在的罪恶和失败负责;也可能被简化和践踏,沦为进步主义的垫脚石。记录当然偏向于那些掌握话语权的官方阶层;记录方法和当时条件的限制,以及资料的保存和获取,也决定了历史记录的局限性。阐释的历史继承了所有这些缺陷,而且还因为阐释者的目的、热情、感受、才能和顾虑的原因而被进一步曲解。(Robinson,2005:126)对于公示历史面貌的本能质疑与为加尔文主义张目的目的在《基列家书》中被结合在一起。

罗宾逊三部小说的发生地,她所虚构的艾奥瓦州基列镇得名自圣经,本指约旦河东岸的山地。在《旧约》中,基列的五十人参与了刺杀国王比加辖(Pekahiah)的行动(《列王记下》15：25),因此基列首先象征了暴力与流血之地。罗宾逊在废奴运动的大背景下将基列的暴力内涵置于美国历史与社会语境中。

> 我上两部小说中描写的基列镇是以艾奥瓦州西南角的塔伯镇(Tabor)为雏形虚构出来的。塔伯镇由奥柏林①(Oberlin)来的一群人所创建,其领袖是约翰·陶德(John Todd)牧师。建立小镇的初衷是为堪萨斯州冲突中的约翰·布朗及手下作为基地使用,它也确实发挥了这一作用。……自此,历史风云散尽,但是我们仍然很难估计这一弹丸之地在美国文化和世界文化中所发挥的重要作用。(Robinson,2012：180)

此外,古代的基列遍野生长着作为药膏原料的常绿植物,因此基列以乳香产地闻名于世。《耶利米书》中即有"在基列岂没有乳香呢？在那里岂没有医生呢？我百姓为何不得痊愈呢？"(8：22)的诗句。"基列的香膏"在后世文学中喻指治疗和教导。② 这一比喻与之前的暴力之地的象征含义构成了悖论。"暴力与救赎这两种互相矛盾的圣经含义重叠在《基列家书》关于历史、战争、大萧条与 20 世纪 50 年代的种族关系的再现上。"(Engebretson,2013：103)在真实历史中,埃姆斯的祖父、老牧师约翰·埃姆斯所协助的废奴主义者约翰·布朗领导的组织名为"基列人同盟"(The League of Gileadites),该组织成立于 1851 年,是美国最早的反抗奴隶制的黑人武装团体。(于倩,2014：92)杰克返回故乡基列也是为了寻找"香膏",为自己的小家庭觅到庇护之所。③ 基列是美国常见的地名,罗宾逊将文学虚构与历史现实相结合,增加了叙事的可信度和历史意义,基列既是对 20 世纪 50 年代美国小镇生活的微缩,更体现出对于过

---

① 奥柏林学院是 1833 年由两位长老会牧师,谢福德(John Jay Shipherd)和斯图尔特(Philo P. Stewart)在俄亥俄州建立的私立文理学院,由阿尔萨斯的新教牧师奥柏林得名。该学院是美国历史上第一所招收女性学生和黑人学生的大学,学院师生在废奴运动中表现积极。奥柏林史上最有名的校长是大觉醒运动中的重要人物芬尼(Charles Finney),著名校友包括解构主义巨擘米勒。

② 坡(Edgar Allan Poe)的《渡鸦》中有"is there balm in Gilead"的诗句。一首古老的美国黑人灵歌《基列的乳香》(There Is a Balm in Gilead)广为流传,为遭受奴役之苦的黑人带来心灵上的抚慰。

③ 艾奥瓦州在内战前就取消了反异族通婚法。(Petit,2010：146)

去与记忆的反思。

埃姆斯牧师在给幼子的信中回顾了自己家族的三代牧养事业与波澜壮阔的种族运动相交织的历史。南方和北方的白人因为奴隶问题而同室操戈,铸就了19世纪美国最大的社会危机,这在《基列家书》中造成埃姆斯家族父子两代间的巨大裂痕。南北战争之前,老埃姆斯牧师看到上帝身负枷锁的受苦幻象(vision),"铁锁链一直陷到骨头,周围都红肿、溃烂"(鲁宾逊,2007:51)。上帝的痛苦在老埃姆斯身上激发出狂热的废奴主义热情,这一激情引领他离开家乡缅因州,来到奴隶解放运动的最前线,加入"自由土地党"(Free Soil Party),①作为随军牧师②投身约翰·布朗领导的黑人解放运动。

作为基列镇的公理会牧师,祖父身穿鲜血染红的衬衫,腰别手枪在神坛上大声疾呼的形象鼓动着镇上的年轻人以争取和平的名义参与战争。老牧师坚信鲜血和生命是获取自由和救赎的必要代价,"奴隶制存在一天,和平就没有希望。……只有战争结束,和平才能到来,所以和平之神号召我们去结束战争"(鲁宾逊,2007:108)。在老牧师的带领下,基列镇在黑人奴隶解放运动中发挥出巨大作用。格兰特③(Ulysses Simpson Grant)将艾奥瓦州誉为"激进主义的闪闪红星"(the shining star of radicalism)。老埃姆斯牧师把基督形象与黑人奴隶相联系,赋予他者同等的伦理身份,肯定与之建立亲密关系的可能性,体现出高度的同情品质和博爱精神。

埃姆斯的父亲深受19世纪末典型的理性主义和进步主义思潮影响。他看到战争给镇上居民带来的巨大伤害而与父亲分道扬镳,转而采纳和平主义进路。祖父的废奴主张与父亲的反战思想在家庭内部引起龃龉。基列镇上的公理会信众因为大批青年的牺牲而逐渐对老牧师的热情鼓动报以沉默。南北战争尘埃落定,艾奥瓦州已由"闪闪的红星"堕

---

① 美国内战前一个以废奴为主要纲领的短命政党(1848—1854)。
② 随军牧师是美国军队中的传统职位,"他们负责士兵的宗教和道德精神方面的工作,通过自己的布道和祈祷,深入普通士兵的生活,了解他们的疾苦,给他们以宗教和灵魂上的慰藉,培养他们视死如归和'为上帝而战'的精神"(刘远钊,2005:17)。
③ 美国第18任总统,在南北战争中担任联邦军(Union Army)总司令。

落为将最后仅存的黑人居民也驱逐出镇的白人至上主义堡垒。老牧师只有哀叹:"我们基列留下的又是什么? 尘土。尘土和灰"(鲁宾逊,2007:190)。他壮志难酬,最终负气远走堪萨斯,在那里孤独地死去。

在《基列家书》中出现的百合花这一意象引出了祖父与父亲之间关于种族问题的分歧。埃姆斯家三代执业的公理会教堂已经破旧不堪,会众早已决议将其拆除重建,但是考虑到埃姆斯对它怀有深深的眷恋,大家遂决定待其身后再行事。埃姆斯对这一安排十分清楚,他在信中提醒儿子到时要把教堂周围栽种的百合花移走,因为这是从以前因失火而被拆除的黑人教堂移植而来的。一方面,这固然表现出行将就木之人对旧事旧物的眷恋;另一方面,罗宾逊通过百合花在圣经中的特殊象征含义而传达出小说的种族主题。

首先,百合被用来象征上帝,在《雅歌》中,主即以谷中百合自喻。(2:1)此外,百合也代表着上帝的大爱。在《马太福音》中,耶稣劝告众人不要忧虑,"你想,野地里的百合花怎么长起来;它也不劳苦,也不纺线;然而我告诉你们:就是所罗门极荣华的时候,他所穿戴的还不如这花一朵呢!"(6:28—29)耶稣通过这一譬喻说明即使野花也能受到上帝恩泽,凡人更是不必忧虑自身生计,只管放心接受上天眷顾怜惜。

埃姆斯的父亲在一次礼拜中宣讲"想想百合,它们是怎样盛开的"(鲁宾逊,2007:89),提醒众人牢记上帝无所不在、无微不至的爱与照管。埃姆斯父亲强调大爱而非斗争的论调令祖父激愤不已,他当众站起身走出教堂,去黑人教堂听那里的牧师宣讲"爱你的敌人"。镇上白人居民和黑人居民的分歧昭然若揭。此后不久,有人在黑人教堂放火,镇上仅存的几户黑人家庭被迫搬离,基列从此空余历史上废奴前哨的光荣称号。但是在祖父客死他乡之后,埃姆斯的父亲带儿子冒着大饥荒跋涉千里,在堪萨斯的荒野中找到了老牧师的坟墓,向他致以最后的敬意。在这一家庭矛盾、教会矛盾也是社会矛盾中,罗宾逊没有给出明显的价值判断。相反,作者通过对父子所代表的不同派别的充分展示,提出了深刻的道德质询:在现代读者眼中,废奴运动固然具有不容辩驳的正义立场,但是这一事业的开展是否值得以鲜血、生命和家庭和睦为代价? 通过这一质询,罗宾逊成功地将种族问题转化为普遍的家庭伦理争议,在结果上维护了历史上基督教会对奴隶制度的默许,甚至扶持的立场。小说搁置了种族矛盾,将读者的关注点转向父子的冲突与和解上。

乔达(Robert Chodat)撰文指出,尽管罗宾逊的小说不如其散文作品那么观点鲜明、立场坚定,她的虚构作品仍然在一定程度上反映出非虚构说理性作品的主张。(Chodat, 2016: 331)乔达以《基列家书》为例说明小说的情节设置和人物塑造充分佐证了罗宾逊的反达尔文主义主张。进化论认为,生物的最终动机(ultimate cause)都是利己的,以繁衍存续后代为唯一目标。而罗宾逊相信"人类卓异主义"(human exceptionalism)(Robinson, 2005: 62),"人类的同情心在世间显明"(68)。《基列家书》中埃姆斯的祖父为废奴运动奉献终生,父亲出于自己的理性主义和平主张不惜与祖父反目,令家庭不和。乔达认为,两人的强硬立场和观点并不是出于自身的利益需求,甚至在某种程度上对自身利益造成了损害。罗宾逊通过小说中的这一伦理矛盾充分说明人类并非如达尔文断言的那样,仅以自身和后代的善好为生存目标,而是具有更抽象的精神驱动,不惜为了自身认可的理想损害自己的利益。

笔者认可乔达关于罗宾逊在小说和散文中分别以隐晦和高调两种不同方式推广同一套思想主张的观点,但是并不同意其结论,即埃姆斯父子在废奴问题上的意见冲突体现出人类灵魂的神秘运作和同理心的伟大之处。所谓自私(self interest)这一概念本来就不仅局限于延长生命和繁衍后代等生物利益,而是可以扩展到意识形态立场的认同上。在遵循一定的理想主张,甚至为之牺牲奉献时,人类同样会获得心理满足。埃姆斯的祖父对废奴运动全身投入,不惜为此伤害他人性命。埃姆斯的父亲清楚记得儿时在教堂里遇到的追捕废奴主义者约翰·布朗的和善士兵最后被自己父亲杀死的骇人事件。在战后重建的艰苦日子里,老牧师仍然鼓励在战场上痛失丈夫儿子的寡妇母亲坚定信念,忘却一己损失,将自身交付神的安排,甚至引导她们相信亲人的死同样是上帝正义在做工。他不顾众人都在受苦的事实,神经质般地将自己家里,甚至邻里的财物偷走,接济全州贫苦的人。老牧师坚信自己在实践大义,"把好东西给求他的人"(《马太福音》7: 11),但是在结果上他却仅仅为了自身的心理满足、信仰坚定而带来的愉悦感去伤害家族与邻里的利益。

埃姆斯父亲的事例表现出了更加复杂的伦理选择过程。乔达高度赞扬了其人生理念,"人文主义理想使他的人生灵动,对抗人类历史中的任何暴力本能。在他看来,个人的道德关注不只包括被压迫者,也应包含压迫者,因为后者的盲目值得我们的同情,而非怨怼"(Chodat, 2016:340)。年轻的儿子与父亲决裂,脱离父亲的教会,跑到遵循和平主义的贵格派教会做礼拜。在病重的母亲出面阻止后不得不回到原来的教堂。因为不同意父亲暴力解放黑奴的主张,他在正式执业后经常与父亲发生争执,最终导致父亲负气出走,客死他乡。为了减轻内心的愧疚,他携年幼的儿子千里迢迢,冒着大饥荒奔到堪萨斯去寻找父亲的坟墓,最终与之达成精神上的和解。他的大儿子爱德华受教众资助负笈德国,却辜负了大家的期望,成为一名无神论者,给家庭带来沉重打击。父亲一度拒绝承认这个儿子,在年老时却又接受爱德华的安排去墨西哥湾颐养天年,留下埃姆斯困在基列。埃姆斯父亲的人生与其说是始终贯彻了一致的理性主义理想,不如说是为了自身肉体与精神的安逸而不断做出利己的伦理选择的一生。

乔达认为罗宾逊将小说的背景置于 1956 年,安排了长寿的人物,"激起了受'同情的想象'和'善行'所驱动的文化之余烬,上述美德的缺失使大众仅能从'陈腐'的故事中理解过去"(Chodat, 2016:340)。《基列家书》弘扬了大爱,歌颂了无私的宗教道德,对当代社会文化具有补充作用和启迪意义。然而,通过对埃姆斯的祖父与父亲的动机分析,笔者认为两人在废奴立场上的针锋相对并未体现出罗宾逊所提倡的人类精神的无私和神的玄妙造化,反而是人类深层伦理动机的外在展演。

正如前文指出的那样,在某种程度上,罗宾逊试图以血亲伦理涵盖矮化种族伦理。在《家园》中,种族问题被回溯到圣经中的父子关系伦理上。杰克向两位改革教会的牧师,长老会牧师鲍顿和公理会牧师埃姆斯提出了有关预定论的问题,"你是不是相信一个人会通过他孩子遭罪来受到惩罚,是不是一个孩子遭罪是为了惩罚他的父亲。因为父亲的罪过。或是他的不信上帝"(鲁宾逊,2010:228)。杰克的困扰来自圣经和世俗公正伦理的可能冲突,子女会因为父亲的过失而受到惩罚吗?埃姆斯的女儿出生后就死在了父亲的怀中。杰克抛弃了怀孕的贫家少女,后者生下的小女孩不到三岁就因感染破伤风而夭折。杰克发出的诘问实质指向以上悲剧的发生是否缘起婴儿父亲的"罪"。就如"挪亚的诅咒"中,挪亚的儿子含被上帝祝福过,所以即使他犯了对父亲不敬的过失,罪责也降不到他的身上,而由含的子孙后代承担。通过这一疑问,杰克勇敢地暗示教义上存在无法自圆其说的部分,甚至将矛头指向上帝的不公与基督教道德观上的无法自洽。

杰克的质疑针对的是教会的"自然奴隶"说,他的父亲鲍顿牧师和杰克的教父埃姆斯牧师却误以为杰克无法释怀年轻时的风流债,还在因为那个没受洗礼而夭折的婴孩痛苦。实际萦绕于杰克心神的是他的跨种族婚姻以及迫于种族隔离的社会现实而无法在父亲身边长大的混血儿子。罗宾逊通过杰克对圣经阐释和加尔文的预定论神学的质疑含蓄地表达出对"挪亚的诅咒"的正当性的怀疑,最终对奴隶制及种族歧视,特别是教会在这一根本问题上的不作为提出了批评。遗憾的是,这一批评被包装在家庭伦理中,属于对种族问题的降格,没有完全发挥出其社会现实意义。但是从积极的一面考虑,通过杰克的诘问,罗宾逊以与普遍道德思考更兼容的形式提出种族伦理质询,其应对策略因此具有更广泛的普及意义和实践性。

受种族历史和社会现实所限,鲍顿和埃姆斯无法对黑人产生认同感,也相应地对他们的苦境漠不关心。为奴隶制辩护的学者曾经指责斯陀夫人等废奴主义者不自觉地将自己的纤细情感赋予黑人,想象自己骨肉分离并以此估测黑奴的痛苦。(Smith,2008:122)斯陀夫人的同情心在基列居民的身上已荡然无存,后者无法将黑人看作他们的同胞。基列镇虽然最终变成一个纯白人社区,但50年代中期黑人民权运动的影响不可避免地波及这里。趋同性的压力使鲍顿和老友埃姆斯牧师抛开社会公义,"有意识地避免与黑人发生社会联系,谨慎地……发表着'得体'的观点,因为他们害怕被同类所排斥而降低自己的地位"(许烺光,1990:228,着重号为原作者所加),他们虽然一直宣讲上帝的大爱,却在实际言行中透露出对黑人的歧视。

鲍顿掌握了家中的至高话语权,这位傲慢的道德主义者在各方面向家人不断渗透和强化他的观点,统一思想意识,建构起鲍顿家唯一的价值观。他认为黑人和自己生活在不同的世界,对他们持有谨慎的警惕。在他看来,杰克与黑人为伍有失身份。在电视上看到美国南方黑人动乱的新闻报道时,他表示:"我对黑人没意见。不过我的确觉得,如果他们想被接受,需要长进一点。我相信这是唯一的解决途径"(鲁宾逊,2010:160)。杰克在南方流浪多年,更与黑人女性黛拉相识相爱,结婚生子。他对黑人的高度认同感使他对于种族主义行径表现出了强烈的反感。在杰克告诉父亲他在圣路易斯结交了一些黑人基督徒朋友时,鲍顿谨慎地建议他"找到高一层次的朋友"(162),甚至回应说,"可见我们待他们不可能那么坏了"(224),表现出强烈的党同伐异的思想。

埃姆斯本人对种族主义则采取了远观的态度。杰克一家在外乡备受歧视,找不到容身之地。他打算带妻儿回到基列生活,但是白人至上主义统治下的基列也似乎不会欢迎他们。杰克试图借助埃姆斯在当地的威望。他向埃姆斯提到了曾经发生在黑人教堂的纵火事件,试探他对种族隔离的态度,埃姆斯回答:

> "那只是一场恶作剧的火灾,而且也是很多年前的事了。"
> "镇上也很多年没有黑人教堂了。"
> 当然我对此没什么可说的。他说,"你在这里有影响。"
> 我说也许我还有点影响力,但是我没法承诺能活到利用这种影响的时候。我提到我的心脏病。(Robinson,2004:230)①

虽然基列镇曾在约翰·布朗领导的废奴运动中发挥了积极作用,镇上的社区也住满了乐善好施的基督徒,黑人教堂却被纵火烧毁,镇上仅存的几户黑人家庭被迫迁走,基列抛下自己的光荣历史,堕落为保守的白人社区。种种明显的种族主义行为并没有受到牧师们的注意和指责,更遑论被指认为白人居民道德上的缺失。即使如埃姆斯这样优秀的牧师也只是终日沉湎于对上帝神妙和永恒的抽象思考,对教区内如此明显的道德丧失问题视而不见,听而不闻。罗宾逊全盘接受了加尔文对于"罪愆"的定义,相信目睹恶行而不加阻止、只盼望事态平息的人与加害者同样

---

① 除此处之外,本书出现的《基列家书》的引文均来自李尧译本(人民文学出版社 2007年),但是笔者对于此处原文的理解与以上译本有偏差,故采用了自译。

有罪,"他们与街上的种族隔离分子对于镇压民权运动发挥了同样大的作用,他们对公正的无视在先知们和加尔文看来是重罪"。① 作家对那些失职的社区精神导师进行了强烈的谴责。

以鲍顿和埃姆斯为代表的老一代对于种族问题有着陈腐而偏执的观念,而出于对他们权威的尊敬,持有宽容、进步观念的莱拉、杰克、格罗瑞等年轻人也没有试图去说服和改变他们的立场。埃姆斯在最终敞开心扉与杰克谈话之后,意识到自己以及其他小镇居民在种族问题上的错误,"我们这座小镇也会沦落到地狱的最底层。错误在我,也在别人"(鲁宾逊,2007:250)。然而老一代已经行将就木,"拂袖而去"(250),"现在只剩下一堆灰烬,总有一天,上帝会再把它吹成熊熊燃烧的火焰"(264)。小说最后留下的虚无的希望实质上表现出罗宾逊对于保守派的无能为力和将种族问题的最终解决方案留给时间和更加开明的新一代的意图。

在民权运动之初,无法在他处安身的杰克只身回到故乡,希望基列镇能够接纳他的跨族婚姻,冷酷的现实无情地击碎了杰克的希望,他被迫再次踏上自我放逐之路。在《家园》的结尾,杰克刚刚心灰意冷地离开故乡,他的妻子黛拉带着儿子罗伯特旋即找上门来。尽管母子两人为了"避开夜幕降临后的种种危险"(鲁宾逊,2010:333)又马上离开,格罗瑞却充满希望地想象罗伯特成年后回到基列,"应验了他父亲的祈祷"(334),她因此决意留在故乡等待罗伯特成年后归来。《家园》的结尾暗示黑白混血的小罗伯特·鲍顿·迈尔斯②最终会继承祖业成为牧师,这呼应了同样执着于对立题材的英国作家福斯特(E. M. Forster)在《霍华德庄园》(*Howards End*)③中安排的结局——两个种族/阶级最终会彼此融合并由这一融合产生的结晶来继承传统,开启新的可能性。

---

① Robinson, Marilynne. Interview. *This Life, This World: New Essays on Marilynne Robinson's* Housekeeping, Gilead *and* Home. By Jason W. Stevens. Leiden and Boston: Brill Rodopi, 2015, 254-70.

② 鲍顿是基列镇上的长老会牧师,黛拉的父亲迈尔斯是循道宗牧师,罗伯特是杰克父亲的名字。埃姆斯牧师的儿子也采用了鲍顿牧师的名字罗伯特。两个不同种族、年龄相仿的男孩子预示着种族和解、消除歧视的未来。

③ 英国小说家福斯特的作品《霍华德庄园》(1910)关注了阶级差异和贫富差距。在小说的结尾,分别来自两个不同阶级之父母生下的儿子即将继承象征英国历史传统的霍华德庄园,表明了作家对于当时的"英国状况"(condition of England)提出的解决方案。

罗宾逊借此表示出对种族前景的乐观态度,她并不认同传统的族裔批评中对"差异性"的过分强调,而试图在基督教传统下在构建"自我"与"他者"的相同性上着墨。但是,与此同时,我们也无法忽略这样一种可能:即使小罗伯特·鲍顿最终选择回到中西部的腹地,继承长老会牧师之职,他也会最终采纳鲍顿家的保守白人标准,而且这在格罗瑞眼中是对家族传统的继承,是最好的结局,在作者看来是最理想的安排。总之,罗宾逊虽然为《基列家书》和《家园》这两部小说中种族相关的情节展开提供了同情这一伦理策略,但是种族书写没有实现严格意义上的道德功能,反而暴露出莫里森提出的白人文学中的"非洲主义"思想,很难引起广大读者,尤其是黑人读者的情感共鸣。

第三节 家族记忆中的种族问题:非洲主义批判

同情是当代道德情感主义的主要概念,是构建全球范围内的普世伦理的希望。当代社会不同族群的理性道德体系来源各不相同,同情策略因为诉诸人类的共通情感基础而具有了推广和实践的意义,而文学被认为是能够激起这种情感的重要手段。罗宾逊在《基列家书》和《家园》中的种族书写以人文主义情感为诉求,表达出以实现社会公义为直接目的的种族立场。

但是正如之前讨论指出的那样,作者的同情更多的是通过家庭结构映射种族关系,白人父子对于废奴运动的立场分歧造成家庭不和,白人对黑人的压迫歧视转化为白人自身因为妻离子散而产生的痛苦,进而唤起读者的同情。罗宾逊的这种处理暴露出白人作家种族书写的内置危机,莫里森在1992年出版的文集《在黑暗中演奏》(*Playing in the Dark*)中即提出了可以概括这种危机的"美国非洲主义"(American Africanism)的概念。对莫里森来说,这意味着"非洲民族所表征的内涵和外延上的黑色的意义以及欧洲中心主义对这类人群的研究所伴生的全部观点、假设、解读和误读"(Morrison,1992:6—7)。莫里森认为黑人或黑人性的存在/缺失是代表美国主流文化的白人文学进行自我定义的重要部分,

"一位作家对于美国非洲主义的回应常常提供了一个潜文本,后者或是破坏了表层文本的明显意图,或是因为不能明说但仍然试图表征某些信息而采用模糊的语言绕开重点"(66)。莫里森通过对经典白人文学的回顾揭示出美国神话的书写和美国价值观的形塑背后潜藏着的以"恐惧、道德、性和不自由等多种形式"(Douglas,2011:334)体现的种族话语,代表了来自非裔族群对白人作家种族话语的批判声音。

与罗宾逊的主题展开方式类似,莫里森也擅长将种族问题内嵌于家庭伦理,种族历史也因此被转型为家族记忆。"像莫里森一样,罗宾逊认为美国奴隶制的历史对于当代身份的构成至关重要,超越了物质条件和文化连续性。"(Douglas,2011:343)罗宾逊有关种族主题的小说同样采纳了非洲主义统辖下的道德、家庭、记忆等主题。两位女作家虽然采用了类似的形式挖掘同一个主题,但是她们作品的思想效果因为作家的身份背景不同而显出差别。

莫里森发表于2012年的小说《家》(Home)与罗宾逊的《家园》不仅同名,而且具有相同的故事线:一对兄妹离家漂泊,历经坎坷磨难,最终返回家园寻找灵魂的安身之地。莫里森的作品中的黑人兄妹的故事主要发生在朝鲜战争结束之后,与《家园》同样属于描述20世纪50年代的美国社会,聚焦亲情、创伤、故乡等主题的小说。两部小说中的家园都具有强烈的象征意味,代表着包括宗教遗产在内的历史文化传统,但是两部小说的不同结局暗示了作家对于回归之路的或乐观或悲观的态度。

在两部作品中,离家在外经历创伤的两对兄妹互相扶持,舔舐伤口,努力重组理想中的家庭生活,体现出家园和家人的慰藉力量,但是两部小说又分别透露出当代文化特有的人际理解的限度和同情心的无能为力之处。莫里森在小说中清晰地揭示了朝鲜战争给老兵带来的创伤,在遭受创伤后应激障碍(PTSD)折磨的主人公弗兰克·莫尼身上,战争留下的伤痛与种族歧视结合在一起,从而更深刻地揭露出平静繁荣的年代下潜藏的社会问题。莫里森表示,"人们普遍认为50年代舒适,幸福,怀旧,而我尽力揭开这层伤疤。当年有场不称之为战争的可怕战争,死了58 000人。还有麦卡锡"(Brockes,2012)。弗兰克兄妹少年时想尽一切办法要逃离死水一般的故乡"莲花镇",在外面的世界他们却遭受到了无法想象的残酷迫害。在肉体与精神都备受摧残后,他们最后却只有"家园"可以回归,因为只有那里才能让他们避开外部世界的暴力与伤害,真正认识到本族文化的力量。在莫里森笔下,莲花镇上升为黑人文化传统的象征,却也同时表明在广阔的种族歧视弥漫的荒漠上,只有星星点点的绿洲是黑人讴歌族群文化的圣所。

杰克·鲍顿的遭遇虽然也与种族隔离政策有关,但是他的"秘密"主要从其书信来往和与妹妹以及教父的交谈中间接地揭示开来。作为一个白人,他所感受到的痛苦来自黛拉家人对他的不信任不接纳和社会看待他的小家庭的眼光以及冰冷的反异族通婚法,在建立家庭方面遭受的挫败使他痛恨种族政策。与莫里森的主人公不同的是,杰克在其他方面仍然可以享受公平的待遇:家人的照拂,兄弟的帮助,体面的工作。他不会像弗兰克兄妹那样在脱离家乡的保护之后旋即落入虎狼之境。

黑人被奴役的历史在两部背景为50年代的小说中都作为记忆的形式存在,莫里森和罗宾逊将种族化的历史转化为种族记忆。弗兰克兄妹幼时目睹黑人被当作斗狗训练,供人赌博取乐,最后悲惨地死去并被草草掩埋。这一可怕景象作为他们童年创伤的一部分进入两人的思想记忆中,象征了美国黑人历史中最不堪回首的部分。直到《家》的结尾处,两人在身体和精神创伤痊愈后,将当年被杀害的黑人重新正式埋葬后才能真正直面历史——种族的历史以及个人的过去。杰克·鲍顿作为埃姆斯的教子,不仅名字中有教父的部分,记忆中也把老牧师的废奴功绩划为自己的家族记忆的一部分,他与黑人平等友好的相处实现了老牧师终生奋斗的目标。黛拉的父亲将杰克错认为埃姆斯的后人,对其表示敬意,强化了杰克对废奴历史的认同和对民权运动的支持。《家园》中罗宾逊尽力表现出白人在黑人争取解放和平等的斗争中起到的积极作用。杰克夫妻在南方生活时所遭受的阻力和歧视只能从他疲倦的面容和精神状态中推断出来。罗宾逊对于黑人遭遇的表现迂回而且抽象。

莫里森与罗宾逊同为女性作家,在作品中不约而同地强调了女性的精神力量,象征人类文化圣所的家园也因女性的固守而突出了凝聚力。

莫里森认为"家人的骨肉亲情和黑人同胞的团结互助是在种族歧视氛围中建构非裔美国人精神家园的不朽基石"(庞好农，2014：143)。在《家》中，莲花镇上的妇女睿智沉着，她们依靠草药和土方为奄奄一息的茜进行治疗。她们对茜的照顾使她最终康复并获得了乐观自信，体现了典型的非洲文化的群体特征。在罗宾逊的《家园》中，负责照料家人和守望的是孤单一人的格罗瑞。除了杰克和格罗瑞，鲍顿夫妇还育有六个子女，个个"机智得体，……不愁衣食"(鲁宾逊，2007：262)，在事业家庭成功、人生得意的哥姐环绕下，格罗瑞只能忍受和勉强应对，因为他们在父亲葬礼之后都会很快离开，留下她一人守在基列，怀着杰克的儿子会回来的希望度过余生。罗宾逊的人物性格中渗透骨髓的孤独感与美国传统价值观所推崇的个人主义密切相关，当然这也是代表主流文化的白人价值体系中的一部分。

花园是西方文学中的一个重要象征，因为人类最初的乐园——伊甸园而获得强烈的宗教意味。在美国文学中，"花园"更因为其清教祖先对于美国"被拣选"的卓异身份的确信而被附上本土特色。莫里森与罗宾逊都十分钟爱这一意象，属意其折射人物的内心与生活状态。王守仁认为莫里森用管理花园来"象征一个人对各种威胁的应对和处理"(王守仁、吴新云，2013：116)，花园为茜的疗养提供食物和药材，更以其欣欣向荣表征着茜内心创伤的平复。而鲍顿兄妹力图将荒废的花园重整到母亲在世时的繁荣状态，他们的努力表征着对理想家庭秩序的恢复和对自己身心的重整。

莫里森和罗宾逊虽然在作品中都采用了种族题材，在主题的表现手法上也有相似之处，但是与莫里森从族裔内部的话语展开不同，罗宾逊的小说在种族伦理的书写方面倚重西方思路，从白人的角度书写黑人争取自由平等的历史。虽然罗宾逊的范式代表了历史建构的角度之一，但是从莫里森的"非洲主义"批评框架来看，罗宾逊作品中的种族元素总是渗透着欧洲中心主义思路的影响。

《基列家书》中，罗宾逊通过埃姆斯的记忆将对19世纪历史的回顾视角定在基列和整个艾奥瓦的"光辉岁月"，对激进派白人帮助黑人奴隶逃离南方的事迹施以浓墨重彩，但是故事的积极伦理因素没有得到挖掘。埃姆斯牧师的祖父代表了基督教会中反奴隶制的派别,参与了"地下铁路",为约翰·布朗的武装提供补给,乃至亲自拿起武器投入内战,但是他的动机却带有强烈的神秘主义色彩。老牧师本来出身自由的缅因州,因看到耶稣身负枷锁的痛苦幻象而坚信上帝的显现是在指引他到奴隶解放的最前线战斗。他的动机从本因来说源自对神的指示的无条件跟从,其活动属于内战前基督教复兴运动(Revivalism)的一部分,而非肇始自自由、平等、尊严等人文启蒙思想。

埃姆斯在回忆录中向儿子讲述了一个发生在废奴主义村庄的闹剧。人们挖掘了一个用于保护逃跑黑奴的复杂地道。因为地道离地表过近,一个外乡人经过村子停下马问路时,连人带马陷入地道。村民为了保守秘密,向外乡人做了许多物质补偿,将其骗走。他们急于救出留在地道中的马,却造成地面表层不断塌陷,越来越多的地道暴露出来。最后,局面无可挽回,村民们干脆将村庄搬到了别的地方。本来藏身在村中的一个逃亡黑奴深感自危,远走他乡。村民们出于担心和好意四处寻找他,"整整两天,他一直躲着他们。后来他们翻身下马准备过夜。刚刚躺下要睡觉的时候,黑人青年从黑暗中走出来,说:'感谢你们的好意。不过,我想最好还是我自己处理这件事情吧。'"(鲁宾逊,2007:65)这个荒诞的插曲成为埃姆斯祖父和朋友们茶余饭后的谈资,侧面反映出废奴主义者的思想根源。他们的热情与其说是出自对黑人奴隶的同情,不如说是来自白人对自身的道德标准和基督教信仰的坚守。

罗宾逊在作品中对黑人远景化的处理也在暗示白人,尤其是废奴州的居民因缺乏了解渠道才对黑人抱有种族偏见,从而在一定程度上将种族歧视合理化。"黑人"在罗宾逊的小说中是一种隐含的重要存在。与种族问题相关的分歧虽然贯穿了埃姆斯家族三代人的生活,但是《基列家书》全篇没有一位正面出场的黑人。杰克·鲍顿因其经历成为黑白种族间沟通的重要桥梁,但是作者没有表现黑人与白人的差异,而是刻意把他们塑造成与白人具有同样文化背景和生活习惯的人群,以此呼唤白人对同类人群遭受的不平待遇所应给予的同情心。

杰克与黛拉的跨种族结合是小说情节的一个重大伏笔,同时也作为种族主题的现代版本呼应了老埃姆斯牧师投身其中的黑人解放斗争。

杰克与同样出身牧师家庭的黛拉两情相悦,黛拉的父亲是田纳西州孟菲斯的循道宗牧师,他基于杰克的白人身份、不信教和窘迫的经济条件而无法接受他。杰克在被迫与黛拉分离后,动身去孟菲斯寻找黛拉,对气势恢宏的循道宗教堂印象深刻。① 黛拉的家庭比出身中西部长老会的鲍顿牧师一家还要虔诚,黛拉的父亲甚至认为白人全部都是无神论者,只不过有人没有意识到这一点。(鲁宾逊,2007:235)杰克与黛拉的儿子罗伯特在外祖父家浓厚的宗教氛围中成长,似乎也会继承祖父和外祖的衣钵。总之,黛拉的家庭出身、教养均优于杰克,黛拉与杰克的结合成为良家女子拯救堕落浪子的范例。作者的这种安排抛弃了数目巨大的在中产线下生活的受歧视人群,仿佛只是为了反驳以鲍顿牧师为代表的保守主义者关于黑人无法成为白人"体面的伙伴""好的伙伴"(鲁宾逊,2010:162)的观点,因此罗宾逊的种族书写策略也丧失了普遍的实践意义。

在归纳美国主流白人文学中的非洲主义特征时,莫里森(1992)尤其指出在种族区别并不明显时,白人作家会采用一种"迷恋化"(fetishization)的手段,"特别用于激起肉体的恐惧或是欲望。……比如说血脉就是非常广泛的恋物象征:黑人的血、白人的血、血脉的纯粹;白人女性的贞操,非洲血脉和性的污染等。迷恋化这一策略被用来宣告文明人与野蛮人类别的绝对不可侵犯性"(68)。从罗宾逊对《家园》中的女儿和"儿媳"、格罗瑞和黛拉的人物塑造上也可检视这一隐藏的与女性贞操相关的道德差异论,使我们得以管窥作者保守的基督教性别观念与种族立场。

鲍顿牧师夫妇养育了八个子女,除了杰克和格罗瑞,其余的三男三女全部结婚生子,甚至三代同堂,组成幸福的家庭。杰克与黑人女性黛拉形成了事实上的婚姻,并生下了儿子罗伯特。格罗瑞虽然曾与人订婚长达五年,但并没有经历同居生活,孑然一身。罗宾逊选择在20世纪50年代中期的保守政治背景下刻画跨种族婚姻和自愿维持单身状态的知识女性具有一定的进步意义,但是作者的保守观念仍然微露端倪。

---

① 循道宗是与黑人关系最为密切的美国新教教会。在第一次大觉醒运动之后,黑人奴隶的基督化运动即主要由浸礼会和循道宗来领导。在第二次大觉醒运动之后,大批黑人加入循道宗教会。在20世纪的美国社会,循道宗教友大多属于中产阶级,礼拜的场所和规范也更加正式庄重。(Williams,2006:110)

在 50 年代种族形势严峻的美国,杰克和黛拉的婚姻自然不会得到任何一方家庭的祝福,这也是杰克选择向父亲和妹妹隐瞒事实的原因。他回到基列后,与格罗瑞合力照顾行将就木的父亲,两人的关系日益亲近,最终互相交换了内心深处的秘密。格罗瑞告诉哥哥自己被未婚夫欺骗,没有结成婚;杰克告诉妹妹自己有了钟意的女性"朋友",有意在基列安家。但是杰克保留了最重大的事实,即黛拉的黑人身份,两人的事实婚姻和混血儿子的存在。在《家园》结尾,杰克失意离开基列的第二天,黛拉母子找上门来。黛拉"是个穿着灰色套装深肤色瘦削的女人。她往后梳的头发压在一顶钟形帽下。在基列,她看上去非常的都市化,……女人话不多,举止中带着股严肃,仿佛她是隔了无尽的距离轻声地在说话。然而她却仔细打量着格罗瑞的脸,像是几乎记住了这张脸"(鲁宾逊,2010:328—29)。格罗瑞突然意识到眼前的黑人女子正是杰克提到的黛拉,她为自己的失礼解释说,"杰克还不够信任我,没怎么告诉他真正在意的东西"(329)。黛拉出身体面的家庭,受过良好教育,与格罗瑞一样曾在高中担任教师,而杰克在家乡臭名昭著,大学中辍,只能从事体力劳动维持生计。除了种族身份外,黛拉的条件在各个方面都好于杰克,尽管杰克自己也称妻子出身体面人家,却仍然不愿,也不敢向妹妹透露妻子是黑人的事实,出于保护妹妹"纯洁"的考虑,杰克也没有告诉格罗瑞两人已经生了个儿子。

虽然杰克称妻子"救赎"了自己的说法令格罗瑞苦涩地回想起未婚夫对她说过的同样的话,格罗瑞自己也正是那种容易上当、未经世事、天真而虔诚的女孩。尽管有漫长的婚约,她与未婚夫并未发生肉体关系,罗宾逊保留了格罗瑞作为白人女性的"纯洁"。而黛拉和杰克在"上帝眼皮子底下结婚"(鲁宾逊,2007:234),两人的同居已违反了田纳西州的法律,因此不得不过着隐匿的生活。通过格罗瑞和黛拉不同的婚姻状态,罗宾逊呼应了黑人女性的不贞与白人女性的纯洁的对立性观念。

《家园》是对圣经中的"浪子回头"故事的现代改写。杰克陷家人于不义,在外 20 年不归,伤透了鲍顿牧师的心,却仍然占据着父亲的心头。格罗瑞一心做父母最赞赏、最驯服的女儿,但是杰克甫一归家,就获得了父亲的全部注意。格罗瑞对杰克产生了嫉妒心,"他有什么权利以这种方式把家里就接管了过去?就算他和她有同样的权利,唯一的差别是,在他到来之前,她已经照看房子和父亲好几个月了"(鲁宾逊,2010:66)。格罗瑞的心理正如"浪子回头"中勤劳听话的大儿子,《路加福音》中,大儿子因父亲不公而感到不平:"我服事你这多年,从来没有违背过你的命,你并没有给我一只山羊羔,叫我和朋友一同快乐。但你这个儿子和娼妓吞尽了你的产业,他一来了,你倒为他宰了肥牛犊"(15:29—30)。"娼妓"尽管很可能是大儿子因为愤愤不平而空想出来的人物,却表征了宗教故事中典型的处于男性视角下被异化的女性形象。在《家园》中,恰恰是由黑人女性黛拉来充任这个"性诱惑和堕落的深渊"(Slee and Cameron,2014:51)的象征。如果说以格罗瑞替换清白无辜的大儿子的处理体现出罗宾逊对圣经故事现代改写中的女性元素,那么由黛拉来具象这个背景中的"娼妓"就可见作者的立场了。事实上,杰克之所以不愿向保守的父亲透露关于妻子的秘密,正是因为担心会气死他。(鲁宾逊,2007:234)儿子知道这是对父亲的种族纯洁和两性贞操观念的双重挑战。

对于白人女性贞操的重视和黑人女性的放荡天性的双重认识来自北美殖民地时期的宗教思想以及相应法律。"早期的殖民地法律特别针对与非洲男性发生性关系的英国女性,无论已婚还是未婚。"(Botham,2010:251)法律规定嫁给黑人奴隶的白人女性自身以及他们的子女自动丧失自由人身份,变为奴隶,以此断绝了白人女性仆役与黑人男性奴隶结合的可能。而对于男性奴隶主与女性奴隶发生肉体关系的情况,法律则宽容得多,甚至规定女性黑奴因此生育的子女会自动变成奴隶主的财产。以殖民地立法者的观点来看,"黑人女性内置的特征即是她们成为性伴侣的便利条件。对于黑人女性的性统治和剥削是顺理成章的"(254)。殖民时期的这类法律自然助长了白人女性和黑人女性的贞操观存在本质差别等理念,社会随之孕育了相应的文化猜测,进一步巩固了白人男性的统治地位,既以保护之名限制白人女性的权利,又能够任意剥削利用黑人女性。笔者认为罗宾逊在格罗瑞和黛拉的人物塑造上呼应了奴隶制遗留的这一问题,表现出了作家保守的道德立场。

在距小说故事设定时间①11年之后的1967年,由克雷默(Stanley Kramer)导演的电影《猜猜谁来吃晚餐》(*Guess Who's Coming to Dinner*)②以跨种族爱情的题材在美国民众中引起了巨大反响。电影的大团圆结局反衬了小说中杰克·鲍顿家庭破碎、夫妻劳燕分飞的沉重结尾。在美国历史上1967年是对于跨种族婚姻来说意义深远的一年。在1967年6月12日,美国联邦最高法院就"洛文诉弗吉尼亚州"案(Loving v. Virginia)作出判决,宣布所有州的反异族通婚法违宪,从而结束了美国禁止种族通婚的历史。

洛文夫妇在1958年于首都华盛顿注册结婚,随后回到故乡弗吉尼亚生活。仅仅5周后,他们夜半在家中被警察逮捕,随后因违反弗吉尼亚州的反异族通婚法而被判刑。洛文夫妇为了争取婚姻的合法性做出了长期努力。他们的律师在法庭上指出,"弗吉尼亚州的反种族通婚法是奴隶制的残余,这种法律只保护'白人女性的纯洁',……在事实上剥夺了黑人女性,乃至全体黑人的人类尊严"(Botham,2010:250)。③人们的关注点通常集中在这个案例中社会体制对人之常情的剥夺和迫害,但是律师指出的法律给予白人女性和黑人女性的不同待遇直接切入种族歧视问题的核心。

克雷默的电影构思于洛文案之前,导演和编剧决意向美国公众证明种族通婚的合理性和可行性。为了让这一主题令人信服,《猜猜谁来吃晚餐》中的男主人公是与黛拉同样完美的黑人:毕业于名校的医科,在非洲开展医学项目,婚前守贞,在女方家打长途电话会主动留下电话费等。一言以蔽之,克雷默的电影和罗宾逊的小说中塑造的都是"比白人更像白人"的黑人。《猜猜谁来吃晚餐》和《家园》似乎在暗示黑人要获得与白

---

① 《家园》中提到了杰克·鲍顿收看电视新闻的细节。(鲁宾逊,2010:160)这则有关黑人民权运动的新闻提到了第一位试图在执行种族隔离制度的亚拉巴马大学求学的黑人女性路西(Autherine Juanita Lucy)所引发的当地的黑人动乱。据此可以推断小说的叙事背景设定在1956年。《卫报》的书评也支持这一结论。(McCrum,2015)

② 1967年之前,种族通婚在美国绝大多数州都是非法的。电影《猜猜谁来吃晚餐》讲述了黑人男子和白人女性的结合给双方的家庭带来的冲击和影响,一对有情人凭借着真心争取到了大团圆的结局。影片对于种族通婚这一敏感问题表示出了乐观的态度,在当时的美国社会引起强烈反响,有力提高了民众对这一现象的接受度。

③ 洛文太太是黑人与切诺基印第安人的混血。(Botham,2010:249)

人结合的合法权利就必须以白人的道德标准自我规范,以各方面的优势弥补种族上的天然"缺陷"。

即使是罗宾逊或是努斯鲍姆等开明的自由知识分子也不能避免的种族偏见可以被称为"白人性",这是一种种族领域内的原罪。哈维(Jennifer Harvey)指出种族是一种社会建构,所谓"白人的道德危机"是指"构成我们(白人)的体系和进程恰恰是我们要反抗的对象"(Harvey,2007:47)。克服这一危机的要义即承认自身是白人的事实,但是同时要拒绝做白人,即在抵抗白人至上主义立场的基础上,参与争取种族公正的进程,正视国家的殖民和奴役史,并进行适当的赔偿(reparation)。罗宾逊和努斯鲍姆的种族策略植根西方自由主义思想,她们虽然怀抱良好的道德目标,却仍不免落入"非洲主义"窠臼。"种族差异阻碍了移情的产生,必然引向种族中心主义。去想象他者已经不再可能"(Gilroy,2014:70),由此造成反歧视努力的失效。

罗宾逊对黑人的同情策略以将他们定位于自身群体之外为前提。作家"以白人视角来经营黑人角色的虚构,……无法摆脱白人作家的一种自我形塑,也无法真正触及种族他者拒绝被同化的情感内核"(但汉松,2015:11)。从努斯鲍姆的道德制高点看,罗宾逊对种族问题的看法缺少谴责意味,以居高临下的态度对白人至上主义进行了隐性辩护。当然,努斯鲍姆在这一方面也并非无懈可击,批评者指出她对亚洲等第三世界的认识也只是白人知识分子的普遍性想象。努斯鲍姆认为坚持普世主义能够避免伦理上的相对主义和主观主义,她所倡导的普世主义以去种族中心的跨文化对话为基础,但是她和经济学家森(Amartya Sen)所推行的旨在改善欠发达国家女性生活水平的能力策略(Capabilities Approach)还是受到了很多学者从后殖民角度出发的批评。[①] 尽管思想

[①] 因为牵涉到同样的平等主题,种族问题经常与性别问题缠绕在一起。努斯鲍姆承认种族中心的思考方式的根源在于我们不自觉地将自己文化内部的某些成见纳入普遍适用的范围内,但是她指出传统社会中的最强有力的声音由男性掌控,从而在后殖民的立场上将种族问题与性别问题画上等号。(Phillips,2001:262)努斯鲍姆的批评者们则认为普世主义使权力分层合理化,仍然是在以"现代西方文明"标准阐释并试图改变非西方国家。参见 Charusheela, S. "Social Analysis and the Capabilities Approach: A Limit to Martha Nussbaum's Universalist Ethics." *Cambridge Journal of Economics*, 33(2009): 1135-52。

根源存在差别,罗宾逊和努斯鲍姆两人的作品中都渗透出种族中心的普遍主义倾向。

努斯鲍姆(2010)十分推崇文学的同情功能,她认为"通过使读者成为深切关注他人困难和厄运的人,通过使读者认同他人以及在各种认同的方式中为自己展示可能性,这种形式本身就在读者中建构了同情"(100)。罗宾逊也倚重文学的这一特征传达自己的道德理念,但是仅以粗暴消弭群体差异来达成模糊的同质性的种族策略并无法从根本上克服种族歧视。如康纳利(William E. Connolly)指出的那样:"身份需要差异才能形成,并且它将差异转化成他性以确保自身的自我确定性"(Connolly,2002:64)。维护自体、排斥异类是人类的本性,并不是依靠对情感的诉求就可以简单克服的。

总体上而言,黑人作家在种族题材创作方面独擅胜场,白人作家则大都对此讳莫如深。莫里森在《宠儿》(Beloved)中曾经表示,某些历史和经历"并非可以流传的故事"(Morrison,1987:275),这种对于种族史有意或无意的遗忘几乎是美国的"国族失忆症"(Morrison,1989:120)。罗宾逊在《基列家书》中通过特定人物埃姆斯的记忆和感受来再现1850—1950百年间的美国历史,回避了"基督教奴隶制"曾经存在的事实。《基列家书》中的非洲主义主题虽然带有白人作家的内置偏见,但是"经过了严肃而富有敬意的处理"(Douglas,2011:334)。《家园》中她对种族之间关系的阐释更为深刻,但是小说暧昧的结局①流露出作者自身对于种族策略及其效用的不确定态度。格罗瑞曾经发誓要离开故乡基列,却最终选择留下来继承家宅。陈旧的祖宅,屋中陈列的过时的饰品,家族流传下来的各种生活典仪,正如"家族以及美国纷乱的过去"(Petit,2010:140)。格罗瑞的决定代表了作家以宽容的态度对待历史的立场。

罗宾逊凭借包括种族主题、性别主题在内的保守主张被基督教保守派引为同党,她的作品也相应汇入基督教复兴运动的潮流中。如评论家

---

① 虽然罗宾逊自己曾经表示,"我热切希望美国有一天对(黛拉)全家来说会成为美好温暖的家"(Painter,2009:490)。但是在《基列家书》中,杰克收到黛拉的信件,得知她很有可能接受一个朋友的求婚,对方也愿意收养罗伯特(鲁宾逊,2007:235),作者很可能为这个故事设计了一个悲伤的结尾。

所言,罗宾逊对历史的再现不免"偏颇而片面"(Douglas,2011:350)。朴(Yumi Pak)的解读呼应了道格拉斯的意见,"罗宾逊的小说反对白人的种族暴力和压迫,但是主要表现为以特定的家族纽带对过去所进行的反思,她的作品为以排外为前提的宗谱体系进行了辩护,甚至将其进一步纵深"(Pak,2014:214)。罗宾逊在《年少爱读书》中谈及中西部奥柏林等废奴主义学院的建立时,批评了现代自诩"进步"的知识分子贬斥历史上的废奴运动的宗教根源的做法,她指出"废奴主义确实源自宗教,……但是对废奴主义的反对也来自同样慷慨激昂的信仰"(Robinson,2012:178)。罗宾逊非常了解教会在奴隶制问题上的分裂立场,但是她的小说中对以上事实的回避提供了对美国历史的另一种阐释路径。这种偏颇与其说源自作家个人偏见,不如说是基督教伦理观在种族主义问题上的内置缺陷。

结　　论

在斯特劳斯看来，西方文明的两大源头，圣经和希腊哲学本身并不兼容，但是即使是斯特劳斯也承认两者之间的共通之处在于推崇道德的重要性，道德的具体内容以及道德的终极不充分性。（Strauss，1997：105）本书旨在通过伦理道德的情感特质在基督教和哲学之间搭建桥梁，以罗宾逊在小说中对上述两方面的糅合揭示出作者的新教人文主义的伦理立场。"罗宾逊的小说创作旨在寻找一种替代性的语言，再次激起对于人类的敬畏"（Engebretson，2013：216），作为这种"替代性语言"的宗教书写在其作品中与多元主义伦理结合，生发出多层次的主题寓意。

罗宾逊的前四部小说自动分成两大类：早期的《管家》和中后期的"基列三部曲"（《基列家书》《家园》《莱拉》）。研究者们在整理罗宾逊小说的主题思想时大都将这两个时期分别处理，这既有对于小说出版间隔长短不均的考量，也是作品主题思想存在的差异使然。《管家》集中体现了罗宾逊的激进思想（特别是在女性身份主题方面），而后三部小说表现出明显的保守倾向。本书对罗宾逊虚构作品中的整体性思想脉络做出探索，主张这四部小说架构出作者致力阐发、论证并宣扬的伦理体系，以加尔文主义为纲，添加了多元主义的要素。也许有人认为罗宾逊的写作主题过于狭窄，其虚构世界"无处不充斥着人类的痛苦、孤独与悲伤"（Gonzalez，2014：378），针对的是数目有限的有神论读者。事实上，她的作品，尤其是小说，在美国乃至全球拥有非常广泛的读者群，不同意识形态背景的读者也都会从中获得一定的启迪。正如马拉默德（Bernard Malamud）的小说虽然一直围绕着犹太教义展开，其宗教主题也没有妨害非犹太读者对其作品的欣赏。毋宁说，在暧昧、犬儒、反讽、戏仿当道的当代文坛，像罗宾逊这样敢于以坚定的政治观点和高调的宗教立场"润物细无声"的作家弥足珍贵。

作为一个新教自由派,罗宾逊被誉为"加尔文思想在当代文学上的体现"(Mathis,2010:22 n.5),她一直坚信加尔文主义对当代文化的改造可能。罗宾逊反对保守的福音派以及基督教基要主义派别的政治主张。① 她的小说大都聚焦于保守派掌权之前的 20 世纪 50 年代:信仰是人们社会生活的重要组成部分,同时整个社会对于宗教又持有一种宽松的探索性立场。罗宾逊小说的伦理构成打破了宗教与理性的对立,尝试传统与当代思潮的调和,吸引寻找社会改良方案的各方读者,以期建立一个强调加尔文教义本质并且包容当代社会思想特色的复杂伦理体系。当代社会科学中宗教学与文学的互相形塑与交叉为以宗教为角度研究罗宾逊的小说提供了恰当的理论背景。本书对罗宾逊小说伦理体系的探索在很大程度上考量了作家的基督教思想进路,但是笔者力图以客观疏离的态度和批判性视角看待其宗教书写。教义阐释为罗宾逊作品的伦理研究提供了一个抓手,宗教确凿地影响了其前四部小说作品的主题表达,但是本研究选择的角度并非要证明作家信仰的真伪,而是讨论罗宾逊的信仰叙事所独具的社会维度。

信仰叙事的研究既是对罗宾逊小说进行解读阐释的重要一环,也具有积极的社会意义。宗教既作用于个人的世界观形成,更左右着文化政治与国族建构。中世纪以来,人们对宗教的看法和评价经历了几度转变,目前的宗教形势是历经多次思想运动洗礼沉淀之后的结果,具体表现为宗教信仰与启蒙理性之间互动共生的后世俗主义(Post-Secularism)。贝格尔在 1967 年预言:由于宗教一直依赖于"成真架构"(plausibility structure),②在现代理性社会中,其有效性和可信度必然会被削弱。(贝格尔,1991:55—58)但是在 1998 年,贝格尔亲口推翻了之前的观点,承认他关于宗教衰亡的预言并没有成为现实。(转引自 Bruce,2001:87)世界在向着宗教与世俗共存的方向转化。相较欧洲社会的普遍世俗化现状,广义上的泛宗教信仰

---

① 2016 年 3 月 10 日,罗宾逊在《卫报》上发表文章评价美国选举形势,以少见的激烈言辞抨击共和党,其候选人特朗普及其支持者基督教福音派。罗宾逊指出,他们如果获胜,将会严重影响美国在少数族裔、妇女、移民等方面的政策。(Robinson, Marilynne. "Trump: The Great Orange-haired Unintended Consequence." *The Guardian*. 2016. https://www.theguardian.com/commentisfree/2016/mar/10/trump-the-great-orange-haired-unintended-consequence.)

② 或译为"看似有理结构"(贝格尔,1991:55)。

在美国社会中仍然根深蒂固,在整体社会文化的形成过程中发挥着作为道德基础的举足轻重的作用。在所谓的"世俗化①"进程中,有形宗教的衰退并不代表人们对信仰的需要同时在减弱。毋宁说,当代社会缺少的是一套更具有超越性和普遍意义的伦理准则。罗宾逊属意"世俗主义"的当代内涵,即她所忧心的"随着宗教的式微,不可知论与无神论在社会与文化中取得的优势"。② 世俗主义批评抹杀了宗教和族群的差异,试图用"文艺教"对抗和替代宗教,将宗教审美化。而后世俗主义则以承认差异为前提,在宗教内部和外部展开多角度的观察。20世纪末21世纪初文化的后世俗转向意味着重审宗教与世俗的定义、作为历史叙事的世俗化,还有世俗主义在伦理—认知—政治意义上的优越地位。

学者们虽然在后世俗社会的具体成因上意见不一,但是他们大都认为正是世人对于社会现状的不满才造成了宗教的再次繁荣。在西马语境下,曾经占据主流地位的认识论和道德观被后现代思考方式解构得支离破碎,宗教因为蜷缩一隅反而得以幸存,成为当代屈指可数的传统文化载体之一。哈贝马斯(Jurgen Habermas)高度重视宗教中保留的传统价值,③他认为必须以超越的态度将宗教语言的内容在哲学平台上转换成世俗话语,从而使全人类受益。(Habermas et al.,2010:7)伊格尔顿(Terry Eagleton)在其后期著述中批评了道金斯(Richard Dawkins)的无神论,与罗宾逊对科学主义(Scientism)的指摘可谓殊途同归。④

---

① "将……世俗化"(secularize)一词在16世纪晚期诞生,最初指"商品从教会财产转让为世俗财产",这个词的偶然出现反映了欧洲新权力结构的生成,造就了新的宗教理解——个人主义的新教。(Armstrong,2014)阿伦特将宗教改革指认为世俗化的形式,"即政教分离,和世俗王国兴起并获得自身的尊严"(阿伦特,2007:15)。

② Robinson, Marilynne. "Sacred Inwardness." *The Christian Century*, Vol.132, No.14 (2015):24-25.

③ 传统价值中是否蕴含着人类公认的伦理道德标准?或者宗教(以基督教为例)中保留的是否是人类的普遍标准?以上两个问题本身即值得商榷并同时需要我们警惕其中的欧洲中心倾向。只是在后现代消极文化观造成的价值真空中,传统价值或是传统价值的当代变体迎合了人们对于唾手可得的共同价值观的渴求。

④ 道金斯于2006年出版了《上帝的迷思》(*The God Delusion*),以尖锐的笔锋剖析了宗教的形成过程及其对人类的消极影响,引起了学界广泛争论。罗宾逊在关于这本书的书评中表达了对于道金斯彻底的科学主义观的批评。(参见"Hysterical Scientism: The Ecstasy of Richard Dawkins." *Harper's Magazine*, Nov. 2006 http://harpers.org/archive/2006/11/hysterical-scientism/)

(Eagleton,2006)这种对超验的宗教所秉持的深度反思和再认识影响了整个后"9·11"时代的文化发展,宗教在当代社会政治舞台上也相应地扮演着越来越重要的角色。

后世俗主义是对唯神论和世俗主义的双重修正,是在当代社会现实基础上进行的多种主题之间的调和:既顾及人类个体的能动性、自然本身的整体性,又将重点从对上帝的崇拜转移到对生命的广泛崇拜上。麦克卢尔(John Q. McClure)指出当代文学中的后世俗主题舍弃了传统宗教的两个突出特征:"它们不会将'超验的权威'归结到一个全能的神祇身上或是向众生提供(并授权一个教士阶层来解释)一套神性十足的宣言,它们也不会请宗教主体以任何不合格的方式自我定义"(McClure,2007:16)。后世俗主题侧重证明的恰恰是:教条神学体系内大而化之的语言无法概括真正非凡的事物。后世俗研究旨在打破"线性时间"和"进化历史"的垄断。哈贝马斯在其后期思想论述中使用"后世俗社会"一词来概括当代西方国家的形势:宗教正在突破世俗主义的防线,从私人、内在的角落走向社会舞台,在民主政治、公民社会等领域起到愈来愈大的作用。哈贝马斯对于宗教的公共角色的重视并非在鼓吹世俗社会的终结和"神权政治"的回归,而是在充分承认世俗和宗教的优势与弱点的基础上把宗教由理性之他者重新确认为话语伦理的伙伴(铁省林,2009:203),并最终承认宗教经验和理念正在世俗社会中发挥着难以替代的作用。后世俗主义与其说是对启蒙以来的思想脉络的彻底反拨,毋宁说是以建构的思路辩证看待理性与宗教之间的关系,这也是在笔者研究罗宾逊作品的宗教思想时所持的基本立场。

后世俗主义在后殖民主义者和基督教神学专家的阐释中分别具有不同的含义。[①] 基督教视阈下的后世俗讨论不具有伊斯兰教相关问题的全球性意义。基督教神学研究者侧重考察欧美社会中基督教义在国族建构、意识形态、传播媒介等领域的渗透以及经历的转化。在当代,这类

---

① 后殖民研究中的后世俗转向聚焦当代中东和南亚次大陆社会中伊斯兰教以及印度教、佛教等其他多个宗教的个别特征、互动关系以及政治影响。以后殖民主义的眼光来看,西方世界用自身的"文明"标准和政治观念衡量、甚至苛责其他宗教同样表现出居高临下的态度,不啻是一种精神殖民。

研究不再拘泥于宗教话语自身,而是强调信仰如何以"潜文本"的形式左右社会政治文化趋势。在文学研究领域,"后世俗叙事肯定了宗教转向的迫切性,但它们(在大多数情况下)同时抗拒重蹈完全回归权威信仰的覆辙"(McClure,2007:6)。后世俗主义论述中反欧洲中心的倾向反而不断揭示出现代生活中多种价值观都是以基督教思想为前设的,因此提醒人们在看待、处理社会问题时务必采取一种更为公允、开放的超脱态度。

宗教致力于绘制人类的"极乐"境界,代表了理想性的、超越的想象;伦理则普遍上以人性本恶为前提,描述真实人类社会中的道德选择困境。因此,宗教与伦理的结合几乎构成一种悖论[①]:在宗教教义的指导下生活思考只是在遵循一套固有刻板的规范,探究信仰与个人心智或社会现实的隔阂而造成的伦理困境又有违宗教的"至福"旨归。当代世界呈现出宗教与世俗的奇妙混杂。21世纪以来,多元主义成为大部分国家奉行的伦理准则。非基督教生存方式、同性婚姻等社会现象不断挑战着以清教教义为基础的美国社会的道德底线,刷新着世间的伦理宽容记录。与此同时,如罗宾逊的小说这样大肆谈论原罪、救赎、恩典的作品却赢得评论界与普通读者的双重肯定和褒扬。在作品丰富的主题表达之外,罗宾逊以独具特色的伦理观与不同的当代思潮进行着对话。在多元主义的话语范畴,努斯鲍姆的伦理体系为读者理解罗宾逊小说的伦理向度提供了参照视角,但是罗宾逊在其前四部小说叙事中的伦理"实践"又以其内置的传统元素与多元理念形成互动。后世俗背景下的宗教话语言说决定了罗宾逊小说的伦理表达只能是一种多元与保守的调和。

在现当代英语小说中,宗教主题从未曾缺场过。在相关文学研究中,从后世俗角度出发的宗教主题阐释独擅胜场。研究对象也不只局限于因特色鲜明的宗教主题创作而备受瞩目的奥康纳、厄普代克、拉什迪

[①] 在某种意义上,恰恰是启蒙主义促成了宗教与伦理这两个领域的并置与结合。在18世纪,启蒙思想的先驱将宗教"祛魅"并全力将其从公共视野中驱逐。康德试图将源自宗教的道德义务的动机理性化,从而使信仰不同的人群也能接受这样的普遍法则。作为一种妥协求生的手段,神学剔除具体的典仪规范,与伦理结合,以求在理性时代为自己留存一席之地。例如,"新教'天职'观念的新颖之处在于把完成尘世生活的义务尊为一个人道德行为所能达到的最高形式"(陈绪新,2011:44)。

(Salman Rushdie)等作家,①品钦、德里罗、莫里森等人也同样受到后世俗叙事研究者的推崇,学者们认为他们的虚构作品表达出对于固有宗教崇拜模式的反思和对特定精神信仰的探求。②

宗教元素在上述作家的作品中时隐时现,与之相对,罗宾逊的前四部小说始终彰显出作家高调的宗教立场,突出罗宾逊对正面积极的精神追求的关切。她将对新教信仰的个人坚守和对宗教经典的独特阐释糅合进小说的叙述中,在宗教主题的处理上别开生面:既区别于耽于描述神迹的通俗宗教故事,又避免了严肃冗长的劝诫和说教。更重要的是,罗宾逊坚持以"人之常情"打动读者。正如她本人曾在访谈中表示的那样:"人们不必非得是基督徒才能领会小说的含义,才能知道它是讲述父子或是亲子关系的作品。"③她一直致力于以贴近人性的宗教书写扭转加尔文主义在美国民众心中的僵化印象。为了实现这一目标,作家将信仰与人文主义情感结合,又以情感引领理性在作品中编织出绵密的伦理肌理。以努斯鲍姆的"智性情感"论为坐标,罗宾逊小说的伦理图景得以展开。她的四部作品为情感在伦理维度的努斯鲍姆式延伸提供了绝佳的例证,情感不再是人类行为的隐形动因,而是堂而皇之地成为个体伦理决定的重要部分。笔者从女性身份、家庭关系和种族问题三个方面出发,指出情感的不可通约性、语境性和智性在伦理判断上发挥的主导作用。

"不可通约性"是女性伦理选择的重要特征。女性在生活中疲于平衡各种角色,激进的女性主义思想主张女性离开家庭,而在罗宾逊的小说中,出走的女主人公并未获得自我身份,反而落入"自由的深渊"。通过对女性解放思潮的反思,罗宾逊赞赏的是在自然和家庭内部获得存在

---

① 奥康纳的作品反映出她的天主教信仰,厄普代克的小说充满对新教教义的诘问,拉什迪因为在《撒旦诗篇》(*The Satanic Verses*)中讽刺伊斯兰教而曾受到通缉追杀。

② 参见麦克卢尔的专著《部分的信仰:品钦与莫里森时代的后世俗小说》(*Partial Faiths: Postsecular Fiction in the Age of Pynchon and Morrison*. Athens, GA: The University of Georgia Press, 2007)。

③ Robinson, Marilynne. Interview. *Religion & Ethics Newsweekly*. By Missy Daniel. 2005. http://www.pbs.org/wnet/religionandethics/2005/03/18/march-18-2005-interview-marilynne-robinson/4226/.

意义的女性主义进路。情感的"语境性"表现在家庭伦理书写上。在罗宾逊的阐释下,基督教倡导的信望爱在家庭中被世俗化,成为成员间互相尊重和潜移默化的感情。但是家庭自身又形成一套标准完备的道德体系,要求个体放弃与之龃龉的观念。罗宾逊赞美后现代社会中家庭作为人类美德的最后据点的重要意义,同时也揭示出自我与集体无法调和的矛盾。情感的"智性"引导着自我对他人的伦理判断,在种族主题中表现为同情主导的伦理策略。罗宾逊小说中废奴运动的壮烈与种族隔离的惨淡形成鲜明对比,表达出作者的批判态度。但是在笔者看来,罗宾逊的种族观念受到其宗教立场影响,没有能够体现出真正的多元理想。作者回避了持蓄奴制立场的教会历史,作品没有直指种族问题的核心,表露出宗教和种族内置于作者思想中的欧洲中心的态度。

目前美国的宗教现状是新自由主义与后世俗共谋的结果,而在世界范围来看,左派理论家对基督教传统的回归源自人类共同道德标准的匮乏。但是宗教毕竟是动态的历史生成,"现代基督教社会面临着一种思维多元化和信仰个人化的情景,这对基督教神学的现代合法性的寻求来说,既是危机,也是机遇"(吕绍勋,2011:75)。不论左右,不同的人群对所谓的"基督教传统"各取所需,从自身立场出发对其进行相应的修正。在2015年9月的《纽约书评》上,罗宾逊发表了题为《恐惧》的文章,阐述了恐惧在民主政治(包括枪支管制等问题)上产生的消极影响。她之后与时任总统奥巴马进行的访谈显示,罗宾逊认为民主政治的根基是对他人性本善的信赖,但是因为"邪恶的他者"这一理念,人们的基础信念开始崩塌。(Obama and Robinson,2015)奥巴马询问作家如何将对基督教的兴趣与对民主的担忧结合在一起,罗宾逊回答道,"我相信人类就是上帝的形象。……似乎这种最高水平的宗教人文主义最终就会不可避免地孕育出民主制度。"有鉴于此,她将宗教与政治结合的苦心可见一斑。除此之外,罗宾逊在散文中经常提出对于利己本质的新自由经济学的批评,关注公民美德和公共责任,其人文关怀与努斯鲍姆的公共伦理讨论殊途同归。

本书对于罗宾逊小说中宗教因素的探讨并不拘泥于教义阐释、圣经典故或是对预表法的借用,而是试图探究后世俗语境下宗教的文学表达如何建构出一套伦理话语,迎合当代美国对恒定强大的道德信念的急需。罗宾逊的创作自有强烈的道德借鉴意义,但笔者并非以小说文本印证具体的伦理概念。细察之下,努斯鲍姆和罗宾逊的伦理谱系呈现出微妙的差异。休谟及情感主义伦理仅仅主张情感在伦理选择及行为中的主导作用,将理性归于认识论、科学论范畴。努斯鲍姆的感性伦理与逻各斯式理性相对应,努斯鲍姆赋予情感以智性,试图发掘情感的认知维度,将情感理性化,"找回知性的尊严和真实世界的政治能量"(布里顿,2016:190)。而罗宾逊的人性伦理与神性互补,在后世俗社会现状下揭示出20、21世纪宗教伦理的现代化路径。二者虽然在情感关键词上颇有共鸣,但实质立场并不相同。努斯鲍姆的哲学理论源自古典哲学,又汲取了新自由主义的特色,多元背景和全球视野使得她在进行社会批评时采取了左翼的立场。鲍曼曾批判多元主义道德观因其"弱决定性、灵活性、易变性和软弱性而臭名昭著"(鲍曼,2002:1)。他认为所谓的"最低限度的"道德,其实质就是冷漠。努斯鲍姆同样以"那些躲在(通常是后结构主义的)文化相对主义后面的人"(Phillips,2001:250)为批判目标,推行"公正"理念,奉行多元,从人权到动物权利尽收囊中。相形之下,罗宾逊的伦理主张生发自基督教信仰,偏向保守,但同时也充满了厚重的自由主义神学的人文关怀,在当代后世俗条件下与文化保守主义立场相调和,投射出后"9·11"时代美国社会对强大信念体系的诉求和家庭观念的回归。她们二者并非简单的"左"与"右"之差,而是相互烛照的思想之光,不仅体现了美国当代思想政治与文学艺术互动的复杂性,也为我们深入理解后世俗背景下当代小说的伦理限度提供了重要的思想资源。

　　西方宗教世俗化的成果也在政治、公共生活、个人道德等多个场阈影响着当代中国社会。罗宾逊小说中的伦理书写是一种积极的道德策略,为了"醒世",为了"救赎",作家选择性地削弱了加尔文伦理中的强硬特质,添加了当代多元主义的立场要素,实现了一种主题上的"软着陆"。在反讽、戏仿当道的后现代文学中,罗宾逊逆流而上,鼓励读者以真诚的态度重新定义人性中的崇高。在分析这种伦理建设和思想来源的背后,我们应该认可其"人文主义"本质。但更重要的是,我们要认清其伦理思想的局限性,辨明这种局限怎样迎合了后世俗社会的发展特征,并警惕对其思想的全盘认同会给我们带来的危害。唯有如此,我们才能保有自身批评立场,在外国文学研究中开辟出富有中国学理特征的路径。

引用文献

英文文献：

Aquinas, Saint Thomas. *Summa Theologica* (Benziger Bros. 1947 edition). Christian Classics Ethereal Library. 2005. https://ccel.org/ccel/aquinas/summa/summa.i.html.

Arendt, Hannah. *The Life of the Mind*. Vol. 2. Orlando, FL: Harcourt, Inc., 1978.

Aristotle. *Aristotle's Nicomachean Ethics*. Trans. Robert C. Bartlett and Susan D. Collins. Chicago and London: The University of Chicago Press, 2011.

Armstrong, Karen. "The Myth of Religious Violence." *The Guardian*. 2014. http://www.theguardian.com/world/2014/sep/25/-sp-karen-armstrong-religious-violence-myth-secular.

St. Augustine of Hippo. *City of God*. Trans. Rev. Marcus Dods. Grand Rapids, MI: Christian Classics Ethereal Library, 1890.

——. "The Good of Marriage." *Saint Augustine: Treatise on Marriage and Other Subjects*. Ed. Roy J. Deferrari. New York: Fathers of the Church, 1955. 9-51.

Bailey, Lisa M. Siefker. "Fraught with Fire: Race and Theology in Marilynne Robinson's *Gilead*." *Christianity and Literature*, Vol. 59, No. 2 (2010): 265-80.

Barnes, Albert. *The Church and Slavery*. Philadelphia, PA: Parry & McMillan, 1857.

Bash, Anthony. *Forgiveness and Christian Ethics*. Ed. Robin Gill. Cambridge, UK: Cambridge University Press, 2007.

Bessedik, Fatima Zahra. "Home-Space in Marilynne Robinson's *Housekeeping*." *Interdisciplinary Literary Studies*, Vol. 17, No. 4 (2015): 559-76.

Bobrow, Emily. "Meeting Marilynne Robinson." *The Economist 1843*. 2011. https://www.1843magazine.com/story/meeting-marilynne-robinson.

Bohannan, Heather. "Quest-tioning Tradition: Spiritual Transformation Images in Women's Narratives and *Housekeeping*, by Marilynne Robinson." *Western Folklore*, Vol. 51, No. 1 (1992): 65-79.

Booth, Wayne. *The Company We Keep: An Ethics of Fiction*. Berkeley and Los

Angeles, CA: University of California Press, 1988.
Boscaljon, Daniel. "Uncanny Homecomings: Becoming Unsettled in Religion, Narrative, and Art." Intro. *Resisting the Place of Belonging: Uncanny Homecomings in Religion, Narrative and the Arts*. Ed. Daniel Boscaljon. Farnham, UK: Ashgate Publishing Limited, 2013. 1-8.
Botham, Fay. "The 'Purity of the White Woman, Not the Purity of the Negro Woman': The Contemporary Legacies of Historical Laws Against Interracial Marriage." *Beyond Slavery: Overcoming Its Religious and Sexual Legacies*. Ed. Bernadette J. Brooten. New York: Palgrave MacMillan, 2010. 249-66.
Brockes, Emma. "Toni Morrison: I Want to Feel What I Feel. Even If It's Not Happiness." *The Guardian*. 2012. http://www.guardian.co.uk/books/2012/apr/13/toni-morrison-home-son-love.
Browning, Don. "World Family Trends." *The Cambridge Companion to Christian Ethics*. Ed. Robin Gill. Cambridge, UK: Cambridge University Press, 2001. 243-60.
Bruce, Steve. "The Curious Case of the Unnecessary Recantation: Berger and Secularization." *Peter Berger and the Study of Religion*. Ed. Linda Woodhead, Paul Heelas and David Martin. London and New York: Routledge, 2001. 87-100.
Buell, Lawrence. *The Future of Environmental Criticism: Environmental Crisis and Literary Imagination*. Malden, MA: Blackwell Publishing, 2005.
Burke, William M. "Border Crossings in Marilynne Robinson's *Housekeeping*." *Modern Fiction Studies*, Vol. 37, No. 4 (1991): 716-24.
Cahill, Lisa Sowle. "Gender and Christian Ethics." *The Cambridge Companion to Christian Ethics*. Ed. Robin Gill. Cambridge, UK: Cambridge University Press, 2001. 112-24.
Callanan, Laura. "Traumatic Endings: Politics, Feminism, and Narrative Resolution in Linda Hogan's *Mean Spirit* and Marilynne Robinson's *Housekeeping*." *Women's Studies*, Vol. 45, No. 3 (2016): 251-62.
Calvin, John. *Institutes of the Christian Religion*. 2 vol. Ed. John T. McNeill. Trans. Ford Lewis Battles. Philadelphia, PA: Westminster John Knox Press, 1960.
Casanova, Jose. "Rethinking Secularization: A Global Comparative Perspective." *The Hedgehog Review*, Spring & Summer 2006. 7-22.
Chodat, Robert. "That Horeb, That Kansas: Evolution and the Modernity of Marilynne Robinson." *American Literary History*, Vol. 28, No. 2 (2016): 328-61.
Chodorow, Nancy. *The Reproduction of Mothering: Psychoanalysis and the Sociology of Gender*. Berkeley, CA: University of California Press, 1978.

Ciabattari, Jane. "Jane Ciabattari on Marilynne Robinson's 'Lila.'" 2015. https://www.bookcritics.org/2015/03/05/jane-ciabattari-on-marilynne-robinsons-lila/
Connolly, William E. *Identity/Difference: Democratic Negotiations of Political Paradox*. Expanded Edition. Minneapolis and London: University of Minnesota Press, 2002.
Daggers, Jenny. Introduction. *Gendering Christian Ethics*. Ed. Jenny Daggers. Newcastle upon Tyne, UK: Cambridge Scholars Publishing, 2012.
Damon, Lorie A. "Housekeeping Become History: New England Women's Regionalisms." Diss. Purdue University, 1997.
Davis, Thomas J. "Conclusion: John Calvin at 'Home' in American Culture." *John Calvin's American Legacy*. Ed. Thomas J. Davis. Oxford: Oxford University Press, 2010. 267–72.
Deresiewicz, William. "Homing Patterns: Marilynne Robinson's Fiction." *Nation*. 2008. https://www.thenation.com/article/archive/homing-patterns-marilynne-robinsons-fiction/.
De Wet, Chris L. *Preaching Bondage: John Chrysostom and the Discourse of Slavery in Early Christianity*. Oakland, CA: University of California Press, 2015.
Domestico, Anthony. "Acts of Apostles: Home." *Commonweal*, No. 18 (2008): 36.
Douglas, Christopher. "Christian Multiculturalism and Unlearned History in Marilynne Robinson's *Gilead*." *Novel: A Forum on Fiction*, Vol. 44, No. 3 (2011): 333–53.
Douglass, Frederick. *Narrative of the Life of Frederick Douglass: An American Slave*. Cambridge, MA: The Belknap Press of Harvard University Press, 2009.
Du Bois, W. E. B. *The Souls of Black Folk*. Oxford: Oxford University Press, 2007.
Eagleton, Terry. "Lunging, Flailing, Mispunching." *London Review of Books*, Vol. 28, No. 20 (2006): 32–34.
Elie, Paul. "Has Fiction Lost Its Faith?" *The New York Times Book Review*. 2012. https://www.nytimes.com/2012/12/23/books/review/has-fiction-lost-its-faith.html.
Engebretson, Alexander John. "'The Dear Ordinary': The Novels of Marilynne Robinson." Diss. The City University of New York, 2013.
———. "Marilynne Robinson's Singular Vision." *The Millions*. 2014. http://www.themillions.com/2014/11/marilynne-robinsons-singular-vision.html.
———. *Understanding Marilynne Robinson*. Columbia, SC: The University of South Carolina Press, 2017.
Faust, Drew Gilpin. "The Proslavery Argument in History." Intro. *The Ideology of*

Slavery: Proslavery Thought in the Antebellum South, 1830 – 1860. Ed. Drew Gilpin Faust. Baton Rouge, LA: Louisiana State University Press, 1981.

Ferguson, Robert A. *Alone in America*. Cambridge, MA: Harvard University Press, 2013.

Forrester, Duncan B. "Social Justice and Welfare." *The Cambridge Companion to Christian Ethics*. Ed. Robin Gill. Cambridge, UK: Cambridge University Press, 2001. 195 – 208.

Foster, Thomas. "History, Critical Theory, and Women's Social Practices: 'Women's Time' and *Housekeeping*." *Signs: Journal of Women in Culture and Society*, Vol. 14 (1988): 73 – 99.

Fowl, Stephen. "Being Blessed: Wealth, Property, and Theft." *The Blackwell Companion to Christian Ethics*. 2nd ed. Ed. Stanley Hauerwas and Samuel Wells. Chichester, UK: Blackwell Publishing Ltd, 2011. 493 – 505.

Fowler, Julianne. "Family Narrative and Marilynne Robinson's *Housekeeping*: Reading and Writing beyond Boundaries." Diss. University of Nebraska, 1995.

Freud, Sigmund. *The Complete Psychological Works of Sigmund Freud*. Trans. James Strachey. New York: W. W. Norton & Company, Inc., 1976.

Galehouse, Maggie. "Their Own Private Idaho: Transience in Marilynne Robinson's 'Housekeeping.'" *Contemporary Literature*, Vol. 41, No. 1 (2000): 117 – 37.

Garnsey, Peter. *Ideas of Slavery from Aristotle to Augustine*. Cambridge, UK: Cambridge University Press, 1999.

Gary, Lara Karine. "Motherlands: Re-imagining Maternal Function in Contemporary Women's Fiction." Diss. University of California, Davis: 2002.

Gatta, John. *Making Nature Sacred: Literature, Religion, and Environment in America from the Puritans to the Present*. Oxford: Oxford University Press, 2004.

Gentile, Emilio. *God's Democracy — American Religion after September 11*. Trans. Jennifer Pudney and Suzanne D. Jaus. Westport, CT: Praeger Publishers, 2008.

Geyh, Paula E. "Burning down the House? Domestic Space and Feminine Subjectivity in Marilynne Robinson's *Housekeeping*." *Contemporary Literature*, Vol. 34, No. 1 (1993): 103 – 22.

Gill, Robin. "General Editor's Preface." *Forgiveness and Christian Ethics*. Anthony Bash. Cambridge, UK: Cambridge University Press, 2007. vii – viii.

Gilroy, Paul. *After Empire: Melancholia or Convivial Culture?* Abingdon, UK: Routledge, 2004.

Goldenberg, David M. *The Curse of Ham: Race and Slavery in Early Judaism, Christianity, and Islam*. Princeton and Oxford: Princeton University

Press, 2003.
Gonzalez, Jeffrey. "Ontologies of Interdependence, the Sacred, and Health Care: Marilynne Robinson's *Gilead* and *Home*." *Critique: Studies in Contemporary Fiction*, Vol. 55, No. 4 (2014): 373-88.
Gray, Jay A. "Christ and Casserole." *First Things: A Monthly Journal of Religion and Public Life*, Mar. 2005: 37-40.
Greene-McCreight, Kathryn. "Receiving Communion: Euthanasia, Suicide, and Letting Die." *The Blackwell Companion to Christian Ethics*. 2nd ed. Ed. Stanley Hauerwas and Samuel Wells. Chichester, UK: Blackwell Publishing Ltd, 2011. 427-39.
Greiner, Donald J. *Women Without Men: Female Bonding and the American Novel of the 1980s*. Columbia, SC: University of South Carolina Press, 1993.
Gudmarsdottir, Sigridur. "The Natal Abyss of Freedom: Arendt, Augustine and Feminist Christian Ethics." *Gendering Christian Ethics*. Ed. Jenny Daggers. Newcastle upon Tyne, UK: Cambridge Scholars Publishing, 2012.
Haas, Guenther H. "Calvin's Ethics." *The Cambridge Companion to John Calvin*. Ed. Donald K. McKim. Cambridge, UK: Cambridge University Press, 2004. 93-105.
Habermas, Jurgen. et al. *An Awareness of What Is Missing: Faith and Reason in a Post-Secular Age*. Trans. Claran Cronin. Cambridge, UK: Polity Press, 2010.
Haddox, Thomas F. *Hard Sayings: The Rhetoric of Christian Orthodoxy in Late Modern Fiction*. Columbus, OH: Ohio State University Press, 2013.
Hale, Dorothy J. "Fiction as Restriction: Self-Binding in New Ethical Theories of the Novel." *Narrative*, Vol. 15, No. 2 (2007): 187-206.
Hamilton, Clive. *The Freedom Paradox: Towards a Post-Secular Ethics*. Crows Nest NSW, Australia: Allen & Unwin, 2008.
Harkness, Georgia. *John Calvin — The Man and His Ethics*. New York: Henry Holt and Company, Inc., 1931.
Hart, Kevin. "Profoundly American." *Los Angeles Review of Books*. 2015. https://lareviewofbooks.org/review/profoundly-american-marilynne-robinson/.
Harvey, Jennifer. *Whiteness and Morality: Pursuing Racial Justice through Reparations and Sovereignty*. New York: Palgrave MacMillan, 2007.
Hauerwas, Stanley and Samuel Wells. "Why Christian Ethics Was Invented." *The Blackwell Companion to Christian Ethics*. 2nd ed. Ed. Stanley Hauerwas and Samuel Wells. Chichester, UK: Blackwell Publishing Ltd, 2011. 28-38.
Haynes, Stephen R. *Noah's Curse: The Biblical Justification of American Slavery*. Oxford: Oxford University Press, 2002.

Herdt, Jennifer. "The Virtue of the Liturgy." *The Blackwell Companion to Christian Ethics*. 2nd ed. Ed. Stanley Hauerwas and Samuel Wells. Chichester, UK: Blackwell Publishing Ltd, 2011. 535 - 46.

Hewlett, Sylvia Ann. *A Lesser Life: The Myth of Women's Liberation in America*. New York: William Morrow & Company Inc., 1986.

Hobbs, June Hadden. "Burial, Baptism, and Baseball: Typology and Memorialization in Marilynne Robinson's *Gilead*." *Christianity and Literature*, Vol. 59, No. 2 (2010): 241.

Hoessly, Lauren E. "It Is Well With My Soil: Ecocriticism of Wendell Berry's *Jayber Crow* and *Hannah Coulter* & Marilynne Robinson's *Gilead* and *Housekeeping*." MA thesis. Liberty University, 2011.

Holberg, Jennifer L. "'The Courage to See It': Toward an Understanding of Glory." *Christianity and Literature*, Vol. 59, No. 2 (2012): 283 - 300.

Hufstader, Anselm. "Lefèvre d'Étaples and the Magdalen." *Studies in the Renaissance*. Vol. 16(1969): 31 - 60.

Hungerford, Amy. *Postmodern Belief: American Literature and Religion since 1960*. Princeton, NJ: Princeton University Press, 2010.

Hyde, Anne. "Transients and Stickers: The Problem of Community in the American West." *A Companion to the American West*. Ed. William Deverell. Malden, MA: Blackwell Publishing, 2004. 304 - 28.

Jacobson, Kristin J. "Domestic Geographies: Neo-Domestic American Fiction." Diss. The Pennsylvania State University, 2004.

Jameson, Elizabeth. "Bringing It All Back Home: Rethinking the History of Women and the Nineteenth-Century West." *A Companion to the American West*. Ed. William Deverell. Malden, MA: Blackwell Publishing, 2004. 179 - 99.

Jamison, Leslie. "The Power of Grace." *The Atlantic Monthly*, Oct. 2014. 34.

Janeway, Elizabeth. *Man's World, Woman's Place: A Study in Social Mythology*. New York: William Morrow and Company, Inc., 1971.

Jennings, Willie. "Being Baptized: Race." *The Blackwell Companion to Christian Ethics*. 2nd ed. Ed. Stanley Hauerwas and Samuel Wells. Chichester, UK: Blackwell Publishing Ltd, 2011. 277 - 89.

Johnson, Sarah Anne. "An Intensifier of Experience." *The Very Telling: Conversations with American Writers*. Lebanon, NH: University Press of New England: 2006. 181 - 86.

Johnson, Sylvester A. *The Myth of Ham in Nineteenth-Century American Christianity: Race, Heathens, and the People of God*. New York: Palgrave MacMillan, 2004.

Jones, Gareth. "The Authority of Scripture and Christian Ethics." *The Cambridge Companion to Christian Ethics*. Ed. Robin Gill. Cambridge, UK: Cambridge University Press, 2001. 16 - 28.

Jonte-Pace, Diane. *Speaking the Unspeakable: Religion, Misogyny, and the Uncanny Mother in Freud's Cultural Texts*. Berkeley, CA: University of California Press, 2001.

Kakutani, Michiko. "From Books, New President Found Voice." *The New York Times*. 2009. http://www.nytimes.com/2009/01/19/books/19read.html?_r = 1&scp = 4&sq = obama%20favorite%20books&st = cse.

Kirkby, Joan. "Is There Life after Art? The Metaphysics of Marilynne Robinson's *Housekeeping*." *Tulsa Studies in Women's Literature*, Vol. 5, No. 1 (1986): 91 - 109.

Klaver, Elizabeth. "Hobo Time and Marilynne Robinson's *Housekeeping*." *The Journal of the Midwest Modern Language Association*, Vol. 43, No. 1 (2010): 27 - 43.

Kristeva, Julia. *Desire in Language: A Semiotic Approach to Literature and Art*. Trans. Thomas Gora, Alice Jardine, and Leon S. Roudiez. New York: Columbia University Press, 1980.

Lake, Christina Bieber. *Prophets of the Posthuman: American Fiction, Biotechnology, and the Ethics of Personhood*. Notre Dame, IN: University of Notre Dame Press, 2013.

LaMascus, R. Scott. "Toward a Dialogue on Marilynne Robinson's *Gilead* and *Home*." *Christianity and Literature*, Vol. 59, No.2 (2010): 197 - 201.

Latz, Andrew Brower. "Creation in the Fiction of Marilynne Robinson." *Literature & Theology*, Vol. 25, No. 3 (2011): 283 - 96.

Leah, Gordon. "'A Person Can Change': Grace, Forgiveness and Sonship in Marilynne Robinson's Novel *Gilead*." *Evangelical Quarterly*, Vol. 80, No.1 (2008): 53 - 58.

Leise, Christopher. "A Covenant in Fiction: Legacies of Puritanism in the Post-War American Novel." Diss. The State University of New York at Buffalo, 2007.

Long, Robert. "Christian, Not Conservative: Why Marilynne Robinson's Literary-and liberal-Calvinism Appeals." *The American Conservative*. 2013. http://www.theamericanconservative.com/articles/christian-not-conservative/.

MacIntyre, Alasdair. *A Short History of Ethics*. New York: Touchstone by Simon & Schuster, 1966.

Magras, Lydia. "Literary Representations of Spirituality in the Texts of Marilynne Robinson, Louise Erdrich, and Zora Neale Hurston." Diss. Purdue University,

2014.

Mangina, Joseph L. "Bearing Fruit: Conception, Children, and the Family." *The Blackwell Companion to Christian Ethics*. 2nd ed. Ed. Stanley Hauerwas and Samuel Wells. Chichester, UK: Blackwell Publishing Ltd, 2011. 506 – 18.

Mariotti, Shannon L. and Joseph H. Lane Jr. "Merism and the Mermaid in a Ship's Cabin: A Conversation with Marilynne Robinson." *A Political Companion to Marilynne Robinson*. Ed. Shannon L. Mariotti and Joseph H. Lane Jr. Lexington, KY: University Press of Kentucky, 2016. 273 – 300.

Marsh, Janet Z. "Marilynne Robinson." *Twenty-First-Century American Novelists: Second Series*. Ed. Wanda H. Giles and James R. Giles. *Dictionary of Literary Biography Vol. 350*. Detroit, MI: Gale Group, 2009.

Martin, Dale B. *Slavery as Salvation: The Metaphor of Slavery in Pauline Christianity*. New Haven and London: Yale University Press, 1990.

Mason, Wyatt. "The Revelations of Marilynne Robinson." *The New York Times*. 2014. http://www.nytimes.com/2014/10/05/magazine/the-revelations-of-marilynne-robinson.html? smid = fb-share.

Mathis, David. "Divine Glory & the Daily Grind." Intro. *With Calvin in the Theater of God: The Glory of Christ and Everyday Life*. Ed. John Piper and David Mathis. Wheaton, IL: Desiring God Ministries, 2010. 19 – 30.

McCarthy, David Matzko. "Becoming One Flesh: Marriage, Remarriage, and Sex." *The Blackwell Companion to Christian Ethics*. 2nd ed. Ed. Stanley Hauerwas and Samuel Wells. Chichester, UK: Blackwell Publishing Ltd, 2011. 316 – 28.

McClure, John Q. *Partial Faiths: Postsecular Fiction in the Age of Pynchon and Morrison*. Athens, GA: The University of Georgia Press, 2007.

McCrum, Robert. "A Love Letter to Lost America." *The Guardian*. 2005. https://www.theguardian.com/books/2005/apr/03/fiction.features2.

McLennan, Scotty. *Jesus Was a Liberal — Reclaiming Christianity for All*. New York: Palgrave MacMillan, 2009.

McNairney, Eileen Mary. "Death by Water: The Relationship between Vegetation Mythology and Shakespearian Allusion in *The Waste Land* of T. S. Eliot." Diss. McGill University, 1979.

Mensch, Betty. "*Jonathan Edwards*, *Gilead*, and the Problem of 'Tradition.'" *Journal of Law and Religion*, Vol. 21, No. 1 (2005/2006): 221 – 41.

Miller, J. Hillis. *Communities in Fiction*. Bronx, NY: Fordham University Press, 2015.

——. "Reading Telling: Kant." *The J. Hillis Miller Reader*. Ed. Julian Wolfreys. Stanford, CA: Stanford University Press, 2005. 59 – 77.

Morrison, Toni. *Beloved*. New York: Vintage International, 1987.

———. "The Pain of Being Black." Interview by Bonnie Angelo. *Time*. 22 May 1989: 120-22.

———. *Playing in the Dark: Whiteness and the Literary Imagination*. Cambridge, MA: Harvard University Press, 1992.

Moy, Janella. "Marilynne Robinson's Merging of Medicine and Literature: Therapeutic Journaling as Balm in *Gilead*." *This Life, This World: New Essays on Marilynne Robinson's Housekeeping, Gilead and Home*. Ed. Jason W. Stevens. Leiden and Boston: Brill Rodopi, 2015. 171-89.

Nussbaum, Martha C. "The Absence of the Ethical: Literary Theory and Ethical Theory." *Ethics, Literature, Theory: An Introductory Reader*. 2nd edition. Ed. Stephen K. George. Lanham, MD: Rowman & Littlefield Publishers, Inc., 2005. 99-106.

———. *Love's Knowledge: Essays on Philosophy and Literature*. New York: Oxford University Press, 1990.

———. *Sex & Social Justice*. New York: Oxford University Press, 1999.

———. *Upheavals of Thought: The Intelligence of Emotions*. Cambridge, UK: Cambridge University Press, 2001.

———. *Women and Human Development: The Capabilities Approach*. Cambridge, UK: Cambridge University Press, 2000.

Obama, Barack and Marilynne Robinson. "A Conversation in Iowa." *The New York Review of Books*. 2015. http://www.nybooks.com/articles/archives/2015/nov/05/president-obama-marilynne-robinson-conversation/.

O'Connell, Mark. "The First Church of Marilynne Robinson." *The New Yorker*. 2012. https://www.newyorker.com/books/page-turner/the-first-church-of-marilynne-robinson.

Painter, Rebecca M. "Further Thoughts on a Prodigal Son Who Cannot Come Home, on Loneliness and Grace: An Interview with Marilynne Robinson." *Christianity and Literature*, Vol. 58, No. 3 (2009): 484-92.

———. "Loyalty Meets Prodigality: The Reality of Grace in Marilynne Robinson's fiction." *Christianity and Literature*, Vol. 59, No. 2 (2010): 321.

Pak, Yumi. "'Jack Boughton has a Wife and a Child': Generative Blackness in Marilynne Robinson's *Gilead* and *Home*." *This Life, This World: New Essays on Marilynne Robinson's Housekeeping, Gilead and Home*. Ed. Jason W. Stevens. Leiden and Boston: Brill Rodopi, 2015. 212-36.

Park, Haein. "The Face of the Other: Suffering, Kenosis, and a Hermeneutics of Love in Dietrich Bonhoeffer's *Letters and Papers from Prison* and Marilynne

Robinson's *Gilead.*" *Renascence: Essays on Values in Literature*, Vol. 66, No. 2 (2014): 103–18,161.
Parker, David. *Ethics, Theory and the Novel*. Cambridge, UK: Cambridge University Press, 1994.
——. "Introduction: The Turn to Ethics in the 1990s." *Renegotiating Ethics in Literature, Philosophy, and Theory*. Ed. Jane Adamson, Richard Freadman and David Parker. Cambridge, UK: Cambridge University Press, 1998. 1–20.
Pasewark, Kyle A. "Cold Comforts: John Updike, Protestant Thought, and the Semantics of Paradox." *John Calvin's American Legacy*. Ed. Thomas J. Davis. Oxford: Oxford University Press, 2010. 257–66.
Petit, Susan. "Field of Deferred Dreams: Baseball and Historical Amnesia in Marilynne Robinson's *Gilead* and *Home*." MELUS, Vol. 37, No. 4 (2012): 119–37.
——. "Living in Different Universes: Autism and Race in Robinson's *Gilead* and *Home*." *Mosaic*, Vol. 46, No. 2 (2013): 39–54.
——. "Mourning Glory: Grief and Grieving in Robinson's *Home*." *Pacific Coast Philology*, Vol. 51, No. 1(2016): 88–106.
——. "Names in Marilynne Robinson's *Gilead* and *Home*." *Names: A Journal of Onomastics*, Vol. 58, No. 3 (2010): 139–49.
Phillips, Anne. "Feminism and Liberalism Revisited: Has Martha Nussbaum Got It Right?" *Constellations*, Vol. 8, No. 2 (2001): 249–66.
Pierce, Yolanda. *Hell Without Fires: Slavery, Christianity, and the Antebellum Spiritual Narrative*. Gainesville, FL: University Press of Florida, 2005.
Pinsker, Sanford. "*The Da Vinci Code* by Dan Brown; *Gilead* by Marilynne Robinson." *Prairie Schooner*, Vol. 80, No. 3 (2006): 164–75.
Ploeg, Andrew J. "'Trying to Say What Was True': Language, Divinity, Difference in Marilynne Robinson's *Gilead*." *Journal of Language, Literature and Culture*, Vol. 63, No. 1 (2016): 2–15.
Porter, Jean. "Virtue Ethics." *The Cambridge Companion to Christian Ethics*. Ed. Robin Gill. Cambridge, UK: Cambridge University Press, 2001. 96–111.
Ren, Yunlan. "Indeterminacy in *Housekeeping*." MA thesis. Hebei Normal University, 2009.
Riis, Ole and Linda Woodhead. *A Sociology of Religious Emotion*. Oxford: Oxford University Press, 2010.
Robinson, Marilynne. *Absence of Mind: The Dispelling of Inwardness from the Modern Myth of the Self*. New Haven, CT: Yale University Press, 2010.
——. "Credo." *Harvard Divinity Bulletin*, Vol. 36, No. 2 (2008): 22–32.

——. *The Death of Adam: Essays on Modern Thought*. New York: Picador Books, 2005.
——. *Gilead*. New York: Picador Books, 2004.
——. *The Givenness of Things: Essays*. New York: Farrar, Straus and Giroux, 2015.
——. "That Highest Candle." *Poetry*, Vol. 190, No. 2 (2007): 130-39.
——. Interview. *Contemporary Literature*. By Thomas Schaub. Vol. 35, No. 2 (1994): 231-51.
——. "Introduction to *The Awakening and Selected Short Stories*." New York: Bantam Classics, 1992.
——. *Lila*. New York: Farrar, Straus and Giroux, 2014.
——. "Preface." *John Calvin: Steward of God's Covenant*. Ed. John F. Thornton and Susan B. Varenne. New York: Vintage Books, 2006. ix-xxviii.
——. *When I Was a Child I Read Books*. New York: Farrar, Straus and Giroux, 2012.
Roof, Wade Clark. *A Generation of Seekers: The Spiritual Journeys of the Baby Boom Generation*. San Francisco, CA: Harper Collins, 1993.
Roof, Wade Clark and Nathalie Caron. "Shifting Boundaries: Religion and the United States: 1960 to the Present." *The Cambridge Companion to Modern American Culture*. Ed. Christopher Bigsby. Cambridge, UK: Cambridge University Press, 2006. 113-34.
Ruether, Rosemary Radford. *Goddesses and the Divine Feminine: A Western Religious History*. Berkeley, CA: University of California Press, 2005.
Ryan, Katy. "Horizons of Grace: Marilynne Robinson and Simone Weil." *Philosophy and Literature*, Vol. 29, No. 2 (2005): 349-64.
Saillant, John. "Slavery and Divine Providence in New England Calvinism: The New Divinity and a Black Protest, 1775-1805." *The New England Quarterly*, Vol. 68, No.4(1995): 584-608.
Sanko, Dorothy A. "Romancing the Mother: A Twentieth-Century Tale." Diss. University of Colorado, 2002.
Schine, Cathleen. "A Triumph of Love." *The New York Review of Books*. 2014. https://www.nybooks.com/articles/2014/10/23/marilynne-robinson-triumph-love.
Schulson, Michael. "Marilynne Robinson Talks Religion, Fear and the American Spirit." *Salon*. 2016. https://www.salon.com/2016/01/03/marilynne_robinson_talks_religion_fear_and_the_american_spirit_the_left_at_a_basic_level_lost_courage_because_they_dont_know_how_to_deal_with_the_proclaimed_religiosity_of_the_other_si/.

Seneca, Lucius Annaeus. *Anger, Mercy, Revenge*. Trans. Robert A. Kaster and Martha C. Nussbaum. Chicago and London: The University of Chicago Press, 2010.

——. *Letters from a Stoic*. Trans. Robin Campbell. London: Penguin Books, 1969.

Showalter, Elaine. *A Jury of Her Peers: American Women Writers from Anne Bradstreet to Annie Proulx*. New York: Vintage, 2010.

Shy, Todd. "Religion and Marilynne Robinson." *Salmagundi*, No. 155/156 (Summer-Fall 2007): 251–64.

Siegelman, Ellen Y. "The Novel as Extended Metaphor." *The San Francisco Jung Institute Library Journal*, Vol. 7, No. 3 (1987): 39–45.

Sklar, Howard. *The Art of Sympathy in Fiction: Forms of Ethical and Emotional Persuasion*. Amsterdam and Philadelphia: John Benjamins Publishing Company, 2013.

Slee, Nicola and Helen Dixon Cameron. "Peering into the Shadows or Foregrounding the Feminine? Feminist Rewritings of the Parable of the Prodigal." *Practical Theology*, Vol. 7, No. 1(2014): 50–62.

Smith, John David. *An Old Creed for the New South — Proslavery Ideology and Historiography, 1865–1918*. Carbondale, IL: Southern Illinois University Press, 2008.

Smyth, Jacqui. "Sheltered Vagrancy in Marilynne Robinson's *Housekeeping*." *Critique*, Vol. 40, No. 3 (1999): 281–91.

Sotirin, Patricia J. and Laura L. Ellingson. *Where the Aunts Are: Family, Feminism, and Kinship in Popular Culture*. Waco, TX: Baylor University Press, 2013.

Strauss, Leo. *Jewish Philosophy and the Crisis of Modernity: Essays and Lectures in Modern Jewish Thought*. Ed. Kenneth Hart Green. Albany, NY: State University of New York Press, 1997.

Tanner, Laura E. "'Looking Back from the Grave': Sensory Perception and the Anticipation of Absence in Marilynne Robinson's *Gilead*." *Contemporary Literature*, Vol. 48, No. 2(2007): 227–52.

Taylor, Charles. *A Secular Age*. Cambridge, MA, and London, UK: The Belknap Press of Harvard University Press, 2007.

——. *Sources of the Self: The Making of the Modern Identity*. Cambridge, MA: Harvard University Press, 1989.

TenHouten, Warren D. *A General Theory of Emotions and Social Life*. London and New York: Routledge, 2007.

Thuesen, Peter J. "Geneva's Crystalline Clarity: Harriet Beecher Stowe and Max

Weber on Calvinism and the American Character." *John Calvin's American Legacy*. Ed. Thomas J. Davis. Oxford: Oxford University Press, 2010. 219 - 38.

Tigchelaar, Jana M. "Those 'Whose Deaths Were Not Remarked': Ghostly Other Women in Henry James's *The Turn of the Screw*, Charlotte Perkins Gilman's *The Yellow Wallpaper*, and Marilynne Robinson's *Housekeeping*." *The Ghostly and the Ghosted in Literature and Film: Spectral Identities*. Ed. Lisa Kroger and Melanie R. Anderson. Newark, DE: University of Delaware Press, 2013. 29 - 43.

Toibin, Colm. "Putting Religion in Its Place." *London Review of Books*, Vol. 36, No. 20 (2014): 19 - 23.

Vanhoozer, Kevin J. "Praising in Song: Beauty and the Arts." *The Blackwell Companion to Christian Ethics*. 2nd ed. Ed. Stanley Hauerwas and Samuel Wells. Chichester, UK: Blackwell Publishing Ltd, 2011. 112 - 23.

Vasterling, Veronica. "Cognitive Theory and Phenomenology in Arendt's and Nussbaum's Work on Narrative." *Human Studies*, Vol. 30, No. 2 (2007): 79 - 95.

Walker, Karen Ann. "Autonomous, but Not Alone: The Reappropriation of Female Community in *The Women of Brewster Place* and *Housekeeping*." *Contemporary Women's Writing*, Vol. 6, No. 1 (2012): 56 - 73.

Weston, Angela F. "Presence of Mind: The Writings of Marilynne Robinson." MA thesis. Georgetown University, 2012.

Williams, Peter W. "Religion in the United States in the Twentieth Century: 1900 - 1960." *The Cambridge Companion to Modern American Culture*. Ed. Christopher Bigsby. Cambridge, UK: Cambridge University Press, 2006. 96 - 112.

Williams, Raymond. *The Country and the City*. New York: Oxford University Press, 1973.

Williams, Rowan. "Making moral decisions." *The Cambridge Companion to Christian Ethics*. Ed. Robin Gill. Cambridge, UK: Cambridge University Press, 2001. 3 - 15.

——. "Native Speakers: Identity, Grace, and Homecoming." *Christianity and Literature*, Vol. 61, No.1 (2011): 7.

Winner, Lauren F. "Interceding: Standing, Kneeling, and Gender." *The Blackwell Companion to Christian Ethics*. 2nd ed. Ed. Stanley Hauerwas and Samuel Wells. Chichester, UK: Blackwell Publishing Ltd, 2011. 264 - 76.

Wood, James. "Acts of Devotion." *The New York Times Book Review*. 2004. https://www.nytimes.com/2004/11/28/books/arts/acts-of-devotion.html.

——. "The Homecoming." *The New Yorker*, Vol. 84, No. 27 (2008): 76.

Xu, Li. "Christian Notions in Marilynne Robinson's Novels." MA thesis.

Zhengzhou University, 2012.
Zavala, Kristina Y. "Looking for Adam: An Analysis of the Works of Marilynne Robinson." MA thesis. The University of Texas-Pan American, 2011.

中文文献：

汉娜·阿伦特：《论革命》,陈周旺译,南京：译林出版社,2007 年。
——：《人的境况》,王寅丽译,上海：上海人民出版社,2009 年。
奥尔森：《基督教神学思想史》,吴瑞诚、徐成德译,北京：北京大学出版社,2003 年。
加斯东·巴什拉：《水与梦——论物质的想象》,顾嘉琛译,长沙：岳麓书社,2005 年。
白璧德：《卢梭与浪漫主义》,孙宜学译,石家庄：河北教育出版社,2003 年。
齐格蒙特·鲍曼：《后现代伦理学》,张成岗译,南京：江苏人民出版社,2002 年。
彼得·贝格尔：《神圣的帷幕——宗教社会学理论之要素》,高师宁译,何光沪校,上海：上海人民出版社,1991 年。
本雅明：《启迪：本雅明文选》,阿伦特编,张旭东、王斑译,北京：生活·读书·新知三联书店,2008 年。
艾丽斯·布里顿：《想象力的回归》,由元译,《当代作家评论》,2016 年第 2 期,第 190—96 页。
陈绪新：《韦伯的文化偏见与新教伦理的后现代回救》,《合肥工业大学学报(社会科学版)》,2011 年第 25 卷第 2 期,第 43—48 页。
程爱民：《论梭罗自然观中的"天人合一"思想》,《外国文学研究》,2009 年第 2 期,第 62—70 页。
但汉松：《"卡尔"的鬼魂问题——论品钦〈秘密融合〉中的共同体和他者》,《当代外国文学》,2015 年第 4 期,第 5—11 页。
方德志：《移情的启蒙：当代西方情感主义伦理思想述评》,《道德与文明》,2016 年第 3 期,第 96—105 页。
冯契、徐孝通(主编)：《外国哲学大辞典》,上海：上海辞书出版社,2000 年。
冯契(主编)：《哲学大辞典》(修订本),上海：上海辞书出版社,2001 年。
郝素玲：《"孤独"的书写者：玛丽莲·罗宾逊》,《燕山大学学报(哲学社会科学版)》,2013 年第 14 卷第 2 期,第 70—72 页。
——：《新千年的美国新现实主义小说》,《博览群书》,2012 年 10 期,第 53—57 页。
何念：《20 世纪 60 年代美国激进女权主义研究》,北京：知识产权出版社,2010 年。
何涛：《神学个人主义的此世化——加尔文政治思想研究》,博士论文,中国政法大学,2013 年。
黑格尔：《法哲学原理》,范扬、张企泰译,北京：商务印书馆,1979 年。

洪满意:《小说〈基列〉的主题探索》,《安徽文学》,2007年第8期,第51—52页。
胡碧媛:《〈基列家书〉的非时间性存在》,《国外文学》,2016年第3期,第95—102页。
——:《家园模式的现代性救赎——评玛丽琳·罗宾逊小说〈家园〉》,《当代外国文学》,2012年第3期,第95—102页。
——:《论〈持家〉的感性体验与地方依附》,《当代外国文学》,2015年第1期,第51—57页。
大卫·D·吉尔摩:《厌女现象:跨文化的男性病态》,何雯琪译,台北:书林出版有限公司,2005年。
江宁康:《天下与帝国:中美民族主体性比较研究》,南京:南京大学出版社,2010年。
金莉:《20世纪末期(1980—2000)的美国小说:回顾与展望》,《外国文学研究》,2012年第4期,第87—97页。
金莉等:《20世纪美国女性小说研究》,北京:北京大学出版社,2010年。
康德:《单纯理性限度内的宗教》,李秋零译,北京:中国人民大学出版社,2003年。
——:《道德形而上学原理》,苗力田译,上海:上海人民出版社,1986年。
朱莉娅·克里斯蒂瓦:《妇女的时间》,程巍译,《当代女性主义文学批评》,张京媛主编,北京:北京大学出版社,1992年,第347—71页。
雷震:《黑格尔家庭伦理思想研究》,《学术论坛》,2006年第7期,第39—41页。
李靓:《论〈基列家书〉中的记忆书写与宗教认同》,《外国文学研究》,2018年第1期,第128—37页。
林纯洁:《属灵的操练:马丁·路德的婚姻家庭伦理观》,《基督教思想评论》,2014年(第十八辑),第89—105页。
刘建华:《玛里琳·鲁宾逊小说的文化力量》,《国外文学》,2014年第1期,第130—37页。
刘宽红:《美国宗教世俗化运动探源:"上帝在我心中"——论爱默生神学思想对美国宗教世俗化运动的影响》,《国外文学》,2008年第3期,第44—51页。
刘茂生:《王尔德创作的伦理思想研究》,武汉:华中师范大学出版社,2008年。
刘思谦:《"女性主义"与"神学"》,《读书》,1999年第9期,第78—81页。
刘小枫:《沉重的肉身》,北京:华夏出版社,2013年。
——:《走向十字架上的真》,上海:华东师范大学出版社,2011年。
刘远钊:《宗教与美国内战——从宗教角度重新探析美国内战》,硕士论文,山东师范大学,2005年。
龙娟:《"世界终会完整"——论地方理论视域下〈持家〉中的"房子"》,《外国文学》,2016年第2期,第41—50页。
玛里琳·鲁宾逊:《基列家书》,李尧译,北京:人民文学出版社,2007年。
——:《家园》,应雁译,北京:人民文学出版社,2010年。
陆星群:《对立与调和——解读〈基列家书〉》,《金田》,2013年第308期,第87—

88 页。

玛丽莲·罗宾逊:《管家》,林则良译,台北:麦田出版社,2005 年。

罗国杰:《伦理学》,北京:人民出版社,1989 年。

罗媛:《移情视阈下的伊恩·麦克尤恩小说研究》,博士论文,南京大学,2012 年。

吕绍勋:《查尔斯·泰勒与世俗化理论》,博士论文,复旦大学,2011 年。

阿拉斯代尔·麦金太尔:《伦理学简史》,龚群译,北京:商务印书馆,2003 年。

阿拉斯戴尔·麦金太尔:《追寻美德:道德理论研究》,宋继杰译,南京:译林出版社,2011 年。

聂珍钊:《前言》载聂珍钊、杜娟、唐红梅、朱卫红等著《英国文学的伦理学批评》,武汉:华中师范大学出版社,2007 年,第 1—4 页。

——:《文学伦理学批评:基本理论与术语》,《外国文学研究》,2010 年第 1 期,第 12—22 页。

——:《文学伦理学批评:文学批评方法新探索》,《外国文学研究》,2004 年第 5 期,第 16—24 页。

牛文文:《玛丽莲·罗宾逊〈持家〉中的家庭伦理》,《短篇小说(原创版)》,2015 年第 11 期,第 87—88 页。

玛莎·努斯鲍姆:《非相对性德性:一条亚里士多德主义的研究路径》,聂敏里译,载阿玛蒂亚·森、玛莎·努斯鲍姆主编《生活质量》,北京:社会科学文献出版社,2008 年,第 261—92 页。

——:《诗性正义:文学想象与公共生活》,丁晓东译,北京:北京大学出版社,2010 年。

苏珊·弗兰克·帕森斯:《性别伦理学》,史军译,北京:北京大学出版社,2009 年。

庞好农:《从莫里森〈家〉看"呼唤与回应"模式的导入与演绎》,《解放军外国语学院学报》,2014 年第 37 卷第 4 期,第 143—50 页。

乔娟:《消融界限的百年求索——玛丽莲·罗宾逊〈基列家书〉的种族史书写》,《当代外国文学》,2016 年第 4 期,第 30—36 页。

卡尔·古斯塔夫·荣格:《转化的象征——精神分裂症的前兆分析》,孙明丽、石小竹译,北京:国际文化出版公司,2011 年。

亚当·斯密:《道德情操论》,赵康英译,北京:华夏出版社,2010 年。

温迪·斯坦纳:《妇女小说:改写历史之举》,孙宏译,载萨克文·伯科维奇主编《剑桥美国文学史》(第七卷),北京:中央编译出版社,2004 年,第 519—46 页。

劳伦斯·斯通:《英国的家庭、性与婚姻》,刁筱华译,北京:商务印书馆,2014 年。

铁省林:《哈贝马斯宗教哲学思想研究》,济南:山东大学出版社,2009 年。

汪民安:《福柯的界线》,北京:中国社会科学出版社,2002 年。

汪行福:《三大转向及其未来取向——为哈贝马斯 80 诞辰而作》,《当代国外马克思主义评论》,2009 年第 7 期,第 44—64 页。

王晨:《论〈吉利德〉的解构主义》,《山东师范大学学报(人文社会科学版)》,2009 年

第 54 卷第 1 期,第 53—56 页。
王丹宇:《论传统家庭道德文化的现代提升》,《湖南科技大学学报(社会科学版)》,2015 年第 1 期,第 55—59 页。
王守仁、吴新云:《国家·社区·房子——莫里森小说〈家〉对美国黑人生存空间的想象》,《当代外国文学》,2013 年第 1 期,第 111—19 页。
王亚娟:《逻各斯的退隐——柏格森对康德时间观的批判》,《哲学分析》,2013 年第 4 期,第 50—61 页。
马克斯·韦伯:《新教伦理与资本主义精神》,黄晓京、彭强译,成都:四川人民出版社,1986 年。
许烺光:《宗族·种姓·俱乐部》,薛刚译,北京:华夏出版社,1990 年。
亚里士多德:《灵魂论及其他》,吴寿彭译,北京:商务印书馆,2009 年。
——:《尼各马可伦理学》,廖申白译注,北京:商务印书馆,2009 年。
——:《亚里士多德全集》(第九卷),颜一译,苗力田主编,北京:人民大学出版社,1990 年。
——:《政治学》,吴寿彭译,北京:商务印书馆,1983 年。
杨金才:《21 世纪外国文学研究新视野》,《湖南科技大学学报(社会科学版)》,2015 年第 1 期,第 32 页。
——:《论美国文学中的"荒野"意象》,《外国文学研究》,2000 年第 2 期,第 58—65 页。
——:《论新世纪美国小说的主题特征》,《深圳大学学报(人文社会科学版)》,2014 年第 31 卷,第 6—12 页。
——:《中国文学伦理学批评学术成就之我见》,《外国文学研究》,2016 年第 5 期,第 33—40 页。
姚云:《后理论时代的文学批评与哈罗德·布鲁姆的"生活书写"》,《国外文学》,2016 年第 4 期,第 17—25 页。
应雁:《译者前言》,《家园》,玛丽琳·鲁宾逊著,应雁译,北京:人民文学出版社,2010 年。
于倩:《书写信仰:玛丽莲·罗宾逊小说中的宗教元素研究》,博士论文,北京外国语大学,2014 年 5 月。
张宝国、康田卿:《男性救赎与女性、自然的缺场——简评玛丽莲·罗宾逊小说〈家园〉》,《名作欣赏》,2013 年第 34 期,第 40—42 页。
张竝:《浪子》,《书城》,2008 年第 11 期,第 109—11 页。
张容南:《查尔斯·泰勒对现代道德哲学的反思》,《江苏社会科学》,2015 年第 4 期,第 87—94 页。
赵明珠:《〈莱拉〉:透视生命的本真与深刻》,《博览群书》,2015 年第 4 期,第 106—12 页。
周莉萍:《美国妇女与妇女运动(1920—1939)》,北京:中国社会科学出版社,

2009年。

周铭:《"文明"的"持家":论美国进步主义语境中女性的国家建构实践》,《外国文学评论》,2016年第2期,第5—31页。

朱刚:《二十世纪西方文论》,北京:北京大学出版社,2006年。